錢真

緣故地

出版緣起

為歷史的空缺補白

國家文化藝術基金會董事長 林淇瀁（向陽）

國藝會「長篇小說創作發表專案」歷屆補助作品中，不乏將臺灣歷史題材納入的創作，不同世代、性別、族群的作家，以他們對於歷史的詮釋、掌握，在各自作品中，呈現不同風格，也通過小說書寫的虛構特質，為歷史無法說清楚的空缺補白，這本《緣故地》就是一部傑出之作。

本書作者錢真（本名錢映真），是新世代受矚目的女性歷史小說寫作者。一九七七年生，南投竹山人，是中央大學大氣物理研究所碩士，曾任高中地球科學教師，偶然機緣走入文學創作，曾獲得臺灣歷史小說獎、全球華文文學星雲歷史小說獎、打狗鳳邑文學獎、南投縣玉山文學獎等。她的第一本長篇小說《羅漢門》，以清代朱一貴抗爭事件為取材，這次的新作

《緣故地》，回到故鄉竹山，以一九一二年林圮埔事件（又稱頂林事件）為創作主題，是日治時代竹農大規模抗爭中的單一起義事件。帶頭起義者劉乾，從南投「鹿谷」逃亡到「竹山」，平日以占卜為業，在同夥人林啟禎協助下，在山中開設神壇，煽動信徒、採用奇門遁甲方術、起義抗日，襲擊頂林警察派出所。

在賴和的短篇小說〈阿四〉中談到的竹林事件，為起因於一九〇八年臺灣總督府將斗六、竹山、嘉義地區的竹林強制編入模範竹林，交由日本三菱製紙株式會社掌握，所引發的一連串地方竹農抗爭。《緣故地》書寫的林圮埔事件，是從大歷史敘事中尋找小故事，讓真實有所本的歷史事實，在文獻資料無法說清楚的模糊地帶，透過小說演義，賦予臺灣歷史更寬闊的詮釋觀點。

《緣故地》是長篇小說專案出版的第四十八本作品，二〇二三年是專案推動的第二十年，國藝會也輔以「文學青年培養皿」的課程，擴大推動，從創作、出版、推廣，建立更完善的文學生態系統，培力優質的新世代創作者及讀者，希望獲得補助的作家作品發揮更大影響力。感謝和碩聯合科技公司年年贊助專案，為企業贊襄藝文發展樹立典模，也為臺灣文學累積了厚實的成果。

小說家對臺灣歷史的多重詮釋，重寫、逆寫或順寫各族群的生活、風土和集體記憶，都能豐富我們的文化底蘊，也可以提供給社會寬闊的歷史視野。這正是國藝會長篇小說補助專案的意義所在。國藝會將持續以繼，鼓勵臺灣作家以長篇小說創造新歷史，廣開題材，開拓新的領地。期望有更多寫作者投入這個書寫行列，讓臺灣的長篇小說開出更多花果。

目次

推薦序

開拓臺灣歷史小說的新天地

張隆志／中研院臺史所副研究員

（本文涉及部分小說情節，請斟酌閱讀。）

在閱讀歷史小說時，我們看到的是歷史、還是小說呢？有鑑於歷史小說既不純然是講述歷史，更不是虛構的文學小說，學者在評論歷史小說時，常提到歷史性與小說性的強弱比重問題。而作者則需要兼顧歷史真實與小說創作，並成功地透過文學角度切入歷史，才能為讀者重現人事物的時空脈絡與歷史場景，帶領大眾穿越時光隧道體驗先人的音容笑貌，從而更深刻地認識與反思當代的情境與挑戰。

具體而言，臺灣歷史小說是以臺灣為主體的歷史敘事作品，新興作家們運用歷史文獻，發掘田野史料，結合重要事件與人物傳記，重現各個時代與不同族群的歷史故事。作者們運用小說手法寫歷史，讓作品比一般學術論著更具有歷史溫度及人文關懷，並將臺灣歷史知識推廣給更多讀者。無論採取故事、改編、轉譯乃至非虛構寫作手法，或處理時代大歷史、區域地方史或個人生命史等課題，都提供讀者迥異於傳統教科書式的閱讀體驗和趣味，更有助於想像歷史行動者的心理感受與主觀意識。歷史小說家們在真實與虛構之間描述人物、事件與地點，透過人物對話呈現其個性思想及整體劇情的發展，並傳達人文社會的理想與願景。

相較於眾多種類的文學作品，臺灣歷史小說長期以來並非發達的創作文類。直到政治解嚴與民主化以來，才因著官方與民間各項獎助政策的提倡，以及各世代作家的人才輩出而蔚為新風潮。從二〇〇三年國家文化藝術基金會的長篇小說創作發表專案、二〇〇七年國立臺灣文學館設立臺灣文學獎長篇小說金典獎、二〇一一年佛光山舉辦全球華文文學星雲獎的歷史小說獎、到新臺灣和平基金會自二〇一四年開辦的臺灣歷史小說獎，這一波歷史小說熱潮除了鼓勵並培養出多位從事臺灣歷史小說的作者，同時更為臺灣影視戲劇與動漫文化提供了嶄新的創作靈感和豐富素材，讓讀者們更深刻地認識島嶼的歷史、土地與人群。

錢真是近年來歷史小說創作潮中頗受矚目的女性作者。她曾以魏晉歷史創作《嘉平夢》（二〇一五年）榮獲第五屆全球華文文學星雲獎。而首部臺灣歷史小說《羅漢門》（二〇一九年）榮獲第四屆臺灣歷史小說獎。本書《緣故地》是由國藝會的長篇小說創作發表專案補助，也是她以臺灣近代史為主題的最新力作。在完成以清初朱一貴事件和南臺灣移民社會為題材的《羅漢門》之後，錢真回到她的故鄉南投竹山，並選擇以日治前期發生於中臺灣的竹林事件為創作主題。

竹林事件的背景為臺灣總督府於一九〇八年完成竹林調查後，將斗六、竹山乃至嘉義地區的竹林強制編入模範竹林，並交由三菱製紙株式會社實際支配所引發的地方抗爭。一九一二年三月，部分居民襲擊頂林警察派出所，造成三名員警死亡，史稱林圯埔事件。《緣故地》不僅重構了竹林事件的發展原委，更追溯至晚清開山撫番政策對於中部邊區市鎮與民眾生活的影響，並以臺灣文化協會的政治社會運動作為結語。

在《緣故地》一書中，錢真生動地呈現住在邊區竹林的漢人生活動態，尤其是他們由民間信仰與咒術構成的傳統世界觀。更進一步探討在乙未之變與政權轉移的時代巨變中，由日本殖民者帶來的現代國家機器、資本主義體制與文明開化經驗，對於基層臺灣民眾的衝擊與影響。不同於多數作者著重書寫外在的大事件，錢真著重刻畫歷史人物的內面心理與思想變遷，尤其是基層民眾在面對時代巨變時的困惑與追尋、適應與衝突、以及啟蒙與行動。

錢真在本書中延續了她在《羅漢門》的寫作特色如歷史考據、文學想像、平民歷史、反抗精神，以及對於小人物、女性及鄉土議題的關懷。然而《緣故地》更進一步探索臺灣人面對殖民現代性的多重心理回應及集體行動邏輯，尤其是傳統世界觀與近代科學、法律、產業、教育等啟蒙思想的互動拮抗和變遷。她以更成熟的筆法與流暢的情節，透過人物深層心理的描繪，不同身份角色間的對白，與歷史空間場景的營造，帶領讀者體驗想像臺灣社會從舊慣到文明的時代巨變，並及反思現代與傳統的價值變遷。書中主人翁們的思緒、情愫、心理乃至夢境的情節，跨越殖民者與被殖民者邊界的日常生活互動、殖民暴力與資本掠奪的無情、反抗行動的荒謬與挫敗、以及新世代與新時代的到來與希望。

值得注意的是，《緣故地》一書不再屈從於主流歷史的宏大敘事，亦刻意避免史料史實的生硬排比，而是如同年鑑史學名著《蒙大猶》般，以歷史民族誌式的深描詮釋（thick description），讓小人物們更有血肉與生命，更能引發讀者的共鳴共感與歷史想像。如同作者在一篇專訪中所提到的創作宗旨：「我希望角色是能給人力量，更促進對話可能的。這也是歷史小說的意義，透過認識自己歷史的過程，加深自己跟人、土地的連結。在歷史情境裡，人跟人的互動，可以更溫暖也更惆悵，這也是我偏好歷史或武俠小說的地方，我喜歡的美學，都能在裡面揮灑。」

總而言之，《緣故地》是本很好看很耐讀的臺灣歷史小說新作！期待讀者們閱讀時除了理解殖民歷史的複雜深邃，享受小說故事的曲折樂趣，更能想像同理先人們的情感思想與精神世界。從而發揮智慧與勇氣，共同面對當代臺灣另一次歷史變局的挑戰。

推薦序

多重宇宙中，迷霧行路者

張惠菁／作家、衛城出版總編輯

（本文涉及部分小說情節，請斟酌閱讀。）

時間是什麼？時間是推展著推展著便會分岔成平行宇宙，還是多重的平行宇宙終究會接觸與匯流合而為一？倘若平行宇宙之間發生接觸，誰會勝出成為此後的主線？又或者，這是一個沒有意義的問題，因為此刻看起來收伏了其他可能性的那條主線，當鏡頭拉遠，也只是紊亂線球中的一個線頭而已。而那被吸收、被消化、無聲壓抑潛伏下來的，或許又正一絲絲一縷縷地，被編織到下一個即將壯大的主線之中。這，是不是就是時間行進的方式？

錢真的小說，從《羅漢門》到《緣故地》，都善寫大帝國中的小人物。她所寫的小人物，是如此之小，小到不知帝國如何之大。帝國在《羅漢門》中，是京城遠在北京的大清帝國；在《緣故地》，則是明治維新後的大日本帝國。兩個帝國都在遠方，但也在近前。遠方有它們的皇帝、朝廷、層層的官階與威儀，近前有它們的代理人，官府、收租者，或是警察、公司。星戰影集《安道爾》描繪帝國從遠方統治著邊境殖民地，官僚冷漠，隨手把人逼上絕路。百姓看似卑微，實則頑強，保留著在地的智慧，這裡或那裡地隱匿著逃逸的空間、他者的意識。帝國雖強卻無知，無法遍知所統治的腳下這塊土地。

小人物也是無知的，卻是另一種。在大日本帝國代表的現代國家面前，小人物原生的生活與思考方式（或許可比喻成小人物自己所在的這一重宇宙），遭遇了來自上位、全然不同的思路——更高的權力，更縝密的計畫，有一整個帝國作後盾。沒人向小人物解釋清楚，帝國懷著什麼意圖而來，只有一個聲音總在告訴小人物，什麼可以、什麼不可以，壓制他，打擊他，要他改變。而他似乎聽到自己在問，為什麼是這樣，而不是那樣？

決定事情往什麼方向發展的，是氣？是運？是修行因果？還是軍事力量，經濟產值？

若想改變一件事，是用符咒，道理，武力，或是法律訴訟？理解一件事情是按石碑上所刻，舊書上所寫，夢中所得，自己的靈感，神蹟的顯示，還是官員所講？

《緣故地》中的劉賜與劉乾，活在對這些問題沒有答案、或者說，答案在變動的時代。他們的故事，是關於小人物對著自己、對著彼此，問出「如何讓事情按我們希望的方向發展」，並且與答案角力的故事。他們知識程度不高，也不是存在主義哲學家，但他們被拋擲到這世間，恍惚知道國家主張的道理對他們並不友善，而像薛西弗斯般滾動著巨大的疑惑前行。

小說開始的時間是二十世紀初期，一九〇九年（明治四十二年）。前一年臺灣縱貫鐵路剛通車，臺灣總督府初步完成清水溪流域的竹林調查，伊藤博文即將在次年於哈爾濱遇刺，故事中的劉乾來到劉賜的屋外。他們是年紀相近的朋友，他們的家鄉（今天南投竹山、鹿谷一帶）正被「日本人統治」這個因素改變。日本人派任的保正、巡查補，與內地生意人開始出現在身邊，代理著遠方帝國的意志。有人能跟隨「勢」的走向，而獲利致富。像劉乾與劉賜這樣的人，是完全不知帝國的計畫、沒有途徑參與新時代的「術」或「勢」的人。百姓原本可以自由使用，維持基本生計的竹林，被總督府收走，總督府又將竹林交給三菱企業。生計被剝奪，加上日本警察的壓制方式，不滿累積，一九一二年（明治四十五年），發生了當地人襲擊派出所的真實歷史事件。

從歷史上看，這個時期發生在臺灣的事，有點類似齋藤幸平在《人類世的「資本論」》中所說的，十六和十八世紀英國發生的「圈地運動」。英國「圈地運動」當時，農民被趕出原本共同擁有的農地；在二十世紀初的竹山，是筍農被奪走使用竹林，採竹、採筍的權利。資本將公共財解體，轉移所有權，成為大資本大企業的所有物，以更有效率的機械化工場，重組生產方式。在新的勞動方式中，每個人將如齒輪般只負責一小環節；被零件化了的人，喪失了從土地收穫生活所需的可能，漸漸不再能自給自足，一切日用品變得匱乏而向外購買。這個齋藤幸平描述為「將公共財解體，並逐漸擴大『人為稀有性』」的資本主義初期發展，對當時的人想必衝擊很大。但在工業化被視為理所當然之後，前工業化時代小農的經歷從集體記憶中被遺忘。竹山筍農遇上三菱企業時的經歷，很接近這樣的歷史進程。

《緣故地》寫的是臺灣這段真實發生過的歷史。但小說家錢真擅長的，卻是進入歷史所無法告訴我們的、角色的內面。她在真實的「林圮埔事件」上，藉著小說家的敘事，展開對臺灣心靈的探索。身為社會底層的筍農與算命人，識字有限，學習知識的管道有限。對於世道為什麼變成如今這個樣子，他們尋求解釋，卻未必能分辨解釋的價值和真偽。原生文化告訴他們可信的，與外人帶來的法律、科學、新聞、新生產方式相接觸，這些小人物正來到多重宇宙交會處。

農民遇到了公司。法術遇到了法律。如果他們問，「事情為什麼是這樣」，或許算命仙會有一個答案，廟裏擲筊也有一個答案，日本國家則會有一個完全不同的答案。當他們開始懷疑，想要掙脫國家和公司的說法，為自己做出解釋，誰能保證，他們的解釋不是一種編造？來自夢境，來自願望，來自渴望能有些什麼可以相信。就像公司或國家編造理由給他們一樣，人為了拒絕國家的說法，是否必須編造幻境給自己，像劉乾在夢境中尋找根據？

錢真筆下的每一個角色，都在面對著眼前令人迷惑的世道。有人想要解釋，有人想要掙脫解釋。

不識字的漢人筍農，他們的宇宙並不是沈默的。數字都有吉凶，製作家具時按照文公尺上的刻度，把吉數安進尺寸裡。活在山野間，恍惚覺得有異物，用香燭金紙溝通、驅散或祈請。一個人的自我，與非我甚至非人之間的關係，界線在哪裡，要是靠近了界限，怎麼溝通，或怎麼宰制這段關係？用語言，用符號，還是用科學，用夢境？在近代科學以前，曾經有一種溝通方式，是我們現在忘記了的，或許當中確實有行得通的路，或許那也是另一層迷霧，籠罩在人的認識之上。在這個帝國的這重宇宙前，還有上一個帝國所立碑所教育的。到底要除魅到哪裡，才是自己裸露的意識？

小說中的劉乾，循著自己認為「真實」的路徑往前走時，撞上了「國家」這一重宇宙的真實。時間分化成多個，舊曆的時間、新曆的時間；山裡的、一個人的、與自然相處時的時間；在工廠裡、上班工作、嚴守著鐘錶刻度的時間。錢真寫的這個小人物，其實一路都知道自己並不全知，一路也都與懷疑共行——懷疑自己認知的「真實」其實走不出去、涵蓋不了整個世界，這樣的念頭一直都存在。劉乾身邊最接近他的人——劉賜，阿蕊姐——也並不全信他。錢真寫這種邊界柔軟的，在是與不是、成立與不成立之間，搖擺不定的「真實」。但即使充滿不明確，這個「真實」仍是劉乾唯一可憑依的。也是聚集來到他身邊的人，即便懷疑也渴望憑依的。

錢真這樣描述一場劉賜、劉乾、阿蕊姊三人的聚會：「那個下午，一個詞牽引出另一個詞。他們說著不甚了解的字詞、思想，討論解決問題的方式，恍若他們已經置身在某件事裡面，言語裡面就有力量，去講就構成影響。他們剖開那件事裡面可能隱藏的算計，以及看似有所獲，但其實無望的虛耗，以致如掘井，在找水的時候也失去了光。而劉乾說革命是黑暗中的火種。」小說中的角色，或許，隱隱約約，也知道自己迷途。革命的理由，是不想失去光。這是「革命」這個詞在小說中第一次出現。故事之所以走上後來發展，或許是劉乾除此之外，別無他法能衝出這虛耗的迷霧，檢驗「真實」的界線在哪裡。

所以，究竟何謂「真實」？什麼樣的「真實」能夠超出一個人的相信之外，能夠被客觀化、能夠成立？在歷史上，「林圮埔事件」發生後，臺中地方法院的檢察官即出差到林圮埔支廳，展開調查。帝國的代理人，帶著帝國對叛亂的回應方式，下伸來到林圮埔地方了。檢察官頻繁發回法院回報案情進展的電報，為調查階段留下了書面紀錄。最後公開審判為時三天，判處死刑後即刻執行。錢真詳細研究了所有這些調查與審判階段的史料（就像她在《羅漢門》

中也研究了朱一貴事件主事者們的口供），在這些關鍵材料的運用上，她發揮了歷史小說家的眼界與技藝——扎實的史實考證，與深入角色內在的想像。她描寫了這些小人物與國家司法的相遇，他們被反覆審訊、刑求拷問、比對說法、核實不在場證明——我認為這是小說中關鍵的一段，錢真在這裡，有意地讓劉賜這個一路以來對「真實」感到迷惑的人，經歷了一回日本帝國建立「真實」的方法。法院的判決成立、且留下法庭紀錄之後，其他個人性的「真實」都不再重要了，會從歷史上消失。判決會發揮效力，建立下一個「真實」，即是這些人的死亡。劉賜隱隱然知道，也抵抗著這個國家建立「真實」的過程。他在最後階段翻供了，想活下去。然而這時國家建立的「真實」已經固著，無論是透過刑求還是交叉審訊的方式建立起的真實，在檢察官書狀與法庭上被論述出來，沒有異議空間，他想要修改真實的行動不被接受。

從歷史後見之明的角度，無論《羅漢門》（朱一貴事件）或《緣故地》（林圮埔事件）的小人物，都是「無知」的，他們「不夠」知道，自己在反抗的是什麼，有多大、有多強。也不知道自己此刻所做的選擇，受到了什麼世界觀與思維的限制。這些小人物在「真實」的典範轉移的時候，付出了生命為代價。但或許，置身在如此漫天的迷霧中，唯一核實「真實」的方法只有行動。所以我們又有什麼資格說他們無知呢？

以小說去看見、呈現這一切的錢真，將筆伸到了歷史無法替小人物發聲的地方。雖然寫的是一場必然失敗的革命，但她對歷史上的人，終究是溫柔的。這個溫柔，來自她作為歷史小說家的視角，從遠方、從很久很久以後、從交纏的「多重宇宙」的線團之外回望，看見裡面的人。在《羅漢門》，她用小說虛構的力量，把某個生還的角色帶回家，像是對整個朱一貴事件後、死於異鄉者的一場召魂。在《緣故地》，她讓倖存者能夠看見文化協會的成立，看到下一代用嶄新的方式串連力量，陳情請願，而這個行動的影響，最後會在遙遠的、未來的民主運動中聽到回聲。有一個新的「我們」在小說末尾角色的語言中出現了，那不只是劉賜、劉乾、阿蕊這些人與人相識的緣分，是包含了許多互不相識之人、卻同為共同體的「我們」。如同劉賜在生命的最後，不再讓他人為他決定個人的意志；劉乾即使到此生的盡頭，還想承擔其他人來世的去向。故事中的下一代、下下一代，也在以自己的方式走向個體的真實，或群體的真實。走出迷霧的路是漫長的，或說，即使是新的時代，仍不斷會有迷霧在心中、在身邊升起。我們經常忘記，我們也渺小，也和劉賜劉乾一樣，是迷霧中的行路者。

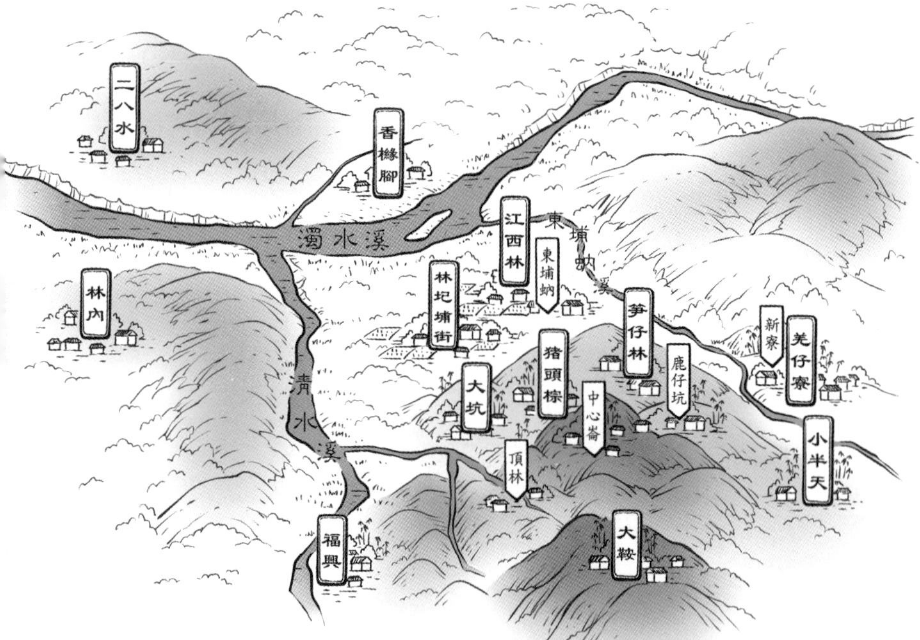

《緣故地》小說相關庄落地圖（地圖繪製：鍾語桐）

術

明治四十二年[1]，舊曆己酉年冬天，一個接近滿圓的月夜。

劉乾出現在劉賜窗前時，劉賜嚇了一跳。劉賜先是察覺某個物件細微而規律的叩響。他放下手中做到一半的竹椅，托起油燈往聲響來源，那扇朝上掀開的黃紙窗邊查探。發現劉乾就蹲在那裡，身著白衫青褲與對襟短襖，肩掛黑色包袱，手裡抓握一截柴枝，仰著臉看他。

劉乾將手指頭擱在嘴唇邊，示意他不要說話，半張臉貼近窗口，仔細巡看屋內每個角落。那提防的模樣，令劉賜也稍感不安起來。劉賜這幾年都自己一個人在竹林地附近的土角工屋居住，沒待自家三合院祖厝跟親族一起，這點劉乾也知道。過往兩人一起走動，劉乾會告訴劉賜某個地方的氣不好，讓他避開。這一次，劉賜亦不免懷疑劉乾是不是看到什麼或感應到什麼了？不過他自己整晚就待在這屋裡，並沒有發生什麼怪事。若要說有，住對面山頭的劉乾，夜晚時突然出現在這裡，才真的是怪事。

沙連堡南方群山環拱[2]，山谷間溪流奔竄，他們就住在其中兩座山頭。劉賜住在笋仔林庄的鹿仔坑，劉乾則住在鹿仔坑東面山坪上羌仔寮庄的新寮街[3]。鹿仔坑和新寮街，兩地間隔著東埔蚋溪水脈和一些沒有名字的溪澗細流。東埔蚋溪出山谷後，又流入北邊的濁水溪。兩地往來，不管是東西向直切山溝，還是往北下山至平地繞道，都必須過溪。夜路並不好走。

是因為差不多快到往年相約見面的日子嗎？

劉賜一邊想著，一邊開門讓劉乾進來。

劉乾身上沾染了多處泥汙，腦後髮辮凌亂，還黏著幾縷蜘蛛絲，那也不像他過去所知曉注重儀態的劉乾。如果不是和劉乾目光對上時熟識的感受，他真會懷疑眼前的劉乾是鬼怪冒充的。

「乾仔，你這是怎麼了？」劉賜將油燈放回桌上，忍不住伸手幫劉乾撥掉頭髮上的蜘蛛絲。

劉乾似無知覺，只專注將門輕輕關闔，扣上門閂。再回過頭來，雙手合十，面著他說：「阿賜，抱歉，我最近惹上一些麻煩。」

雖然說是「麻煩」，但劉乾神情平穩，看起來並不慌張。

劉賜問：「是什麼樣的麻煩？」

「我們那邊的派出所有個巡查補叫劉萬寶，他懷疑我跟人賭博，本來就想抓我。我原想閃避他一陣子，應該就沒事，卻又有人誣賴我偷錢，使那劉萬寶更加四處找我。我在溪邊岩窟躲了幾天，出外找吃的時候，看見劉萬寶也在那附近巡繞。不得已，只好過溪來投靠你。

1 明治四十二年：一九〇九年。
2 沙連堡範圍約涵蓋今南投縣鹿谷鄉及部分之竹山鎮、水里鄉。
3 笋仔林庄位於今南投縣竹山鎮境內，亦作筍仔林。羌仔寮庄位於今南投縣鹿谷鄉境內。

我知道你阿爸是保正，我來找你，你可能會很為難，但我實在躲到沒地方躲。收留一夜也好……當然你若不願意，你說出來，我不會怪你。」

「我聽說巡查補如果不是遇到現行犯，或是有日本巡查的命令，是不能隨便抓人的。他有看到你什麼嗎？」

巡查補職權的限制，劉賜是從阿爸那裡聽來。日本巡查一方面需要巡查補分擔工作，另一方面似乎又很怕讓巡查補單獨執行勤務，所以有些行事上的規範。阿爸曾開玩笑說：可能是怕臺灣人巡查補若去逮捕日本人，場面會不好看吧。

「那天我經過一處工寮，看見許多人聚集一起。原先只是想問他們要不要卜卦算命，所以湊過去看。沒想到他們剛好在開賭局撚骰仔。」

「現在不比以前，不能隨便圍在一起，也不要亂看比較好。看到別人賭博更要趕緊走啊！」

「是啊，我就是不小心看了太久。那個劉萬寶自當上巡查補，就很熱衷查緝，喜歡跑在巡查前面盤查人。那天他不知收到什麼風聲，巡至工寮來。眾人見到他，隨即都散了，我也跟著跑。我不知道劉萬寶當時有沒有抓到人，只聽說後來他四處問我的行蹤。幸好有幾個善心人幫我掩蓋，今日才有辦法還在外面走動。」

「你這幾天應該都沒吃好睡好，肚子可會餓？」

「不會太餓。」

「那就是餓了嘛。我這裡還有一點冷飯，配筍干吃好嗎？筍干沒跟肉汁一起煮，素的，你可以放心吃。」

「好啊，多謝你。」

「別客氣。先把包袱放下來，坐一下。」

劉賜打開菜櫥，掀開菜罩、飯蓋，準備一些吃的給劉乾。心裡知道，他還沒開口跟劉乾說要不要收留他，或許劉乾也在等他一句話。

其實認識這麼久的朋友了，超過十年的交情，他怎麼可能不幫忙。然而心思卻有些飄渺，總想到遠處，以致要劉乾放心留下的話語，沒辦法果斷說出來。

「你在做椅仔？」劉乾坐入桌邊的椅條，目光看向地上劉賜剛做出枝骨的竹椅。未完成的竹椅旁，有矮凳、燃著炭火的烘爐，散放的刀具、木槌、文公尺，與用火烘過的竹管、竹片。

「剛好積了一些寸尺適合的竹材，就拿來做做看。你看，那幾支竹管的粗細都差不多，可以接成椅背。做好我想放在門口的樹下坐。」劉賜雙手圍出大圈，比劃著竹椅完成時，可以擱放手臂，頸背亦能向後仰的模樣。

「聽起來很舒適。」

「你來了，我多做一個。」劉賜無意間說出帶有暗示，將要收留劉乾的話語。說了才想：這樣講確實是有那個意思。

劉乾淺淺一笑，沒應聲，未順那話勢追認，伸手接過劉賜遞給他的碗筷。

「不過可能要再等下一回整理竹林，除了眼前這些，上一次剩下的我都賣掉了。」劉賜說。

劉乾吃完，向劉賜借剃刀、立鏡，就著油燈，刮去唇上冒出的些許短鬚。劉賜到屋外端了半面桶水進來，讓劉乾擦臉、梳髮、洗腳手。水是從外面的水缸取來，夜裡凍得十分冰涼。劉賜怕劉乾會冷，將烘爐挪到劉乾腳邊放，隨後拿出一套自己的乾淨衣褲讓劉乾換上。

睡前，劉賜敲撿出烘爐裡未燒盡的木炭，將剩餘的炭火澆水滅去。回頭關上窗戶，兩人爬進眠床上的青色蚊帳裡一起睡。

劉賜將竹枕讓給劉乾，自己另外摺了一件棉襖當枕頭。冬天的蚊蟲雖然比較少，劉賜還是習慣都掛著蚊帳睡覺。就是這樣薄薄的遮掩，遂有了另一境界的感覺。現在劉乾進到這裡面，與他蓋同一條被子，臂膀相碰，劉賜慣習的孤絕被晃動了一下。

劉乾說：「若我能看到劉萬寶的八字，說不定就能知道我為何犯到他了。」

「這是看得出來的嗎？」

「嗯，凡事都有它的緣故，只是人可以看見的線索有限，不一定都能全盤瞭解。有時是自己的問題，有時是別人的問題，也可能兩個人都沒有問題，碰到才出事。」

「你說的那個巡查補……跟我們庄的劉萬池，名字聽起來好像兄弟一樣。你不是曾幫劉萬池治病？會不會是那個劉萬池的親戚？若是，應當可以拜託一下。還是我去幫你探聽看看？」

「你講的，我也想過。不過名字相似的人很多，如果問了結果不是，關係沒講成，反而洩漏行蹤。而且親戚之間也有關係不好的，不一定有用。」

「也對，那還是不要去問比較好。說起來，我們會認識，也是因為你那時來我們庄幫劉萬池治病。如果當初神明沒有指示，來的人不知道會是誰？我也不一定會想要跟他認識。人的命運真奇怪，如果有一件事沒發生，就會影響到後面的另一件事，好像可能有另一個我，走著完全不同的命途。」

「我想，那是神明也要我們認識，不管如何我們都會認識的。」

「真的嗎？」

本來平躺的劉賜側過身，將臉面向劉乾。在燈滅去的黑暗裡，只有些微月光從窗紙、從屋牆的隙縫透進來。劉賜無法看清劉乾的表情，只知他眼睛仍是張開的，泛著光彩。

「我以前一直沒說，不想影響你。但那時來幫人治病，我就感應到了，你跟我有很深的緣分，從前世就有的。」

「那我前世是誰？你又是誰？」

「我不知道。」

「你這樣很像江湖騙仙。」

「要騙你的話，隨便說兩個古早人物，編一套關係就好。你也沒辦法知道真假，不是嗎？」

「你這麼說也是啦。」

「所以我才一直沒講。謊話還是真話，即使親身經歷，也不一定能夠看出其中因由。不過是看你信不信而已。」

「我沒有不信你。只是好奇，如果我們有這樣的因緣，以後又會怎麼樣？」

「其實你不用特別去想。我們都認識這麼久，經歷了不少事，也沒怎麼樣。」

「你現在才跟我說，我一時覺得好像是現在才開始的事。」

「今後當然不是說絕對不會改變，各人也有各人的造化嘛。說不定我現在跟你說這個，正種下了一個因。」

「聽起來有一點嚇人。」

「若我感應到有什麼災劫，會跟你說的。」

「那就萬事拜託。」

劉賜本想說：但是你連巡查補會來盤查都沒有警覺了。轉念又想，乾仔至今也沒被抓到不是嗎？他這幾天遭逢劫厄，夠艱苦了，還是不要再這樣反駁，弄得彼此不爽快。

話說自己到底信不信劉乾，也不是能夠明確說出答案的。他有時覺得信，有時又覺得不信。

他和劉乾認識是在戊戌年大水災之後不久的事[4]。當時他十八歲，才剛經歷一場可怕的風颱，以及天災所帶來的恐慌。

那次風颱，是比往昔記憶中所曾遭遇，更加猛烈的暴雨。他和家人關緊門窗，加掛遮雨的竹簾、木板，守在不同房間，將低處的雜物、箱櫃用椅條、桌凳以各種技巧往上疊。隨時要去堵、去接噴洩進屋裡的雨水。家裡的米糧、薪柴吃了水，灶火升不起來，無法煮食，便以剩下的糕粿止饑。

4　戊戌年：此處指一八九八年。

他還記得阿母說：「這種雨勢又下這樣久，會出事。」那猶如卜師預言的神情。他偷偷掀開一點窗縫看出去，視線裡盡是流動的土黃色泥水，原本應該有的路徑、竹棚、圍籬、飼養的雞豬都消失不見。阿爸欲出去巡視，救點什麼回來，讓阿母阻止。

「人若被沖走，連性命都無。」

等他們能走出家門，才知道有認識的人失蹤，有屋舍被土石掩埋，有來不及搶收的作物全毀，土田變石頭田。後來聽說同樣那段時間，西邊內山下雨下到積成大潭，潭水最後崩潰，混合土石往下衝落濁水溪。濁水溪下游如織網展開的水路向北改道偏移，北岸許多田地屋舍泡在水裡，積水久久未退，好幾個地方甚至因此散庄、廢庄。

庄人傳言，雖然濁水溪北岸的人也有拜溪王，設石敢當，但南岸有人請了厲害的法師，下符施咒讓大水往北邊淹，所以南岸雖然也淹水，情況卻沒有北岸嚴重。這傳言也不知真假，但大家對咒術確實是很敬畏。大水災加上連續幾年日軍和民軍斷斷續續地交戰、鬥法，他們被或近或遠的恐怖故事包圍，庄裡瀰漫著末世即將到來的想法。其中一派認為，現在人越生越多，神明處理不了這麼多業障，每隔一段時間就會施一個大災劫，一次收走很多人。正因如此，許多人都想，要是自己能特別受神恩眷顧，或是有法力咒術護身就好了，否則肉身凡胎怎麼抵擋得了如此大的災劫？

劉賜自己有時也這樣想，想當少數被原諒、被拯救的人。但又想，別人都死了，只有自己活著也沒什麼意思。與其費心求仙求道，不如乾脆來死。只是不知道入了陰司，會不會被打入地獄受苦？肉體都亡，魂魄還在疼痛，那樣就並不乾脆。

他那陣子特別空虛煩悶，什麼事都不想做，時不時腦中就浮現庄頭毀滅，屍橫遍野，各種完好被損害的模樣。而同庄的劉萬池正是在這些傳言和末世氣氛下生的病。

劉萬池年輕體壯，某日從竹林工作回來，就失魂落魄，不會認人。開口說話，說的也是沒人能聽懂的話。劉萬池的家人試過一些辦法，未能見效。求問神明，神明指示要出庄去找，東方有貴人。有人就介紹新寮街的劉乾過來他們庄。

聽到有懂念咒治病的人要來庄裡，劉賜相當期待，特別跑到劉萬池家所在的茄那腳聚落，想看他們請的是什麼樣的法師。

劉乾和劉賜過去所看過擅長道術的人有些不同。劉乾沒戴道冠、沒纏法巾，也沒擺弄一些花俏的小戲。他穿著黑色斜襟長衫，髮辮梳得齊整水亮，乍看倒像出入文社的書生。但若要說劉乾是修道習佛之人，也不會覺得他不是。

劉乾從草徑上跟著帶路的庄人走來時，劉賜就從圍聚的人群裡注意到他。劉乾五官的輪廓很深，有著人說「重巡」的雙眼皮，兩眼清明有神，然而他的表情卻彷彿想跟那深刻作對一般，並不洩漏太多情感。笑是微微地笑，溫和也只是不冒犯人的溫和，軀殼內底好像是空的，沒有更多的欲望跟打算，那就給了劉賜「這個人確實有在修行」的感覺。在劉賜的想像裡，修行者總是體現著某種節制。

而後劉乾進到屋裡，開始施術念咒，像變了一個人。篤定的神情，明快俐落的指訣手印，用火化掉的飛符，都使那張臉燒熱起來。有種不容質疑，要將在場所有人都收服進去的強硬氣魄。在這麼短的時間裡，忽冷忽熱，幾乎完全相反的兩張臉。劉賜並未因此失望，反而在劉乾身上極端的落差之中，得到猶如身歷幻境，和現實分開的感受。劉乾所持誦的咒文，劉賜大都聽不懂，偶然意會幾個離落的字詞，旋即又被更多無法分辨的聲音沖散。他仍在劉乾的聲腔中感覺到有什麼湧向自己胸坎，就這樣竄了進去。分明他不是那個受術的人。

起初，劉乾的施術讓劉萬池更瘋。劉萬池本來還算安靜，忽然開始亂扯頭髮，來回踱步，一下子急促吐氣、一下子喝喊怪異的言語，非常憤怒狂躁。庄民們幾次準備進去制住他，怕他傷人，卻也沒真發生什麼。劉乾每天在特定的時辰念咒為劉萬池治病，持續了幾天。劉萬池身上令人感到詭異陌生的部分逐漸消失，心性安定的時間轉長，開始講回原本大家聽得懂的話，要水喝、要吃飯，為人所熟悉的劉萬池就回來了。

劉乾沒有幫忙治病的時候，會獨自一人在庄路上走。劉賜跟他照面過幾次，也就是點點頭，不好意思跟他搭話。直到有一天，那時劉萬池的病幾乎全好了，他又遇到劉乾。他心想劉乾差不多要離開這裡，有些悵然，庄裡的日子又將少了靈聖的氣息。劉乾忽然叫住他，問他是不是心裡有事？

他一怔，反問：「誰心裡沒有事？」

「不過你特別不安定，我看見你被一棵大樹吞進去。」

劉乾說的話嚇住他。他真的曾被一棵大樹吞進去。

小時候，有一次他跟著阿爸、阿兄一起進到竹林裡要伐一些嫩竹，好賣給紙寮的人做紙。當他們做完平常熟悉的地帶，準備往竹林更深的地方走去，四周起了茫霧。阿爸提醒他們跟好，一個跟一個。他小心盯著阿兄的腳，也一直有一雙腳在他前面。後來霧變得更加濃密，阿兄的形影幾乎要完全消失。他一急，連忙將手伸出，試圖抓住阿兄的手。抓到的時候就知道不對了，這好像不是阿兄的手。手的主人回過頭來看，也很驚訝。他仍記得那個人驚訝的樣子，卻怎麼也想不起來那個人的長相。奇怪的是，那個人沒有放開手，就讓他繼續牽著，同時也牽住了他。他不知自己怎麼了，竟乖乖跟著走，沒喊阿爸、阿兄。

所有的一切回想起來都不合常情，但在當下卻又覺得是極其自然的舉動。聽說中了迷魂術的人也會這樣，但他想不出自己是在何時可能被施了術。當他走不動，那個人將他揹起，他發現對方也並沒有比自己高多少，就跟阿兄差不多，可能是這樣才認錯人。不過那個人相當有力氣，腳步穩妥，就這樣一路揹著他下坡，涉過溪水又上坡，雙腿都不會疲累似的。不知過了多久，最後把他帶到一棵大樹下，將他安置在樹洞裡。那樹洞的大小剛好能將他包住。附近沒有看見竹林，只有許多粗壯的樹，而且冷，彷彿有冰霜爬在臉上。他身軀不停發顫。那個人離開一陣子，回來時拿了許多雜草鋪蓋在他身上，塞滿他跟樹洞之間僅剩的空隙，並餵他吃一些小小的，嚐起來酸酸甜甜的黑色果實，讓他乾燥的唇舌濕潤起來，接著又餵他吃一些好像還在動的東西。那些東西攀在他舌面跳，他捲動舌頭吐不出去，只好用力咬，咬碎了就不覺得它們會動。那個人將東西塞進他嘴裡的速度很快，他也就必須咬磨得更快，淡淡的泥臭味，沾到土沙的觸感，時而薄脆、時而綿軟的口感交互在舌齒間。吞下許多之後，肚腹感到飽足，身體也不覺得冷了。

當霧漸漸變薄，他終於看見那個人餵他吃的東西，是從腰間的細網袋裡掏出來，認出自己吃的是一隻一隻的草螟仔、杜蚓仔，和一些不知名的蟲子。他抗拒著不想再吃，卻全身無法動彈，像是從來就沒有手、沒有腳。那時候才意識到，從那個人把他塞進樹洞開始，他唯一在動的就只有自己的嘴，可是這嘴也只能吃，無法說話表達意見。有很長一段時間，他不知道是多久，他都只是順從配合那個人。直到他聽見連續幾聲震撼心神的槍響，四肢突然清醒過來，變得能動。他伸手要去摸那個人的臉，那個他明明意識到卻一直無法看清楚的臉。那個人敏捷往旁邊閃開，竄進樹林深處。他什麼也沒能碰觸到。

他被人發現，是三天後的事。經過了三天，也是別人告訴他的。原來他已被帶到另一座山頭去，兩個腦丁在工作時發現他，將他揹下山。那時還是清朝，阿爸也是做保正，認識的人面廣，附近幾個庄頭都知道他失蹤的消息，問他叫什麼名字、住在哪裡？確認身分後，很快就將他送回去，領了賞金。當他提起這幾日的遭遇，大家都說他是被魔神仔牽走了，有回來就好。可他總覺得不是，感覺自己面對的就是一個人。他亦不覺得自己受到拐騙，認為那個人是在幫助自己。

阿母用淨符水幫他洗身去邪，說：「你背上好像長了新的痣，就在心窩的正後方。」他一聽有些驚惶，因他看不見自己的背，所以無法知道是阿母錯看了，還是他的身體真有什麼改變，這改變又跟那件事有沒有關係？

他每回想起這件事，心裡總有些異樣的感受，家裡人交代他要警覺，不可再發生的，他卻卡在那些永遠都無法弄清楚的缺口，甚至因為記憶的日漸模糊而感到悲傷。有一次，他忍不住抓了草螟仔蹲在樹下準備生吃，以為這樣能讓他再回到當時的感覺，修復失去的輪廓。草螟仔剛塞進嘴裡又後悔，連忙用手撥出來，怕庄裡有人看見他吃，再傳出去不知會被說成什麼樣。雖然也有人會煮蟲來吃或抓蟲浸酒，可他知道自己是失蹤過的人，那一點舉動就足以形成歪曲的聯想。

當劉乾說他被一棵大樹吞進去，他非常害怕劉乾也看見他吃草螟仔、杜蚓仔的情景。劉乾的術力令他著迷，讓他覺得去碰觸命運的神祕是有可能的。然而他又希望劉乾不要太過厲害，怕劉乾真能完全將他看透。

劉乾像會讀心術般，對他說：「你不要怕，除了那棵樹，我無法看得更多、更清楚。」

劉乾問他屬什麼？

他答：「長長的那個。」習慣不說出那個字，怕把牠召喚過來。

「我屬兔，大你兩歲。」劉乾沉默了一會兒又說：「我們同姓，像兄弟一樣，感覺特別親。」

他不太懂劉乾所說的親，這個庄有很多姓劉的，難道劉乾也覺得與他們親？但被說感覺親，還是高興。他跟劉乾變成朋友。他叫劉乾「乾仔」。他很少稱呼剛認識的人「仔」，那需要足夠的親密，可劉乾說他們是親的，他也就覺得可以那樣叫劉乾。劉乾卻叫他「阿賜」，沒有加上「仔」音在字尾。他一聽覺得有點不好意思，但也不好再改口了。

劉乾回新寮後，劉賜若往新寮街辦事，就會去找劉乾。劉乾如果過溪來幫人治病，也會找劉賜。每年冬尾祭熱鬧時，他們相約去山腳下江西林庄東埔蚋聚落的國聖爺廟拜拜[5]，看人比卜聖杯決定爐主。他喜歡看酬神戲，劉乾喜歡聽廟裡請來的道士念咒。這間廟在求穀、祈雨、治病，以及驅除瘟疫、蟲害等方面很有名，有需要的人就會跟廟方買相關的雕版護符。祈雨、驅蟲的符買回去可以黏於青竹管安插田邊，去瘟的可以貼在養豬養雞的圍欄。劉賜也非常習慣生活中要有這些護符，才有一種鎮住災邪的安心感。無田無畜的劉乾也會買各種護符，說是要研究對方畫符令的手路。如此一年一、兩次甚至超過，見了面就待在一起一整天，聽對方講述近況，也在這樣的交談中，逐漸相熟。雖然劉賜心中仍有不希望任何人知道的部分，可是在那之外，他們能夠聊得很深，就覺也算得上知己。

戊戌大水災那年是狗年，現在是雞年年尾，轉眼就又要到狗年，十二生肖快滿一輪。如今他都要三十歲了，人世還沒毀滅，活著也仍是那樣，沒事的時候都好，有事亦往往不能怎麼樣。他因為阿爸當保正，且有家底，跟日子過得拖磨的人比起來，尚占了便宜。再要說心中有什麼空虛惆悵，不但惹人嫌，自己也要厭惡自己，就習慣都藏好。

他跟劉乾相識的這十餘年，剛好也是阿爸替日本官廳當保正的十餘年。

5　江西林庄位於今南投縣竹山鎮境內。

日本警察帶著通譯來，集合各家家長，說是要選出這個庄的保正。讓他們照清朝時的編制，各甲先選出甲長，甲長之間再投票推選出一個保正。並說只要身世清白，沒有犯罪紀錄，在庄裡有名望能服眾，不識字或不會講日本話也沒有關係。於是識字不多，也不會講日本話的阿爸，仍被甲長們推舉出來當保正。

那時協助藏匿民軍的庄頭，被日軍燒殺清剿到倒庄的傳聞很多。許多人都怕自己的庄頭被說是民軍的同夥、巢穴，成為下一個倒庄的。可是民軍來庄裡徵稅也不敢不給，一來怕惹麻煩，二來也還是指望民軍能趕走日本軍警。一開始只是這樣，阿爸自認能繼續發揮過去敷衍說謊的本事，換取庄頭安寧。阿爸是這麼跟他說的：「與其讓別人胡亂指認我們，不如自己來確保庄裡的清白。」

然而漸漸就當不了雙面人。為了證明本庄都是良民，避免連坐受罰，就要認真幫日本人警覺匪情。民軍的消息越來越少聽到，日本警察反而越來越常上門吩咐事情。他們庄歸東埔蚋派出所監視管轄，那派出所就在他和劉乾會去的國聖爺廟附近，幸好不在本庄裡。但巡查真是會來查的，巡查要他們誠實，就有人因不誠實而被毆打。巡查要他們守規矩，也就有了誰因不守規矩而必須繳納罰金的事例。不知道從何時起，有些庄民會為了想證明自己的誠實，而去檢舉那些他所知道並不對巡查誠實的人，也有些庄民捏造事實，藉此報復跟自己有過節的人。

庄頭內，人跟人的利害關係逐漸改變，阿爸一開始想保護庄頭的理由也早就消失。阿爸沒有辭掉保正的工作，每隔兩年的重選，在官廳的核可下，也還是連任。三年前，阿爸獲頒一個刻有保正兩字的銀質徽章，那是少數他和阿爸都能認得的字，官廳說是執行職務時須佩帶在左臂上識別的。阿爸並不很捨得用，也怕弄丟，大部分時間收在盒子裡，說將來要傳給子孫看。明明官廳的通譯有提醒，將來若不當保正了，要移交。阿爸的工作越來越多，一下子鼓勵大家種牛痘，一下子又說要捕鼠防瘟疫，還要勸沒有工作的人去就業。拉著全家人一起分擔他眾多雜務，另又請一個識字、懂日本話的文書定期過來協助。那努力的樣子，簡直像怕無法再當保正，也要子孫將來還當保正。

做保正沒工錢，又要擔許多責任。雖然可以得到販賣阿片的特權，利潤很高，但他每幫忙阿爸去送別人訂的阿片煙膏，見吸阿片成癮的人反像是被阿片吸盡了精氣，心裡就有造惡業的憂懼。也曾經，阿爸提醒他千萬不可以去林圮埔街上看歸順典禮[6]。之後，歸順的民軍都在典禮上死去，他才明白阿爸早就知道日本官廳的計畫。阿爸告訴他，這些人放回去可能

6 林圮埔街位於今南投縣竹山鎮境內，亦有林杞埔、林圯埔等寫法。

又會反叛。以往就是這樣，不少人降了又叛，叛了又降。官廳為了抓這些人也死不少人，可能近期換了新總督，作風改變。你不要把我想得太壞，這次的計畫不是只有我知道，林圮埔喊得出名號的仕紳也都知情。他們還出席典禮，跟歸順的人一起拍了合影寫真才離席，心肝比鐵還硬。對他們來說，這些還在抵抗的人成不了氣候，卻又造成山區不平靜，影響到樟腦生意。這事大家都有默契，多少年了，不了斷不行，總不能一直這樣下去……

他聽阿爸說這些話的時候，分不清阿爸是替誰說話。替自己說話、替日本人說話，還是替那些仕紳說話？像這樣即使沒有親手害人，明明知道官廳的計畫卻什麼也沒說，真的可以嗎？因為阿爸掌握了跟官廳關係好的人才能知道的消息，總能趨吉避凶的自己，會不會只要活著，就是累積罪業？

劉乾曾說：「你阿爸這世人欠你。」這事確實。阿爸給了他許多有形、無形的東西，好的、壞的，全給了。

他說了多次不想接種牛痘，可阿爸說保正的家庭應該當表率，仍把他推出來讓眾人看，示範如何接種。自此他戶口登記簿上的種痘欄就有了接種紀錄，成了辨識他身分的一部分內容。那被什麼劃開缺口進入的痛覺，讓他想起幼時在樹洞裡的回憶，卻沒有受拯救的感受。他受不了這些事，不想再承受阿爸嘴裡的「進步」和「家庭」，才搬出來一個人居住。一個人待在屋裡，總可以忘記外面的世道如何改變。

現在劉乾來了，猶如一種投奔，外面的事還是像水一樣滲進來。他想幫劉乾，怕會連累阿爸，換作阿爸去害劉乾，那也不行。

這間工屋很接近西面山頭大坑庄的中心崙聚落[7]，剛好在兩庄之間的交界地帶，而大坑庄歸頂林派出所管轄，因此兩庄庄界也是東埔蚋派出所和頂林派出所的轄區交界。早年他們先祖看這一帶竹林地多，想做靠近自己聚落這面的竹林地，原先也只搭了簡單的筍寮，隨著竹林地越做越大，才又搭建這間方便久住跟儲物的土角厝。這一帶家戶少又分散，彼此間並沒有近到一點風吹草動就會被注意的地步。加上庄界並不容易明確區分，巡查很少巡到這麼外圍來，若遇到盤查，想找個藉口也不難。況且，劉乾已經離開羌仔寮派出所的管區。

劉賜思想幾回，越發覺得劉乾來這裡很對。他是能把劉乾藏好，這也是他想做的。

「乾仔，睡著了嗎？」劉賜輕聲叫喚。

「還沒。」

劉乾很快回應，聲音聽起來非常清醒。

7　大坑庄位於今南投縣竹山鎮境內。

「我想過，你就先住下來。這附近還有一個我們家的筍寮，平常讓採筍短工睡的。這陣子我沒雇人，我阿爸也很少過來這裡。不過還是要小心，如果遇到有人問，你就說你是我新請的筍工。我每天都會帶吃的過去給你。有什麼需要用的，你也可以跟我說。」

「多謝你。」

隔天，劉賜安排劉乾住到他說的那間筍寮。那是在剛進入竹林的崁腳，用竹管、茅草搭起來的簡易寮棚，大約只能容一、兩人歇息，放挖筍工具跟剝筍殼、煮筍殺青的地方。附近山壁有泉水流下，劉賜利用幾條剖半的半圓形竹身接組成引水的渠道，將山泉水引到筍寮來，用水也是方便的。

「這附近都是我們家在做的竹林，外面的山路就算有人經過，也不會特別繞進來。」劉賜說。

劉乾拾起角落一個削成茶杯的竹筒問：「這個，我可以在上面挖洞嗎？」

「可以啊。茶杯都是用多餘的竹材做的，還有好幾個。」

劉乾拿起旁邊的短刀，在竹筒上緣挖出兩個洞，分別穿過草繩。接著用衣袖擦拭乾淨竹筒，從包袱裡拿出幾張金紙塞進去，將竹筒懸掛在筍寮的主梁柱上。

對於劉乾逃亡的包袱裡竟然有金紙，劉賜感到有點吃驚，但並非不能理解，行走山中有時需用金銀紙平順一些看不見的事物。

劉乾又從包袱裡取出線香跟火柴，點燃兩炷清香，輕輕甩滅明火，一支自己拿著，另一支遞給劉賜。燒香味散開來。劉乾拿香對著竹筒低聲說了似乎是跟這裡的神靈打招呼的話，劉賜沒有聽清。

劉乾講完，雙手舉香敬拜。劉賜站在劉乾身後，很自然地也跟著拿香禮拜，拜完將燃香交給劉乾，讓劉乾一起插進竹筒裡。

竹筒上方香煙繚繞飛昇。劉賜空出的雙手，合掌再拜，突然覺得這間筍寮變得有些不一樣。

「除了吃的，你有什麼需要我帶的嗎？」

「能不能幫我多帶一些香燭、金紙跟火柴？我身上的差不多用完了。」

「好啊，沒問題。」

劉賜走的時候，看見劉乾雙腿交疊盤坐下來，眉目低垂，結了手印，開始念經。

劉賜想，劉乾在這裡，他是高興的。他相信，他跟劉乾都能平安度過這次考驗。

劉賜回到熱鬧的祖厝，跟家人打過招呼後，請文書幫忙在寄留者登記簿上替劉乾寫了假的本居地。這是他以前雇過的外地人筍工戶籍，已讓劉乾先背過。阿兄、阿嫂的兒女帶著鄰舍玩伴湧上來，拉住他一起玩。他跟孩子們追逐玩鬧了一陣，好不容易擺脫，欲離開，壯丁團的人又來了。阿兄是壯丁團裡領頭的，拉著他一起練武，又逗留許久，儘管他曾以一些藉口逃避加入壯丁團，至今也沒想要加入。阿兄說你身手好，不加入太可惜。他說現在壯丁團沒什麼需要打鬥的事，有沒有他實在沒差。

阿兄問：「你為什麼不回來家裡住？」

他說：「我想要顧筍仔。」

這不是阿兄第一次問他。每次再提，似在等他說出不一樣的答案或改變想法。

那一天，回到住的地方，劉賜繼續製作本來做到一半的竹椅。文公尺上面記有不同寸尺所屬的吉凶，他小心翼翼讓竹椅上下各邊量出來都是吉數。

完成的竹椅放在門口的大樹下。劉賜雙手擱在扶把上，身軀往後靠，試坐看看。因為舒服，他赤腳的雙腿岔開。生活裡有些改變所帶來的興奮，跟長久習慣的空虛交織在一起。他摸了摸自己的臉緣、頸脖，頭微微傾斜，對著山色林蔭，一個人靜靜坐了許久。

夜就來臨了。

新

舊

到了舊曆的十一月二十日，也是新曆明治四十三年的一月一日，土曜日[1]。這一天劉賜到林圯埔街的早市賣冬筍，看見日本人已經在慶祝新年。支廳、公學校、郵便局，和一些日本商店、家屋，門前擺出成對的松竹，門上懸掛著精緻漂亮的繩結，早市也有人在販賣日本酒跟年菜。

對劉賜來說，真正的過年還要一個多月。雖然自前一陣子開始，各庄頭也陸續進行冬尾的謝神活動，偶爾會聽見鑼鼓絃吹的喧響。可是劉賜覺得，感謝一年的結束，跟慶祝一年的開始，儘管同樣在熱鬧，還是不太一樣。庄裡尚不覺得有這樣的差別，都用舊曆在看日子；在街上，兩種時間一快一慢並行的狀態特別明顯；若到竹林裡找劉乾，時間則好似並不存在。他和劉乾，誰也沒提往年相約國聖爺廟的習慣。劉乾必須藏躲起來，今年當然不能去。

他每去送飯，劉乾不是打坐念經，就是在日光照射得到的角落看卜書。筍寮因為有劉乾在，變得似有靈氣寄居。巡查也沒來盤問過，一切都很平順。他踏入筍寮的時候，會先對著劉乾懸掛的竹筒合掌拜拜，像是打個招呼。

拜了幾次，才想到要問劉乾：「我們拜的是誰？」

劉乾說：「觀音。」

觀世音菩薩女身白衣、白帽巾，慈眉善目，手持楊柳枝、淨瓶水，紫竹、蓮花圍繞，背後一輪明光的形象就浮現劉賜腦海，變得非常真實。在觀音的多種變相中，這是劉賜最熟悉的。他常在佛畫裡看到，祖厝正廳就有這樣一幅。

劉乾持誦經文時，劉賜抱膝靜靜坐在旁邊聽。他喜歡劉乾的念腔，聽著心裡安穩，亦不覺時間流逝。

可是天色總會暗下來，而他從那灰暗中驟然醒覺，意識到時間畢竟還是過去了。時間並不存在的感受，像是只維持於某種界限範圍內的幻術。

他問劉乾：「你在這裡看見觀音佛祖了嗎？」

劉乾說：「我沒有看見，不過我感覺得到。」

「那是什麼樣的感覺？」

「很難說，就像我知道你在我面前一樣。」

「你是看見我，才知道我在吧。這怎麼會一樣呢？」

「我不是只感覺到現在的你啊。」

劉乾突然將手伸出，朝劉賜的臉過來。

---

1 明治四十三年：一九一〇年。土曜日：星期六。

劉賜嚇一跳，猛烈將身軀往後縮。

劉乾懸在半空中的手，收了回去。反問一句：「怎麼了？」一臉置身事外，與他無關的模樣。

「你問我怎麼了，我才覺得奇怪。我以為你要打我。」

「我怎麼會打你呢？」

「確實不會。可是剛剛真奇怪，我實在有這種感覺。」

「那麼這感覺是真的，還是假的？你覺得熟悉嗎？」

「我……不知道。」劉賜想到幼時的自己也曾伸出手，想要碰觸某張看不見的臉。

「你方才問我有沒有看見，我並不是因為看得清楚才說，其實大部分的事對我來說都很模糊。但我有感應，你跟觀音有緣，可以多念南無觀世音菩薩。」

「南無觀世音菩薩……」劉賜經過佛具店，想起劉乾講過的話，低聲誦了觀音聖號。

他望向裡頭懸掛的幾幅佛畫，應多是有人預先指定內容，畫好待取的。畫中佛祖、菩薩形貌姿態各異，但若不細究，也可以說都是相像的，多少都給人慈悲祥和的感受。唯獨一幅色澤殊異，置身火海，青面獠牙的大士爺令他心驚。那幅畫中的大士爺，腳下有許多只剩皮包骨的餓鬼，或膜拜，或攀爬，而他所熟悉的白衣觀音被畫得好小，漂浮在大士爺頭上。他過去只在中元普度時見過紙糊的大士爺。大士爺的由來有幾種不同說法，其中一說這是觀音化身為面容被火焚燒的鬼王，藉此感化救助眾生，亦有警世的意思。紙糊的大士爺，普度結束便會被火燒化，因此劉賜時常忘記那也是觀音的一種形象。此刻那短暫示人的形象出現在理應恆常的畫作裡，劉賜的目光停留於畫上，一個念頭生出來，不知道劉乾所感應到的觀音又是什麼模樣？

正自沉思，有人行至他面前，擋住去路，喚了聲：「劉頭家。」

劉賜抬眼，認出是住在中心崙的張掇。張掇個頭比他高一些，約二十幾歲人，跟劉賜一樣也是竹農。

張掇除了做自家竹林地，因學過寫字，另外協助中心崙的大竹農林啟禎掌理部分買賣方面的事。往日劉賜跟林啟禎做竹材生意，見過張掇多次面，算是熟面孔，卻沒講過太多話。張掇長相老實，臉上帶笑，給人一種容易親近、好說話的感覺。林啟禎私下曾跟劉賜說：「你別看他那樣，其實心思極巧，錢從不曾算錯。」

在劉賜看來，林啟禎和張掇的關係，表面上是雇傭，卻也有點像建立在買賣通路一致，具有共同利益的合作。只不過林啟禎手頭的事業大過張掇許多，年紀輩分也長，致使初看會有張掇是林啟禎手下的印象，後來才發覺不完全是如此。林啟禎僅將處理不來的雜務委託張掇，大部分事業還是由自己或家人經手。

「你叫張掇，對吧？」

「是啊，劉頭家記性真好。今日來逛街嗎？」

「我來賣冬筍，賣完四處逛逛。你呢？」

「我聽說今天是新曆過年，好奇到街上來看看有沒有什麼熱鬧。剛剛在聽人講一個日本大臣被朝鮮人暗殺的事。現在講到廖添丁……」

張掇指向對街不遠處。

劉賜順著張掇所指的方向看去。和街路相交的窄巷口，有一名身著長衫的矮胖男人正站在牆邊說話給一群人聽。那男人一手拿著紙張，另一手舞弄手勢，講得頗為激動。

劉賜聽聞過，廖添丁身懷武功，神出鬼沒，近期於臺北屢屢犯案，是讓日本警察頭痛的人物。至於犯案細節，他並不清楚。

「哦，這個人講得如何呢？」劉賜問。

「我覺得不錯。他說一個多月前，廖添丁本來躲得好好的，卻被朋友出賣，向日本警察舉報。那個出賣他的人，還用鋤頭將廖添丁打死。」

「廖添丁死了？他不是有練武功？」

「所以那個人說廖添丁其實沒死，這是欺騙日本人的詐術。」

「詐死這種事有可能嗎？如果廖添丁沒死，那死的又是誰？」

「誰知道呢。這個人最近才出現在街上，拿舊報紙編些離奇的故事。大家聽得正刺激，就拿一些藥丸、藥膏出來賣，故事也總是沒講完。」

「你喜歡聽這個？」

「還好，我主要是為了借報紙摸一摸。」

「為何要摸報紙？」

「那種紙看起來很不同，我如果看到不一樣的紙就會想摸摸看。我在紙寮做的紙是粗紙，可以拿來做金銀紙、包貨的紙，卻沒辦法拿去印報紙。剛剛那個人有借我摸摸看，摸起來比我們做得細，又軟。可惜不能撕看看。那樣的紙是怎麼做出來？是哪一個關竅的差別？我很想瞭解。」

「這些問題你問過那個人嗎？」

「問過，不過他也不知道。只說日本人的技術怎麼樣都比較行一點。」

「聽起來真無奈。」劉賜苦笑。

「要不要一起過去聽？」

「還是不用了。」劉賜差一點就答應，違背自己提醒過劉乾的話：「不能隨便圍在一起，也不要亂看。」他發覺這樣的事比想像中容易碰到。

此時有穿著黑色制服的巡查自街尾走來，一路巡視街道上的狀況。那名讀報紙的人對眾人抱拳作揖，道了聲再會，迅速閃入窄巷中消失了。

「怎麼一回事，讀報紙不犯法吧？」劉賜對這個人的舉動感到疑惑。

「大概是不想被盤問，而且又是在說廖添丁。前面還講暗殺日本大臣的事，那個大臣好像非常大喔，叫伊藤……博文？」

「我沒聽過這個人。」

人群散去。張掇無事，就跟著劉賜一起逛街。劉賜反正無伴，覺得有人一道走逛也不錯。路面因為乾燥，被風、被人群的腳步激起土粉。有店家捧了盆水往門外潑。兩人閃過潑出的污水，避開亂竄的雞隻，又讓路給迎面而來載貨的牛車。拐了個彎，踏入圍繞在媽祖宮旁的數個相連棚攤，採買各自需要的東西。從棚攤望出去，牛車不知何故停住，堵在路中央，巡查正對牛車的主人問話。原本拿著畚箕在拾牛糞的孩童跑開了去。

劉賜說：「你剛剛說到印報紙，可是不管怎麼樣，需要買金紙的人總是比需要買報紙的人多很多吧？像我不識字，就不需要報紙啊。而且報紙我很少見到，似乎印得不多？我一整年拜神、拜祖先，就不知道要用掉多少金紙。以做生意來說，東西好賣，這樣不就夠了嗎？」

「是這樣沒錯。只是我會很想知曉一些事情背後的道理，不弄清楚就不能滿足，算是我的怪癖。雖然就算知道了這些道理，可能也沒什麼用處。」

「這不是壞事啊，少年人能多瞭解一些事很好。不要像我，對這新世界的事物不知半項。」

「怎會呢？而且劉頭家沒大我幾歲吧？」

「你生肖屬什麼？」

「我屬雞。」

劉賜算了算，「那我們差四歲。」

「所以我們年紀差不多嘛。」

「我倒是不覺得。你不知道，我的人生已經到底了。」

「難道我四年後也會有這種感覺？」

「你不會啦。這是我的問題。我啊，雖然對現在不算滿意，但對將來也沒什麼想法，更不想要改變。你卻不一樣，聽你講話我會想，不知道你以後會變成怎麼樣……」

「我會變成怎麼樣？」張掇露出困惑的表情。

「不是變壞的意思。」

劉賜越說越尷尬。剛才不過是問年歲這一類的閒話，怎會說到這裡來。

張掇沒有接話，跟廟口阿婆買了金紙，拉他一同進去媽祖宮拜拜。兩人前殿、後殿繞了一圈，把所有奉祀的神明都拜過，裡頭也有觀音佛祖。

燒化完金紙，劉賜想跟張掇分攤金紙的花費，拿錢遞與張掇，張掇不收又塞回來，說是小錢。兩人一來一往，遞錢的手都不知摸過對方腰身幾回，力道越來越大，幾乎要塞出火氣。張掇勉強收下那錢，表情竟有幾分委屈。

劉賜遂邀張掇一起在媽祖宮旁的點心擔吃羹麵。

「以後別喊我頭家，叫我名字就可以了。我並不是做什麼大生意的人。」劉賜考慮許久，終於開口說。他之前一直沒拒絕張掇叫他劉頭家，是怕改變稱謂就改變關係。他生性孤僻，只勉強學會如何跟人交陪，裝作能交朋友的樣子，並不想刻意拉人親近。可是今日這麼相處一回，再讓張掇叫自己頭家，就太見外了。

「那我以後就叫您阿賜兄。您也可以叫我阿掇。」

張掇顯得很高興，笑容比劉賜往日印象中更多。

過午，兩人決定各自走原來的路回去。

從林圮埔街回鹿仔坑，跟到中心崙，走的是一東一西兩條不同的山路，雖然最後兩條山路會在山上會合，像一個環抱的大圓圈。在山裡，鹿仔坑和中心崙兩地相距也不遠。不過如果為了結伴同行，遷就的那個人勢必就要多走一段路繞回去。若問誰要遷就，恐怕還要相讓幾回，兩人便沒有掛慮的互道再會。

臨走，張掇忽然揮了揮手，對劉賜說：「阿賜兄，新年恭喜。」眼神雀躍，好像今天是很了不得的一天。

劉賜愣了一下說：「我沒有在過新曆年。不過，多謝你，阿掇，新年恭喜。」

劉賜即將離開街區的時候，看見一間窄小的屋裡，一個有點年紀的洋人傳教士正領著好幾個人一起低頭說話。隔著開啟的門窗，劉賜聽見傳教士開口說的是帶著濃重口音的臺灣話，傳教士說一句，跟隨的人複誦一句。他們表情虔誠，對主耶穌說了許多話。劉賜聽懂一些，實在都是溫柔體貼、充滿感謝的話。他又聽見他們對未來的祝福，似乎是傳教士一一為這些人說的。小屋裡瀰漫的溫暖、希望，劉賜感到好奇，又有些心慌。不知為什麼，想著自己並不是一個好人。

傳教士將要抬起頭的瞬間，劉賜加緊腳步離開。

不遠處，一群苦力兩兩一組在輕便鐵道上推動載貨臺車的聲響傳來。那是往林內去的方向[2]，軌道另一頭則通往東埔蚋，一下車就會看到派出所。他沒想過要搭。

這時是冬筍出產的季節。採收冬筍需趁著天還沒亮，否則筍仔長出土，一曬到日頭就可能出青變老，影響口味，並且這樣才趕得上早市的叫賣。往日，遇到筍仔出產的季節，劉賜會看情況雇一個短工來分擔工作，冬筍、春筍、桂竹筍、麻竹筍都是如此。今年他自己還算忙得過來，加上劉乾躲在這，他就沒有考慮另外雇人。有一天，他先到筍寮拿工具，原是只要自己去割筍。前一次也是如此，劉乾並沒說什麼。但這一天劉乾主動說，今天要陪他去採筍。

劉乾寄住的筍寮，算是竹林邊緣。真正的竹林深處充滿難以預料的危險，更容易遇到毒蛇、山豬；若久未整理，也可能長出許多容易割手的雜草荊棘。劉賜從小跟著阿爸割筍，已習慣在天色將明前的幽暗裡工作，養成了只需要些許光芒就能視物、察覺危險的能力。這次帶著平日沒有採筍習慣的劉乾，除了基本的綁腿，他幫劉乾的手腕也纏上一層布條保護。

劉乾說：「你也應該要綁才好。」再去取了布條來，幫劉賜纏綁，並在彼此的布條上都畫了符文施咒，說可以保平安。

劉賜想這是自己熟悉的竹林地，似乎不用如此小心。但劉乾這麼做，他也不覺得有什麼不好。纏上布條正好比較不會冷。

兩人揹起空竹簍，扛著掘仔，腰間掛上鐮刀，點燃浸了油的竹火把。憑藉火把上的光，走進猫兒竹林中[3]。劉賜將火把靠近竹叢旁的土堆，教劉乾怎麼辨識土裡可能長了筍仔。

「可以先從大竹根附近開始找。你看，這裡的土有點膨起來，又有裂縫，裡面就可能有筍仔。我們先把落葉跟土撥開，確定一下裡面是不是真的有筍仔。撥的時候不要太用力，才不會傷到筍尖。」

劉賜用掘仔輕輕撥開落葉，再用手耙開表土，裡面有筍頭露出來。

「再來，看這個筍仔是往哪邊長。從相反的另一邊，盡量找到跟竹根相連的位置，從那裡掘下去。同樣的，一開始動作要較輕一點。掘筍仔下去的位置如果不對，好好的筍仔截成兩半，會影響到價錢。挖完記得再把土蓋回去。」

劉賜示範了一次，挖出一支冬筍。拍掉土粉，筍仔表面有著美麗的黃色絨毛，筍尖有成穗的細鬚。

劉乾點點頭說：「我知道了。我找一個給你看，你看看這樣是不是可以？」

劉乾按照劉賜的方法做，也挖到一支很漂亮的冬筍。

---

2 林內為今雲林縣林內鄉。

3 猫兒竹：孟宗竹。

「不錯，你學得真快。」

「我小時候也有幫人割過筍仔，不過該注意的細項都忘了。你一說又想起來。」

兩人各拿一根火把，劃分彼此負責採收的地盤。說好採收完就呼喚對方，移動火把到下一處竹林地繼續採收。

劉賜將火把插入土裡，又撿了幾塊石頭夾著固定住，覺得能空出兩隻手還是比較方便。他採收的速度很快，越走越遠，以火把為中心，散出的光芒也越顯微弱。他想往回走的時候，看見有點點黃綠色螢光飛舞在跟竹林相接的龍眼林深處。

是火金姑的光嗎？劉賜被那光芒吸引，忍不住又多走幾步，走出了火光的範圍。黃綠色螢光在更深的黑暗中越發明顯，數量更多。龍眼林的樹幹、葉緣，到處都是光點，鋪圍出一條玄幻奇麗的林中甬道。

劉賜非常想走進去，想讓那樣的冷光包圍。

「阿賜！」

突然他聽見劉乾在叫他。

「你在哪裡？不要走太遠。」劉乾喊著。

劉賜回過神，應了劉乾的叫喚，回頭找他。因為冷，嘴巴打開時呼出白煙。才想到這個時節雖不是完全沒有火金姑，但不曾見過這麼多，自己或者撞著什麼了？幸好受到劉乾的保護。兩人移動火把，一同往下一處去。天色也漸漸明亮。劉賜留下賣相不好的筍仔自己吃，也分給劉乾一些。大支又漂亮的趁早揹下山，去街上的市場賣，很快都賣光了。換得的錢買了些欲給劉乾用的線香、金紙跟火柴。

又隔了幾日，劉賜打算整理一下桂竹林，伐一些竹材去賣。

竹林雖然長得快，但並不是任它長就好。完全放任不管，竹林就會被彼此旺盛的生長，壓迫到失去新竹成長的空間，走向擁擠、雜亂、衰敗，變成對竹農來講難以利用的竹林了。去除雜草，砍伐太老或生長位置錯誤，將來勢必長不大的竹株；將長得太密的竹叢去掉幾根，在適當的位置種下嫩竹，這些都是必要的整理。砍下來的竹材也能賣人，其中有些是單純為了賣錢而砍伐。

劉賜這次主要的目的是要販賣竹材，需要人手，就邀了劉乾一起來幫忙。

劉乾跟著他整理時說：「聽你說這支竹仔為什麼要留，那支竹仔為什麼要砍掉，我覺得你好像看得見這竹林半年後的模樣。」

聽劉乾這麼說，劉賜有些歡喜，又有些不好意思，他對自己並不很有自信。

「我也不知道自己的判斷是不是最好的選擇，總之是憑感覺。感覺差不多了就會停手。

來年如果竹林生得好，就是做得還不錯吧。」

工作了大半天，整理告一段落。劉賜教劉乾先將竹材依竹頭粗細分成幾堆，粗細相近的用竹篾仔捆在一起，粗的根數少些，細的根數就讓它多些，讓每一捆看起來都差不多寬幅。劉賜抽出幾根適合做竹椅的，另外拖去筍寮放。回頭拿來竹扁擔，扁擔雙邊都勾上麻索，準備用來吊掛捆綁好的竹材。

「今天有人收竹仔，我要把竹仔拖去中心崙附近賣掉。你要不要先回去？」

「你一個人豈不是要拖兩趟。放心吧，我不就是你雇的筍工？我不在旁邊，反而會讓人起疑。」

兩人戴起斗笠，一同將竹材拖出竹林，再沿著山徑拖運至接近中心崙的岔路口。那裡有個地勢較平坦的空地，空地上已堆疊了數捆竹材。劉賜看見張掇站在竹材前，拿著毛筆在簿冊上寫字。不遠處有兩個看起來跟張掇年紀差不多的男人，正將收來的竹材拖進另一側的山徑裡。劉賜知道那條山徑的部分土面鋪有一節節竹篙，這樣拖著竹材走路比較省力，陡一點的地方還可以讓它溜滑下去。

劉賜不甚習慣地喊了聲：「阿掇。」

張掇轉頭看見劉賜，走來向劉賜打招呼：「阿賜兄，林頭家這一陣子比較忙，沒有過來。

竹材可以先交給我點收，我立一個字據給你，您再跟林頭家請錢。」

劉賜雖然對張掇有好感，也算信任他。但他不識得幾個字，對字據這種東西有點不信任。

劉乾站到遠處，將頭上的竹笠壓低蓋住半張臉。張掇瞥了劉乾一眼，沒有多問。立刻點收劉賜帶來的竹材，開了字據給劉賜。

劉賜拿那字據讓劉乾看過，劉乾低聲說沒有問題，劉賜才放心收下。他實在也懶得再把竹材拖回去了。唯獨沒有當場拿到錢，感覺又多一件事，很是麻煩。

「既然來到這裡，我帶你去看一個地方。」劉賜改變心情，轉念帶劉乾穿過一片樹林，爬上一處崁頂。

崁頂約面著西北，這個方向沒有其他山崖或比較高的樹叢遮擋，視野十分開闊。往下看，彷彿立在雲端。鋪展在他們眼前的是散布屋舍、田地的綠色平原。兩條猶如巨蛇般交會的河水，在夕照下閃耀著金色光芒。

「你看，那就是清水溪和濁水溪交會的地方，兩條溪水中間這一帶就是林圮埔。我們剛才賣掉的竹材，有一部分會被運到溪埔，綁做竹排放流。這一路過去，一些渡口都有收竹材的生意人，一流一流算錢。」

「那裡好像有一條路，通到溪水那邊，有東西在上面走。」劉乾伸手指著。

「應該是臺車在走的路，可以通到林內，再接縱貫線，除了溪水暴漲的時候不好利用，其他時間都很方便。聽說越來越多人用鐵路運貨，貨物被運送到有驛站的地方。貨物走的路跟以前不太相同了。」

幾隻猴山仔從近處的樹叢紛紛往同一個方向跳過去，枝葉劇烈搖晃起來。劉賜說：「這裡好像住著猴群。」

「我以前曾在林內街的憲兵隊做過苦力。」劉乾說。

「沒聽你說過。」

「也沒做很久。是認識你之前的事了。」

「啊，那真是很久以前。」

「沒想到從這裡看過去，是這樣的景致。」

「對了，若從那邊的山崁下去，會通到頂林派出所。離我們還很遠，但你不要靠近啊。」

劉賜指出方向，覺得不說不好。說了又感多餘，劉乾怎麼可能自己跑到那裡去。

之後劉賜等了快一個月，都沒見到林啟禎或是張掇上門給貨款。一次在有人收竹材的日子過去探問，同樣只見到張掇，未見到林啟禎。張掇記得欠他的款項，並保證林啟禎正在處理中。劉賜疑心林啟禎是不是金錢方面有什麼問題，但林啟禎怎麼說都是認識很久的朋友，過去未曾賴帳，又長自己多歲。跟張掇探聽這個不妥，他也不好意思這麼快就跑去林啟禎家裡催帳。

林啟禎的本名叫林慶興，他阿兄林慶祥清朝時是中心崙的總理，家大業大。他想林啟禎總不會賴他這麼一點錢。

總算舊曆年前，林啟禎拿錢來找劉賜，要與他結清帳款。

劉賜見林啟禎面色憔悴，留著短鬚的圓臉恍若罩著一層陰影，忍不住問他是不是遇到什麼困難？

林啟禎嘆了口氣說：「你記得去年總督府把許多竹林地收編官有，說是要做總督府模範竹林的事嗎？」

「記得啊。那時我還想，幸好我們這一帶的竹林沒被收管。」

「你們那邊是沒有，不過我受到很大的影響。」

劉賜想起去年傳聞林啟禎被叫去頂林派出所集合，因為不願意蓋章放棄竹林地，領取補償金，遭到巡查毆打，還被綁在門口示眾；直到他願意蓋章，才放他回家。「不蓋章，就滾回支那！」這句巡查辱罵不願配合者的話，流傳出來。這裡的人大部分都沒去過唐山，不明白為什麼這個外來者要把他們趕去從沒去過的地方。

「我本來不想蓋章放棄。」林啟禎說。

「我知道。」

「你知道？」

「我是說，有誰會想放棄。不過現在的時勢，也不能不聽官廳的。」

「我亦不是固執的人。一開始想，收歸官有，至少不是給某個人，也還允許我們進去採伐，勉強可以接受。不知道為什麼後來總督府卻要委託做生意的三菱來管理。三菱規矩很多，派了監視員在巡邏，不讓我們伐太多竹仔，針對造紙用的桂竹也有另外收錢的算法。平常還沒有警覺，紙賣出去結算，就發現少賺許多。家裡又十幾口人要吃飯，我現在是拆東牆補西壁……不過你放心，該給的錢我都會給的。」

「我知道，你的信用一直很好。」

「這次估給你的錢也沒有將剛剛說的那些成本算進去。下一回就沒辦法給你這麼多了，請諒解。」

「這樣……」劉賜把收下的錢從懷裡又掏出來，想是否現在就該退給林啟禎一些。林啟禎把他握錢的手壓回去，表示不用。

「你這邊呢？最近有遇到什麼事嗎？」

「我沒遇到什麼事。」

「果然你阿爸當保正還是比較好。」

「也不完全是這樣。可能是我只需要顧自己，對外面的事也比較遲鈍。」

「你別誤解，我不是說你阿爸不好。我阿兄就是當時太傻，不懂得在日本人剛來的時候，多跟日本人打好關係，如今才會說話沒分量，後來再想通都已經慢了。他說想單純做竹林生意就好，不想管官府的事。但哪有什麼單純做生意的？三菱不就是有官廳靠，才能這樣介入竹林生意嗎？聽說三菱的幹部跟官廳的人晚上常一起在街上吃飯喝酒，我們這種人怎麼跟大財閥競爭？」

「別失志。快過年了，明年說不定就轉運了。」

「好啦，我不多說了，也就是吐個怨氣。再會。」

「你過來我這，有去看阿蕊姊嗎？」

「沒有呢，今天要跑好幾個地方，就沒繞進去。我阿姊好嗎？」

「最近見過一次，讓我幫她到街上買些東西，看起來都好。」

「多謝你幫忙。」

林啟禎說完話，像是力氣被抽盡一般，垂著雙肩，又往別處去了。

過年那幾天，劉賜必須回祖厝住，還有祭拜祖先。過年前他多準備了一些吃的放在劉乾那裡，把新做好的竹椅也搬去給劉乾。筍寮狹窄，裡面已經很擁擠，竹椅就放在寮外。

劉乾坐上去說：「這很享受。」

「那你就好好享受。新年恭喜。」

雖然回祖厝也還在同一個庄裡，劉賜怕家裡的人起疑，過年時就沒往劉乾那裡去。當劉賜跟家人熱熱鬧鬧圍坐一桌喝酒吃肉，看孩子們屋內屋外追逐奔跑，有一瞬間他會想到，劉乾一個人在陰暗的竹林裡過年，心裡過意不去。但這是沒辦法的事，他想，總比被抓走好。

不過，說也奇怪。有兩回，他在路上碰到東埔蚋派出所那個新來的，年紀看起來跟自己差不多的巡查，覺得巡查就要問他什麼了，或者會要求到竹林看一看，但巡查都突然想起有什麼事一般，轉頭就走。彷彿有一條無形的界線，不讓巡查再走過去。還有一次，壯丁團到這一帶抓賊，人剛散開欲進入竹林裡搜查，賊就被抓到。就是阿爸那邊，雖也曾問過他筍工的事，一邊問一邊翻動手上的登記簿，因不怎麼會認字，也沒看出什麼來。

他想，真是神明有庇佑。

年後，劉賜恢復原來的生活。他去找劉乾時，劉乾請他幫忙探聽巡查補劉萬寶的消息。劉賜起初不肯，怕打草驚蛇。他實在很怕，至今都很平順，為什麼現在要去探聽？但劉乾非常堅持。

「我出來這麼久，我阿母一個人在家裡不知道狀況如何？如果劉萬寶沒再追查我，我想回去看看，或是託人帶消息給她。」

劉乾的父親已經不在了，現在家裡只有母親一人。劉賜明白這點。

劉乾又說：「如果外面安全，我也可以出去繼續幫人卜卦算命，就不用一直讓你接濟。」

「你要知道，我並不覺得這些有什麼。」對劉賜來說，吃住不是問題，任何劉乾被發現的恐懼才是真正的麻煩。可是劉乾確實躲很久了，劉萬寶也很可能早就忘記劉乾的事。

「我請示過神明，你去做這件事不會有危險。」

劉乾這句話像看穿了他的焦慮。

劉賜猶豫一陣，心裡明白劉乾本來就不可能永無止盡躲藏在這，這是早晚都要面對的事，還是答應了劉乾的請求。

劉賜去找一個在羌仔寮庄曾有生意往來的朋友，編了藉口，先聊一些別的事，再隨口問：「你們這邊的巡查補怎樣？聽說現在的巡查補都比巡查還嚴？」

那朋友跟他說：「我們那個巡查補確實查案查得很勤，也很嚴格。不知道是不是太過賣命？過年時聽說病倒，也不知道是什麼病，有人說是傳染病，不過我不知道哦。總之，似乎病得很嚴重，連職務都只好辭掉。新的巡查補也還沒來。少一個人管，我們這邊暫時算是有較清心吧。」

劉賜聽了，心裡起了一點疑心。

朋友反問他：「那個巡查補不是你們庄的人嗎？你都沒聽人講？」

劉賜說他不知道有這件事，他們可能住在不同聚落。朋友告訴他，這巡查補的運不好。聽說很多年前，他族親裡面有個中邪許久都治不好的人，本來族長都要把那個人原本在做的竹林地分給他去做了，中邪那個卻又好了。這次也是，巡查補不是簡單能當上的，卻沒做多久就生病。

「人真的不能運不好。你說對吧？」朋友的話迴盪在劉賜耳邊。

劉賜回到笱寮，問劉乾：「你怎麼知道要我去問劉萬寶的事？」

「劉萬寶怎麼了？」

「聽說病得很重，連工作都辭掉了。」

「果然……」劉乾露出滿意的神情。

平常不輕易洩漏情緒的劉乾，那不經意的神情，加重了劉賜的懷疑。

「乾仔，你……該不會對他下咒吧？」劉賜想他從來都聽不懂劉乾的咒語，他怎麼知道劉乾念咒時是在祈福還是害人呢？

「我只是卜了一卦，得到靈感，所以才請你幫忙問的。我不是也跟你說，我問過神明。怎麼，你覺得劉萬寶可憐？」

「也不是……只是覺得有些巧合。」

「你放心，我沒有對他下咒。」

「抱歉，是我不應該問這種問題。」

劉賜告訴劉乾他所聽聞的事，包括可能跟過去劉乾替劉萬池治病這件事之間存在的因緣。他說他有些茫然，不知道誰才是誰的劫數？但他不敢再去找劉萬池確認，怕真會遇見劉萬寶。劉乾說你的判斷很對，那已經是沒必要知道的事了。

劉乾問：「你有替我高興嗎？」

「當然。」他答。

幾天後，劉乾在鹿仔坑往中心崙的路上重新開始賣卜。

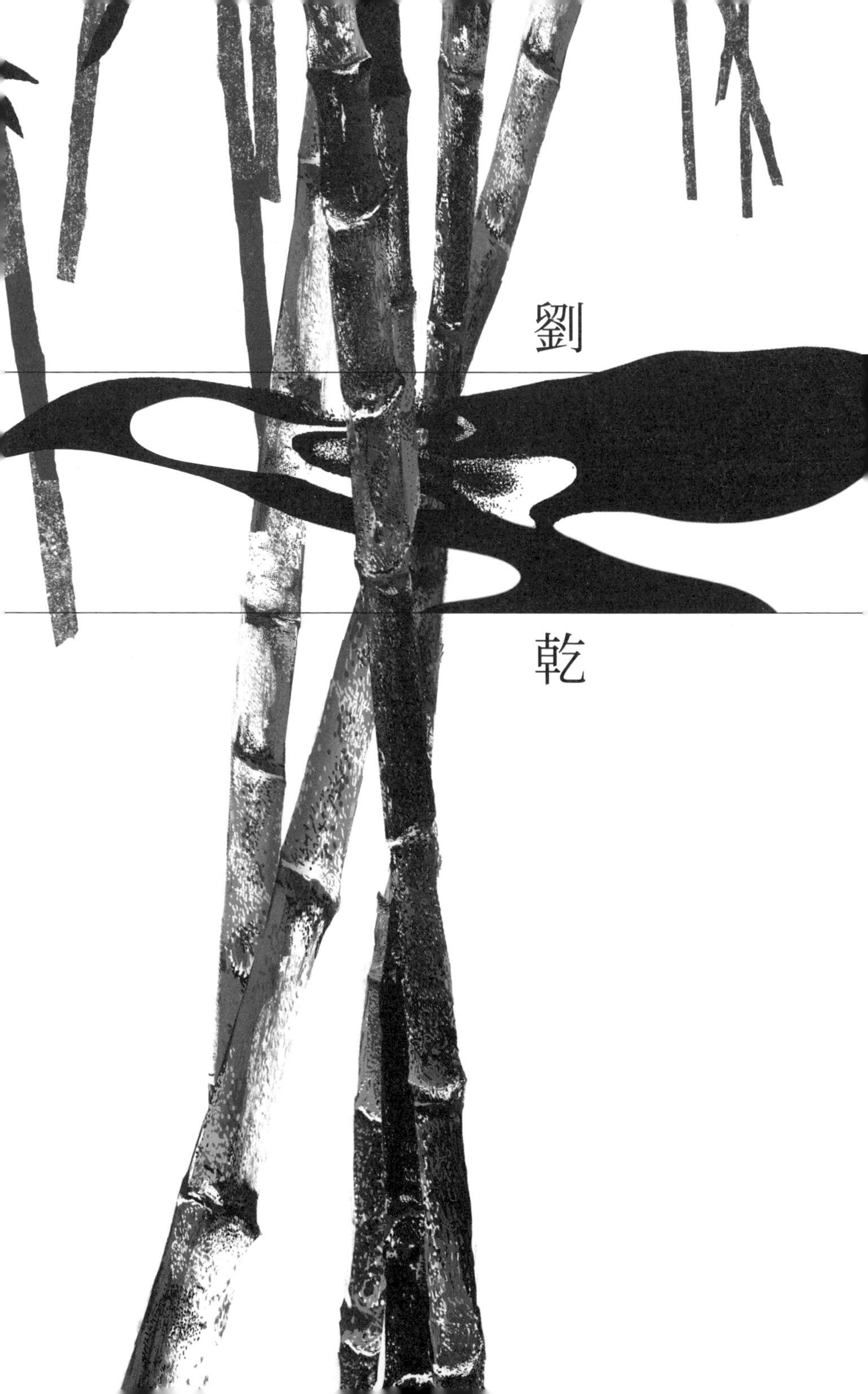

劉

乾

劉乾曾以為，自己這一生會非常潔淨。不去傷誰、害誰。沒有因為自己的存在而使誰變得不幸，沒有惡的積累，甚至還能救助他人。他且相信，他與生俱來就有一條特殊的命途。自小，庄裡許多認識或不怎麼認識的人都是這麼說他的，說他是潔淨的人。

他沒有吃肉的記憶。阿母告訴他：「本來家裡窮，吃肉就不是常有的事。有機會能吃，你卻都給吐出來，白白浪費。那還是你很小時候的事啊，試了幾遍都一樣。逼你吃還哭，怎樣都不吃。後來有人跟我說，你這孩子可能準備要做仙，不要破壞他的機緣。我和你阿爸想想有點怕，就都跟你一起『吃菜』。」

劉乾第一次聽母親講述一家人吃素緣故時，他也還不明白阿母口中的那一點「怕」。這緣故阿母愛說，在他面前說，跟親戚說，跟鄰居說，跟頭一次見面的人說，他不知聽過多少次。許多年後，他才意識到這段話裡藏著一根針，就像為了他的命運而準備一般，早插在他心識中很深的地方。

他生長的新寮街位在山坡上較為開闊平緩，被稱為大坪頂的地帶。從這裡往四處看，也都還是山。有些劉乾叫得出名字，像是麒麟、鳳凰、凍頂，有些劉乾就是到了那裡，也無法確定這是不是他曾張望過的山巒。

有人說新寮街最初因是一塊新墾地，所以被叫做「新寮」；也有人說開墾時有墾戶搭了神寮，供奉陰那山慚愧祖師爺，所以叫「神寮」。不管是「神寮」還是「新寮」，嘴巴喊出來，耳朵聽進去都差不多。直到有一天，他們必須找一個識字的人將這地名寫下來，才發現他們一直記住的都是聲音，而不是字的形狀。就像「慚愧祖師爺的家鄉到底該寫作『陰那山』還是『陰林山』？」這樣的問題，縱然先選擇了其中一個寫法，後來也可能會有人不小心寫成另一個。畢竟庄民是用耳朵、嘴巴交談，而不是用寫字交談，真正被傳遞的還是說話的聲音。於是山腳下國聖爺廟的「國姓爺」，也是「國聖爺」。

關於家鄉的名字，劉乾比較喜歡「神寮」這個說法。他從小跟著庄民祭拜慚愧祖師爺和觀音佛祖，看庄民有事就去詢問祖師爺，依祖師爺指示，知入山的吉凶，求得靈符保佑；也看周遭的大人誦念觀音聖號，祈願消災解厄。慚愧祖師爺和觀音佛祖被一同供奉在一大戶人家三合院主廳裡，既是私宅，也是庄民聚集的公地。祭典時，庄民們紛紛從家裡搬供品來拜，桌位若不夠，還要回家去搬自家的來，拜完一起等看獻神戲。平日裡有人問事，也總有幾人圍觀，聽別人問什麼，祖師爺降乩又答什麼。劉乾喜歡聽人問事，聽各種不同的煩惱苦處，甚至也有非要誰去死的那種恨。他時常在想，這些相異的苦之間有沒有一個共同的根源？如果有，它又是否能被解決？

右手持劍，左手掐道訣，赤著雙足的慚愧祖師爺神尊，頭冠上有個「佛」字，可能是他最早認識的字之一。神明廳的主人告訴他，祖師爺當年是修行成佛，我們這裡道與佛是不分的。修行、道、佛這些講法就不時在他心裡盤繞，吸引著他的意念。縱使沒人跟他說過修行是什麼？道是什麼？佛又是什麼？他覺得自己多少知道一點，至少知道別人怎麼用這些詞，什麼時候說。

他是光緒五年，己卯年出生[1]。在他出生前四年，清朝的總兵吳光亮率領軍工匠，花了將近一年的時間，開闢了從林圮埔通往後山璞石閣的中路[2]。位在西北邊平地的林圮埔是中路的起點，另外還有一條支線，從社寮那個方向將路開過來。欲走中路往後山的人，不管是從林圮埔還是社寮出發，上山後都會經過新寮，此後再往大水窟、頂城、鳳凰山麓去，如此不停往層峰相疊的山內走，最終會抵達東邊的璞石閣。劉乾聽說那裡是山勢盡處，能看見另一端可墾的平原，平原再過去又有山，山的後面是大海。但他從未走到那裡過。

這是他出生之前就開闢好的道路。他幼時所見的熱鬧繁華，諸如街市上的旅舍、山產擔、茶擔、吃飯擔，都是在他有記憶時就這樣了。新寮街上有一個奉祀土地公的福德祠，也是他常跟著父母去拜拜的地方。廟牆外豎立了一大一小兩個石碑，他小時候只知道這兩個石碑似乎跟新寮的過去有關，對內容卻並不瞭解。問阿爸、阿母竟也得到完全相反的答案。

阿爸告訴他：「新寮就是因為開中路變熱鬧的。朝廷修棧道、鑿石階，把路鋪好，解除入山禁令，大家都能利用這條路賺錢，所以來往的人就變多了。這兩個石碑，大的那個是官府的告示，就是在說廢除早前的一些禁令，往後百姓可以自由入山運賣竹、鐵、籐條；另一個是地方上的人為了感念吳大人恩德，一起出錢立的碑。」

阿母靜靜聽完阿爸講的，趁阿爸不在時，偷偷跟他說：「當初地方上明明很多人反對開路，一來擔心壞了風水寶穴，二來擔心解禁後，外面的人能入山，山裡面的人也同樣能出來，若發生衝突怎麼辦？而且朝廷還撤除了原來駐紮在山裡的官勇。伐木、蒸腦的利益如果不是養得起傭兵的仕紳土豪，一般人根本也無福消受。真正能賺錢的事，哪容得下多人做？」

「這條路現在可有人走？」他曾好奇問阿母。

「會走的就會走，不會走的還是不會走啊。路聽說好幾段都壞掉了，要不然就是埋在草堆裡看不見，路不熟的人容易走岔。你不要自己跑進去啊，很危險。在裡面走動的人都有槍。」

他沒聽母親勸告，自己走到鳳凰山麓，想親自確認一下那條路的情況。山路旁邊有一巨岩鑿刻「萬年亨衢」。當時他還不太識字，並且那字寫得像在飛舞，除了「年」字，其他幾

1 光緒五年：一八七九年。
2 璞石閣為今花蓮縣玉里鎮。

字不知怎麼讀，只把那筆畫像圖案一樣記了起來，後來才知道「衢」字有通達的道路之意。

巨岩旁的長石階，漸次幽隱在翠綠的林蔭深處。他探看許久，沒有人剛好從那裡走出來，倒是有一群人排成一行，走了進去。

他本來也要跟進去，突如其來的恐懼止住他的腳步。他覺得那裡有一股強烈的氣擋著。「不要進去比較好。」他叫住那群人。

走在最末的人惱怒轉過頭來咒罵他，並端起手上的長槍。

劉乾沒再多說一句話，那群人也繼續走。

他不知道他們後來怎麼了，他沒再遇見過那一群人。

也許就只是沒再遇見而已。他並不能證明自己的感應有真正帶來什麼樣的後果。

他十四歲時，羌仔寮庄有個叫黃錫三的人中了秀才，很是風光。黃錫三在新寮街找了三間房屋，與人共同籌組一個叫「彬彬社」的學舍，在裡頭奉祀主宰文運的大魁夫子，請人教授學問。街上來了新的神明，也多了一個祈求的去處。

彬彬社有教書先生跟準備求取功名的學童，也有吟詠交流的文士。劉乾有時會立在門外聽一會兒。他多數不明白這些字聲組合起來的意義，但聽了多次之後，他像記住一首歌謠般背了起來。他特別喜歡聽一個叫蘇結的年輕教書先生講的課，覺得蘇先生的嗓音很柔軟，給人一種溫和寬厚的感覺，也說比較多的白話，讓他聽得懂。幾回蘇先生問他要不要進來一起學？他都謊稱家裡有工要做跑開去，連學費是多少都不好意思開口問。那樣的推拒，不只因為錢，他感興趣的事情太多，喜歡能自由自在地四處走逛。

他也曾在慚愧祖師爺和觀音佛祖那裡，將修行者口中持誦的經咒背誦起來。神明廳的主人發現他在背，就教導他這是什麼經，什麼咒，他才有了區分這一段段記憶的訣竅。

不管是學舍的文章還是神明廳裡的經咒，對他來說都是一樣的，他單純喜歡這些念誦的聲音。跟著父母到山裡幫人伐竹割筍的時候，就以背誦出這些聲音為樂。偶爾某處忘記，背不出來，那空白掛在他心上，下回去又特別仔細要聽，再把那空白補上。

蘇先生見他真不打算和其他學童一起上課，就利用課餘時間到外面來，教他認石碑上的字、文句該停頓的地方。蘇先生告訴他：「先背起來怎麼念，以後你看這石碑就可以複習這些字。回去也可以練著寫。」

他是那時候背下石碑的內容，開始認識到遠比平常更多的文字，以及文字可能傳達的意思。

他還記得告示碑上開頭很長的名銜「欽命提督銜，福建臺澎掛印總鎮，振勇巴圖魯張」、「欽命布政使司銜，福建分巡臺澎兵備道，兼提督學政夏」，蘇先生跟他說就是一個姓張的大人跟一個姓夏的大人，文中還有一個「欽差大臣沈」，就是沈大人。解說出乎意料地短，他忍不住笑出來。

他很少那樣笑，因為並不喜歡表露情緒，不喜歡高興或不高興都讓人知道，卻在蘇先生面前笑出來。他方感後悔，蘇先生竟也很不好意思的模樣，後文的解說就長一些。

碑文後半「從前不准內地民人渡臺及私入番境各例禁，現已一律開除，不復禁止。臺地所產大小竹竿，以及打造農器等項生熟鉄斤，均聽民間販運。其內山所產籐條，並由本司道通行開禁，將籐行裁革。如所轄文武、汛口員弁、兵役及通事、匠首人等，仍有藉端扣留勒索情事，官則撤參，兵役、通事、匠首即立提究辦，決不姑寬。其各凜遵，毋違，特示。光緒元年拾壹月初八日給，告示」，蘇先生解釋的，大約也就是阿爸曾跟他說的那個意思。

另一個石碑，碑額刻著「德遍山陬」四個大字，下方依然是很長的名銜「記名提督軍門，前任閩粵南澳總鎮，新授福寧鎮，誠勇巴圖魯吳，貴籍廣東，官章光亮，號霽軒公」，內文寫「視民艱辛，稟撤禁例。單餉等費，悉暨消除。沐恩戴德，永頌不忘。以石為碑，依附告示」，落款時間與立碑人是「光緒二年三月，沙連大坪頂等處紳士、民人、各匠等仝叩立」。

他問蘇先生「巴圖魯」是什麼意思？張大人跟吳大人的名銜裡都有。蘇先生說那是從滿語來的，有勇士的意思，振勇巴圖魯、誠勇巴圖魯是皇上賞賜給兩位大人的封號。

石碑上的字幾次經過蘇先生的解說，逐漸變得可以理解。他抄寫時，就不只是描筆畫，真有了自己在寫字的感覺。

「練寫完後，不要的字紙不可以隨意丟棄，要恭敬地燒化，這是對字的敬重。」蘇先生提醒他，並帶他到距離學舍不遠處的聖蹟亭去看。那是一個仿飛簷亭樓形式的石造焚爐，他以前經過都以為是燒金紙的金亭，經蘇先生介紹才知道是專門燒化字紙的惜字之處。

他初次將練習抄寫的字紙送進聖蹟亭燒化的時候，從樓門洞口望進去，見紅色焰火上方，挾著餘火的黑色紙灰星點亂飛，心中有種莫名的感動。彷彿每一個字都有靈，乘煙而去。他想，可能有另外一個地方，漂浮著許多被人寫過的字。他甚至覺得，他願意為了燒字而去寫字。

他求得父母同意，拜蘇先生為師，說想多認一點字，和其他學童乖乖坐在學舍裡好一段時間。他們習字，學《三字經》、《百家姓》、《千字文》，也聽道理。他喜歡聽蘇先生講《論語》裡面，孔子和他弟子之間的故事，那不同的問題、不同的回答，以及問答之間透露出來人的性情。

有時他覺察儒、道、佛三教中某些相通之處，不禁沉迷。他告訴蘇先生他的發現。蘇先生勉勵了他一番，然後說：「三教長久以來互相影響。有時儒裡藏著道，道裡藏著佛，那些相通的痕跡有部分並非偶然。不過不能忘記自己最初的模樣，三教仍有根本的差異。」

他不甚明白蘇先生所說的「自己最初的模樣」。對蘇先生來講可能是「儒」，對他來講，卻又不一定是什麼的。

少年時的他，對人世、鬼境、仙界的想像，只像山裡飄湧而來的霧氣那般忽濃忽淡，並沒有清晰的模樣。他偶有幾次在睡夢中，靈魂出去遊玩，醒來不十分記得去過哪裡，卻深感經歷了無盡的妙處。因他不葷，且能背誦諸多經文咒語，他比同齡的少年受到更多敬重。他理所當然地相信，不管是儒、是道、是佛，只要守持潔淨的心念，他總會使自己走向一個比較好的境界。

他渴望神魂堅韌，並願使肉軀逐漸稀薄，直至變成一副蟬蛻般的皮殼。那麼，也許在密林深處的藤荊中，或是溪水流捲的石隙裡，他的靈魂將由此殼脫出，尋得無限自在。

原本他以為他的生命是要這樣結束的。

有一天，一個從福州來的有名卜師李逢明，在新寮街擺了算命攤。說原是林圮埔街某仕紳花重金聘請他從福州來，算命兼看風水寶穴。李逢明完成任務後，受了諸多禮遇，決定再多待一陣子。林圮埔街他已幫許多人看過，現在換到新寮街來，希望能多幫助一些有緣人。

李逢明留著黑色長鬚，中年模樣，相貌頗端正，會講漳州話混著福州腔。算命攤一下子許多人爭相要看，怕他哪天突然回福州去，錯失了讓名卜師算命的機會。

劉乾經常在學舍下課後，繞到那算命攤附近看，看每個跟李逢明講過話的人，無不像是跟李逢明認識多年，講話講不停，眼神很是信任。他也開始聽見去算過命的人聚在一起探問彼此得到的答案準不準，核對的無非是身邊人都知道性情上的弊端，讓李逢明一說，就是神準。那些人講到後來都不是說自己，總是在說李逢明，說李逢明態度誠懇，又十分有耐心，不確定的事也不會亂說。

李逢明確實迷人。劉乾想，跟其他人一樣去圍繞在李逢明身邊，只求得一丁點啟示，並沒什麼意思。他想要的是李逢明的才能，足以顯現示眾的才能。如果能擁有那般能為，或許會更接近他一直以來想望的境界。

等人潮總算少一點，劉乾去那算命攤，跟李逢明說：「我想跟您學算命卜卦。」

李逢明的目光從頭到腳打量他一回，問他的生辰、家底，拜什麼神明，做過什麼工，有沒有過特殊的感應？劉乾一一都說了，包括從小吃素的事，能感應到氣的事。

李逢明神情肅穆，分撥桌案上的竹籌，開始測算起來，卜完也不說卜到什麼。只問他：「識字嗎？」

劉乾說：「學過一陣子，現在也還在學。」

李逢明拿出《卦冊》跟《百年經》給他翻閱，「不管意思的話，大部分的字都能認嗎？」那兩本書似已被翻過許多次。紙頁斑駁陳舊，浸潤潮氣，文字亦是手抄的。劉乾仔細讀了一會兒，小心翻閱，深怕將書弄破。讀了幾頁之後，他告訴李逢明，他能認得上面的字。李逢明說他收費很貴，但可以慢慢還，讓他跟在身邊當學徒，服侍起居，日夜學習。

「你年紀太輕，現在就算學會卜卦，講得再準，其他年紀比你大的，不容易服你，十年內大概生意都不會太好。為了讓你在我回福州前，早點賺到錢還我，我先傳你《萬法歸宗》，學催符念咒，這也是你先天命格中帶有的才能，很快就能闖出名聲。」

劉乾不再去學舍。跟蘇先生拜別的時候，他有些難過，但又想日後也還是可以見面的，很快又不難過了。這個決定他的父母也沒有反對，兩人都說學習賣卜能賺錢，那不錯，比去學舍讀書有用。

阿母問他是否算過自己的命了？他告訴阿母有讓李先生算過。

阿母頗不好意思地對他說：「也許你的命是沒辦法算的。我不知道有沒有記錯你出生的日子、時辰？那時實在太忙，生完你又去幫別人家採茶，事後回想總是不太確定。想說也不要緊，我們窮人家不用過什麼壽誕，倒是沒想到你有一天會學算命。若李先生算出好的，你就當真；算出不好的，你就當我記錯，不要太認真。那李先生到底算得怎麼樣？是好還是不好？」

「算是好的吧，李先生沒有講太多。」他說。

阿母笑著說：「這樣可能我並沒有記錯。」

他那時有點恨他阿母為何要跟他講，她可能記錯。他還沒開始學算命卜卦，就覺得自己性命裡有某一部分失落了根據，不能知曉那對測算結果的影響有多少偏移。他也不敢跟李逢明說，怕李逢明認為他有所欺瞞就不教他了，況且也不一定是錯。

他將李逢明請回家中住，要阿母不可跟李逢明說生辰不確定的事。李逢明到別的庄頭賣卜時，他也跟著去，一同在外過夜，幫忙招呼客人，亦擔負起居上的雜役。他每天聽李逢明講解一些卦象義理，認識六十甲子、陰陽五行生剋，也學習如何畫符施咒，同時陸續手抄《卦冊》、《百年經》、《萬法歸宗》這三本書冊，好留下一套抄本給自己。

他似又重新認識了人情世事一遍，以前所看過、聽過的事都能尋出一種卦體爻辭上的道理來說，都有其陰陽消息，變換轉易。

而他的名字正是六十四卦的起頭。

乾，元、亨、利、貞。

這也讓他對卜卦的學問多了一分親近。

而後，確實如李逢明所說，他以念咒治病闖出了名聲。他將賺得的錢大部分都給了李逢明。那時也不覺得太可惜，李逢明的名聲對他有幫助，加上賺得快，總覺得將來要再賺也不會太難。他想他的命應該是沒有算錯的。

李逢明離開前提醒他：「書裡面的道理要多溫習。年紀不同，會有不同體悟。我曾說你幫人算命，十年內大概生意都不會太好，但你在這十年間，還是要多看一些人，學會猜人的心裡在想什麼。」

「為什麼是用猜的？卦象上不是就有答案？」

「同一種卦在不同個性的人身上，可能是助力，也可能是阻力。你要再看得更仔細一些才行。而且客人付錢讓你算，就是有想聽的內容。話可以說到幾分，怎麼說，說什麼可以剛好猜中對方心思，讓他覺得你很靈，這察言觀色的本事要磨，過得了這關才是好的卜師。」

「這豈不是騙人？」

「欸，我沒叫你騙人，是要懂人在想什麼，也要懂外面時勢的變化，說話才不會虛浮。我們做算命的，就是要讓人信。他信了，這錢花了才值得。你要讓客人覺得花錢不值得嗎？命理上的能為當然要多修，但接下來，要怎麼把你知道的變成別人需要的，就要多用心思。」

「我似乎有點懂師父的意思了。」

「不過劉乾，你絕對不能把這樣的能為拿來作歹，或是引誘別人去作歹。一個念頭的差別，人的命運就可能走偏哦。這點，你要牢牢記住。」

李逢明在乙未年頭返回福州[3]，劉乾沒再聽到關於他的消息。那年劉乾十七歲。李逢明走後，他跟著阿爸到林圮埔街找雜工做，也幫人卜卦算命或念咒治病，生意卻遠不如李逢明在時那麼好。

街上盛傳日本人要來的消息，消息傳了很長一段時間，都沒有看到日本人來。清朝官兵不知何時撤走的，就是某一天起，便沒再看到他們。就是那樣，也不知道他們是不是真的走了。等衙門裡的花瓶椅凳漸漸被搬光，連床板也被人拆走，劉乾才意識到，清兵可能真不會回來了。之後來了幾個日本人，卻是商人，他們四處看房屋，準備要在街上開店。

林圮埔街上本來就開了好幾家收購樟腦的外國商行，插著不同國家的旗幟。不過以前真正出入這裡的外國人並不多，主要還是臺灣人買辦坐店管帳，順便挾洋人的國威，做點自己的舶來品生意。日本人來開店，雖然也有請本地人通譯，卻是自己坐店營生。有賣酒跟日用品的商店，也有雇了陪酒女侍的小吃店。

3 乙未年：此處指一八九五年。

有一回劉乾白日賣卜，經過一家日本人開的小吃店。看見門簾下方，午後日光斜照出一截艷紅裙襬，底下是穿著白色羅襪，套在木屐裡的一雙大腳。腳的主人站在櫃台邊，不知跟人聊些什麼？陌生的語言、健朗清脆的女人笑聲，他聽了愣在原地，既受吸引，又湧出無可理解的哀愁。店裡有個體格壯碩的男人跑出來趕，不讓白看。他覺得羞恥，往後都避著那家店。

日本軍隊來的時候，已是秋天了。他們許多人都揹著長槍，穿戴洋氣的制服、軍帽、鞋靴，有的另佩掛軍刀。他們駐紮在舊日衙門跟廟宇祠堂，部分神像跟家族牌位只好轉往他處安座。劉乾看見昔日的廟宇改插上日本人白底紅圓的旗幟，不敢相信神明必須讓出居所。日軍每天列隊巡邏跟訓練，他們的休息時間，商店跟小吃店的生意非常好。他發現，那幾間日本人的店，就是為了這些軍人來開的。

也是這時候，民軍跟日軍的爭戰逐漸明顯。

一度民軍趕走林圮埔街上的日軍，但沒有留守，很快就離開。日軍又帶了更多日軍回來，再度控制林圮埔街。日軍在街上抓不到民軍就往內山找，他們庄頭也就開始有日軍出入了。有時守備隊來搜索過一次，憲兵隊又來，警察也上門來問，弄得眾人十分憂懼。傳言憲兵可以依自己判斷，當場處決匪徒，因此他們特別畏懼憲兵。憲兵圍在帽沿上的布料是紅色的，那是辨認憲兵的方法，他們就都叫日本憲兵「紅帽仔」。那時還流傳這樣一首四句聯：「憲兵出門戴紅帽，肩頭揹銃手舉刀，若有歹人即來報，銀票澤山免驚無。」澤山用日本話念，有「很多」的意思，說告密可以拿很多賞金。眾人所恐懼的就不只是「紅帽仔」，也怕身邊有人為了貪那錢財亂講話。

劉乾曾在慚愧祖師爺和觀音佛祖的神壇前長跪，求問神明，何時能了卻這場動亂？卻怎麼也卜不到結果。他換了幾種方式細問，問一個月內可會結束？還是一年內？民軍會贏嗎？日本軍會輸嗎？也是一樣沒有獲得解答。他想可能是神明不要他問這種問題，才會卜不到杯。用竹籌去算，同樣渾沌不明。

神明廳外，老一輩的議論說這是「日本反」，跟當年「萬生反」一樣，都是造清朝皇帝的反。亂的這幾年想辦法躲過就是，日本人要經過就讓他們經過。也有到過外地的人說：「這次是整個臺灣都割給日本，日本人到底是要留下的。」

劉乾想到蘇先生，想聽他的意見，正好看見蘇先生在福德祠旁的兩個石碑前發呆。蘇先生見到他說：「其實，我一直覺得這兩篇碑文有個奇怪的地方。可是我又覺得我不該有此想法，所以當初講解給你聽時，我並沒有說出來。坦白說，亦是我怕你又告訴別人，不知會惹出何等禍事。」

「到底是什麼地方呢？還請先生告訴我。我答應先生，一定不會說出去。」

「如今說與不說，倒是沒什麼關係了。你看，原先禁止百姓入山的就是朝廷，開除禁例之後，百姓卻又感念官吏的恩德。當然官吏也是奉朝廷的命令才能開除禁例。為什麼只是恢復成原來的樣子，就讓人感謝？我以前想因為土地都是皇上的，所以這樣講也沒錯，這確實是朝廷的恩惠。可是現在這裡的土地山林已經不再屬於皇上……回頭再來看這兩個石碑，我心中的疑問還是沒有得到解答。」

站在石碑前的蘇先生，像是被什麼困住了。他不明白蘇先生為什麼如此在意兩個久遠前的碑文，而不是眼前日本人的問題。

他問蘇先生關於日本人的事。

蘇先生說：「現在先不要說這個。」

他也沒能從蘇先生那裡得到解答。

山裡零星的戰鬥每隔一段時間就會發生。有好幾次，劉乾聽見遠方的槍聲、砲聲，但不確定發生在哪裡？只知道某處有人在打仗，也不知道戰爭結束了沒有？傳聞有一個日本軍官為了探險，還有一個清朝將領為了撤退，各自帶人從臺東那一邊走過來。劉乾沒有遇見過這些人。沒隔幾年，又有一個日本學者從這邊走過去，再走回來，據說是為了考察。有碰上的人，言之鑿鑿，劉乾一樣沒能目睹。

在那些看似接近，卻跟他沒有任何交會的來往之間，劉乾一直在設法過日子。雖然他能靠賣卜或幫人念咒治病賺錢，但收入時多時少，沒有人來請的時候，還是得主動去找一些雜工做。

他阿爸跟他說，日本人駐紮在林圯埔街的守備隊在招苦力，去過的人都說是講信用，有錢可拿的，讓他跟著一起去做。那時庄裡好幾個年輕人也想去，就都一起去。他們在守備隊裡面，看到大砲、槍和彈藥，都是能拿來殺人的東西。他們的工作很雜，有時運送補給品，有時鋪橋造路，有時被派去戰線上挖坑洞。會有通譯解釋他們要做的事，讓他們盡量做得正確。劉乾因此學會了一點日本話，偶爾也能直接聽懂。不過他發現，日本人跟日本人之間有時講話的腔調亦差很多。當他學會一些，換另一個人來講，又都聽不懂了。

這份苦力工作，他一開始覺得還不錯。體力撐得住，又都能固定拿到錢，也見識到新奇的東西，還能學日本話。原本他對聲音的記性就好，以前背誦經咒也是這樣，總是用聲音去記。這次卻沒有學得那麼快。固定的幾個命令和器物名稱早就熟悉，當他想要聽懂更複雜的語句，關乎想法、判斷的，卻好似被什麼阻擋著，無法像以前那樣，即使不懂意思也能先單純記住聲音。

有一個常常出入守備隊的年輕日本商人會講臺灣話，而且喜歡找人練習臺灣話，聽說也是來臺灣才現學現賣的。苦力們對他印象都不錯。他的名字叫赤司初太郎，原來也是軍人，因為受傷改當伙頭兵，來到林圮埔的時候，離開軍隊到園田商店幫忙。後來園田商店的頭家過世，他就繼承這間商店，變成新頭家，繼續做軍方的生意。

看見赤司跟苦力們聊天的笑容時，劉乾想，因為能聽懂彼此的語言而傳達想法是有可能的。

當他說起這個想法，一起當苦力的同伴勸他不要太過天真。

「一件事說給你聽。去年冬天，林圮埔的撫墾署長帶人到阿里山那一帶的番境巡視，不知他聽了什麼，讓手下聯合番人在清水溪上游沿途殺害了二十幾個居住在那裡的漢人，說那些人都是民軍的奸細。他們還活著的家裡人下山去告官，事情鬧很大，本來應該當殺人罪處理，但最後那個署長只有丟掉官職。跟他一起去的通事，則是被禁止再進入番境做通事的工作。」

「為什麼通事要被處罰呢？」

「說因為他翻譯錯誤，傳達了錯誤的消息，才導致那個署長做錯判斷。把責任全推到通事身上。你想，他要把番語翻譯成清國的官話，日本人這邊要再把清國的官話譯成日本話，他們真的知道彼此的意思嗎？」

「……」

「也不是叫你不要學日本話啦，就是要小心。我們講同種話的人都會有誤會了，何況是語言不通的。那件事，說不定就只是殺人的藉口。」

同伴口中，語言翻譯過程的落差，竟足以害命，曾讓劉乾一時對學習日本話感到退卻。在守備隊的工作結束後，劉乾繼續跟著父親轉到憲兵隊屯駐所當苦力。在憲兵隊屯駐所，他並不特別害怕這些憲兵，甚至感覺到彼此有同伴的關係，他又希望自己能聽懂日本話了。但他也深知，如果某天夜裡憲兵來敲他的家門，他一定會非常害怕。

那段時間，對於人的好壞、互相了解的可能，他時常感到錯亂。

有一次他和另一位苦力送物資到病院。這病院以前是觀音亭，因為被日軍徵調作為病院，原來祀的觀音佛祖鎮殿本尊、分身、韋馱爺、伽藍爺、十八羅漢都遷祀到同一條街的媽祖宮後殿，只剩下門板、外牆、屋簷還留有廟的形式。裡頭靠牆兩側是釘成大通鋪的木板病床，左、右龍柱中間擺滿了醫療工作用的桌椅、器具。

劉乾和同伴走進那裡時，刺鼻的陌生氣味取代了原有的焚香味，不知道是桌上那些玻璃瓶裡面裝的東西，還是角落桶子裡使用過的繃帶、棉球所散發出來的味道？一個滿臉病容看不出哪裡受傷的人，坐在中門的門檻上，拿著一支短筆，捧著一本簿冊，似乎在畫街道的模樣。劉乾沒看過那樣的筆，沒有筆毛，也不用沾墨汁。他握筆的姿勢跟畫出來的線條，還有畫街道這件事，對劉乾來說，都是陌生的。

劉乾在意他坐在門檻上。門檻只能跨過，不能踩踏，而且那是中門，原是給神明走的路。縱然現在神明遷居他處，他見了還是很不舒服，覺得這樣不好。有神靈在的感受，這裡曾經香煙繚繞、信徒熱絡進出的模樣，仍很深刻地留存在他的思緒裡，跟眼前的景象交疊，彷彿無數舊日的痕跡流動而過。但他又不敢去跟那個人說。一來，他懂的日本話很難完整傳達他的想法；二來，就算能傳達，對方會不會因此生氣，甚至一刀將他斬殺呢？

那個畫畫的人看見劉乾在看他，揮手讓劉乾靠近一些。把畫拿給劉乾看，問他像不像？劉乾點點頭，最後什麼也沒說。

溫柔與殘暴，理解與統治，相悖的情緒糾纏著劉乾。

劉乾夢見一只壁鐘，下緣的鐘擺不停晃動。

一下子他在守備隊，一下子在憲兵隊，不管從哪個角度都能看見這只壁鐘。圓圓的盤面上，指針有快有慢自己在動，經過的刻度上寫著某種文字，但他讀不出那上面的時間。他老是在想，現在是什麼時辰？但沒有一個能讓他知道時辰的地方。他找不到線香，沒有看到線香在燒，他不知道時間過了多久。工頭突然從屋舍轉角處跳出來罵他，口氣非常緊張，提醒他看那壁鐘，說幾點鐘之前要完成工作。但他不知道要做什麼，他一邊亂轉一邊想著完了，我無法完成工作。那個叫赤司的日本人滿臉笑容對著他，說一連串他聽不懂的話。赤司不是會說臺灣話嗎？怎麼現在又一直講日本話了？一個憲兵走出來，端起長槍，瞄準了他。他急著大喊：「救命！」但赤司只是一直在笑。

他不斷地念：南無觀世音菩薩……南無觀世音菩薩……

劉乾發現自己的感應出了問題。他很久沒有誦念經咒，他不再感覺到好的氣或壞的氣。那些原本每天都會感覺到的消失不見，他的眼睛像被矇住了一樣。他不知道這是因為他變遲鈍，還是有人破壞了原本可以顯現出來的東西？周遭看起來的模樣，就像病院那個人所畫的那種圖，是能擦掉的。被人抹去了幾筆，又添加了幾筆，這樣慢慢偷換過去，逐漸變成一張完全不一樣的畫了。

他跟著阿爸再轉到林內街的憲兵隊工作。那陣子因為戊戌年大水災造成的損害很嚴重，需要的苦力很多。他們幫忙修復道路、橋梁、屋舍，工作多到不用煩惱沒工可做。但劉乾越發緊張不安，感覺到自己擁有的術力逐漸消失，心裡一直想著不要再去做，不能那樣過活。可是每天早上，想起屯駐所的壁鐘就渾身不自在。總想，別人已經出發了，等等又會做什麼工；不去也不太好，很多人等著有人來幫忙；如果最近沒別的事，還是去多賺點錢好，說不定哪天日本人的工做完了，就沒這樣的機會……如此煎熬著。

此時正好笋仔林庄的人到新寮街找他，留了話請他幫忙念咒治病。他於是暫時離開林內憲兵隊，前往笋仔林庄幫劉萬池治病。在幫劉萬池治病那段時間，他更加確認自己的術力發生問題。雖然別人都說他厲害，但他知道自己以前更厲害。當他看到劉賜被一棵大樹吞入的景象，自己也嚇了一跳，因為他已經很久都沒有看到什麼了。

劉賜瘦削細緻的臉孔微微張開嘴的時候，細長的眼裡，深黑色的瞳眸看起來像有無止盡的迷茫。劉乾忽然就覺得，我能使他聽我的話。

但是為什麼？我為什麼要使他聽我的話？

那偶然升起的念頭，劉乾仔細再想，並沒有什麼道理，可又清楚強烈得猶若一種預兆，或是早已發生卻不復記憶的前世。

他確信，他和劉賜之間必然存在著某種轉世攜來的牽繫。

唯獨一件事令他介意，笋仔林庄的人接受東方有貴人的指示時，他人其實是在笋仔林庄西方的林內街。他真是那個神明指示的貴人？一件事可以是錯誤的開始，卻走向對的結果嗎？

在劉賜身旁，他覺得自己越來越好。彷彿劉賜分享了某種無形的、珍貴的東西給他，或是喚醒了他什麼。他感覺原先的自己又慢慢回來，決心養回自己的術力，不願再去幫日本人做苦力了。

賣卜

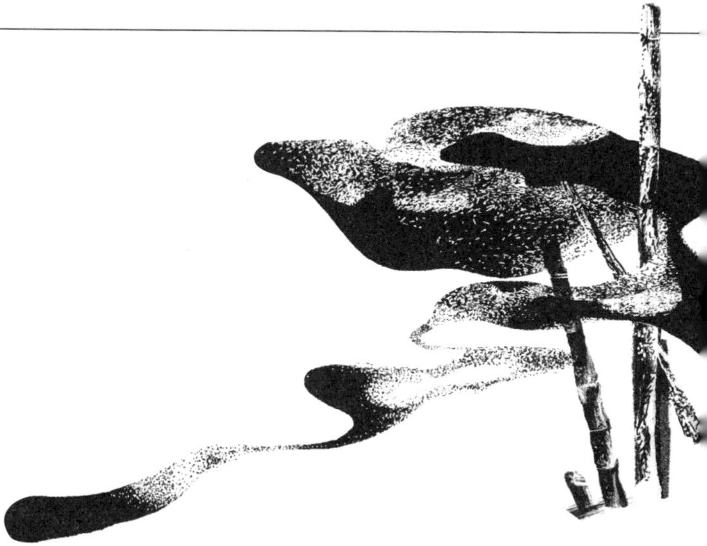

劉乾雙肩揹起裝有卜具、書冊與筆墨紙硯的竹籠，手執布旗，重新遊走賣卜。

竹籠和布旗都是劉賜幫他準備的。布旗穿過橫棍撐張開來，繫綁在一根竹篙叉上。

「竹篙可以做拐仔用，不想拿了也可以插在竹籠上。」劉賜拿給他的時候，說著這些好處。

上頭的字劉乾自己用毛筆寫。劉賜看不懂，問他寫什麼？劉乾說寫「卜卦問事」。劉賜問他為什麼不在上面加個「神算」？他說講神算可能會使人誤會，卜卦僅是占得一個處境、勢面，或者時機，最後會如何還是看問的人自己。

他對劉賜提起李逢明：「我師父說過，卦象再好，一個人存心找死還是會死。所以不能隨便跟人說一定會如何。」

「如果是這樣，為何你有時又說得非常肯定？像上次你要我去探聽劉萬寶的事，你看起來就很有把握。」

「這件事不一樣。」

「怎麼不一樣？」

「卜算之外，還有靈感的差異。而且即使沒請示過神明，我相信你去探聽看看也不會有什麼問題，你本來就是很小心的人。」

那時劉賜突然安靜了一下，臉色略變。他以為他們會爭辯或吵架，但劉賜很快又恢復平日溫和的模樣，提醒他：「若看到人經過，你還是要自己喊出聲來較好。識字的人不多，這布旗主要是讓人注意到你。」好像他們剛剛沒說過別的什麼。

劉賜繞到他身側，幫他把掛好的布旗再理一理。

離開劉賜的庇護，劉乾獨自踏入山徑。他不時留意山徑上有沒有巡查或巡查補走過來，隨時準備要避開，走動範圍也僅限鹿仔坑往中心崙的路上，做過路人的生意。這一帶地狹，可供蓋屋的居地不多，時常要走很長一段林蔭路，才有幾戶人居。他尚不敢真正進到兩邊庄頭比較多人聚居的地帶。這是新的開始，他想先一步一步來，正如他想對劉賜解釋的，卦象是一回事，莽撞又是另一回事。況且他卜得的卦象將影響至何時、何地，也沒有明確的答案。

他看見人便向人點頭，喊幾聲：「卜卦問事喔！」

他喊得節制，不要人以為是他求人，而不是人求他，損了卜師尊嚴。頭一、兩天雖沒客人，卻也沒招惹出什麼事端。路過的人大多會同他點個頭，基本的警戒之餘，算是友善。這一帶山徑確實如劉賜原先告訴他的，因位處兩庄交界，也有山間運貨的人會經過，看見什麼生面孔並不奇怪，不致引人起疑。

第三天，有兩個欲入內山的人經過，向他問路程的吉凶。第四天，有人問今年能不能多種一點芎蕉，可會好價？第五天，有人來問家人身體病況。他占畢問得那人居所，知道是偏僻地方，便跟著那人去。進到對方家裡幫忙念咒治病，就在那裡待了數天。他見對方家裡貧困，沒收對方的錢，僅取一點他們種的瓜果青菜。回頭拿去給劉賜，兩人一起吃。

隨著時日積累，覺得滿意的舊客還會幫他介紹新客人，特地在山徑上費心來回尋他。漸漸從每日有一、兩個向他問卜的人，變成每日有三、四個人。若需到對方家裡去，他就離開幾天。幫人念咒治病雖也有沒治好的，但不致招人恨。術力無能挽回之處，對方往往說這是命，仍給他一點報酬，甚至延請他繼續處理後事。他有時就這樣知道了他人這一世的人生。

除了到別人家幫忙念咒治病的日子，劉乾仍住筍寮。白日出門前，自己簡單弄點素粥或番薯籤吃，天黑前回到劉賜住的地方，與劉賜一起吃晚飯。那是他一天吃最好的時候。劉賜有好幾個陶甕，分別裝著自家裡搬來的筍干、醃菜、肉酥，還有塗豆、蠶豆等零食。米缸也沒看過低於一半，屋外還有菜園裡種的菜可以摘。除了肉酥他不能吃，其餘對他來說已是口味極富足。他們會聊一些白天裡的事，喝點薄茶，剝著炊過的塗豆吃。若還有時間，他便仍回去筍寮；聊得晚了，就留在劉賜那裡過夜。

筍寮濕氣深重，蚊蟲又多。如果可以，他想跟劉賜一起住。有一次留下過夜，劉賜對他說：「現在雖然看起來沒事，但我想你還是住筍寮好，總是別人比較不會多問。筍寮那裡若有不舒適的地方，你跟我說，我再來弄得更舒適一點。」

那些話令他感到難堪，卻不好表露出來。只好開玩笑問：「怎麼，你要娶妻了？」

「不是啦，是我習慣一個人睡。偶爾一起睡沒關係。每天的話，不太好。」

劉賜先說了習慣一個人睡，他也就沒提一起住的想法。想劉賜到底是好命人，習慣一個人睡這種話才說得出口。筍寮那個地方，劉賜自己沒睡過吧？並不是做什麼就能改變。

他暗自拿捏留宿的間隔，不要使劉賜覺得太過頻繁，這樣他們見面也都歡快。

出過那樣的事，新寮街的家是不可能回去住了。要是有足夠的錢，他想他至少能在外面跟人租個狀況好一點的空房住。

他時常因來問事的人生活困難，讓對方以些許米鹽或自家種的瓜果青菜抵代卜算、念咒的錢。在山裡生活，本來用錢的機會就少，直接拿到米鹽或其他吃食更加有用，他也不覺得有什麼損失。就是原先預計要還劉賜因收留他而多出來的花費，以及欲拿回新寮孝敬阿母的，都存得極慢。更不要說另外花費在住的方面，就算頭筆錢拿得出，還得考慮日後能否繼續穩定交租。眼下劉賜那邊住幾日，幫人念咒治病時在對方家裡住幾日，筍寮住幾日，如此輪替還是比較實際的做法，暫且能過。

他將籌得的一點錢先拿給劉賜。他不知道自己到底花了劉賜多少錢，決定能拿得出多少就先拿出來，但劉賜不收，他也沒硬塞。他向來厭惡人嘴裡說「免啦」，但其實想要拿。他看得多了，許多人對錢的事項常說反話。明明要緊卻說不要緊，心裡想拿又不肯直接拿，還要別人塞給他，裝作勉強收下。真順著對方的話不給他了，他又要背後說你的不是。

他不要他和劉賜之間也如此。劉賜說不收，他就相信他真是不要的，他也看不出劉賜有任何要與他裝假的意思。

劉賜問他生意做得怎麼樣？他說不算好也不算壞。目前遊走的山徑本來就不是熱鬧的地方，經過的人少。要說好，比不上以前在街上時。但聽說現在街上有公醫了，人們治病不一定再請人念咒，這樣說起來，待在山上還比較有人願意請。要說壞，以這樣的山徑來說，又算是好的了。偶爾總會遇到幾個要從這裡往內山去的人，路過看見，會找他占吉凶。

「如果你占了凶，他們就不去了嗎？」

「如果是去找人的，多半會回頭，過幾天又來問吉凶。運貨的，若是給人請的，沒辦法不去，但是會比較小心注意，有的就跟我求個平安符。」

「就像有一次你畫在我手腕上那樣的嗎？」

「不太一樣，但意思差不多。」

「我或許應該跟你多要幾張。」

「最好還是看情況畫，不過如果你需要，我可以先畫一般都能用的給你。」

他當場畫了張平安符給劉賜。

劉賜收下折好，放進一只朱紅小袋中。

「這樣你就算還我，況且你平日也有分我一些米鹽，錢的事你不要太勉強。我這裡又不差一雙碗筷。多點人吃，也比較好煮。你好好重新開始比較重要，你阿母那邊也要先顧好。錢可以留著奉養你阿母，或是身邊急用。」

他在某個陰雨日，戴上竹笠，披著棕蓑，偷偷回去新寮探望阿母，將近日賺得的錢交給阿母。他跪在地上磕頭，請求阿母原諒。阿母只讓他趕快走，說他平安就好。他心裡有悲傷，同時也有另一個自己，漠然地站在旁邊看，審視這一切，包含他和母親。他和劉賜一起時，也這樣過。

我究竟是誰？誰才是我？

走在下著雨，滿是泥濘的無人街路上，他抓緊竹笠，怕把自己整張臉露出來。他什麼都沒有做，卻要逃了這麼久。他回想整個過程，生出一種憂慮。賭博、偷竊，當初那些事怎麼就會像是他做的？映在泥水窪裡那張被雨水打穿變形，自己的臉，在別人眼中究竟是什麼樣子？以後還會不會有人繼續把不是他做的事情安在他身上？還是真有另一個自己，瞞著他做了那些事？

卜卦時他無法問出這些問題。當對神明的求問不明確，卦象可以解釋的範圍就變得很大，他只會在那多種可能的解釋中，陷入更多的疑問。陰陽變易也往往是一體兩面，好到了頂要變壞，壞到了底會開始轉好，吉凶悔吝僅是世事變動過程裡相對的狀態。果斷自信的表情是給向他問卜的人看的，因為他知道他們需要。同樣要講，用肯定的表情去說，將使答案更有價值。所以他不去談卜卦看不見的事，他只談看得見的部分。

他有時會對劉賜吐露心中並不肯定的地方。如果卜卦是如登戲臺般的出場，那劉賜是被容許可以進到後臺看他如何操演的人。他以為這是對朋友的真誠。可是說出那些部分並不使劉賜更相信他，反而導致劉賜拿著這些話，去和他曾說過的加以比較，時不時地試探他真假。他察覺劉賜已不像年少時那麼相信他的話。當然，經過了這麼多年，誰能不改變，劉賜也有自己的閱歷和世故了。他越想去解釋，只是讓自己越像個騙子。有太多他所感應到的難以用言語傳達，彼此之間也未必能順出一個互不相違的道理。當他配合劉賜提出的疑問，拆解他所知的全部，那些拆解下來的片段，自己訴說著也感到可疑起來。應該不是錯的，但就是變得不太對勁，甚至矛盾，難怪劉賜懷疑他。令他不禁想，難道自己的感應並不如自己以為的正確？若真如此，自己到底是騙子還是瘋子？那一點點信心的鬆動，是可怕的，他並不喜歡它發生。

某日他占問與人的關係，卜得下離上乾，五陽一陰的天火同人卦。一個變爻落在六二爻辭「同人于宗，吝」上頭，在卦象上看見若只偏愛、和好於同宗親之人，將會很可惜的警示。那並非是凶卦，甚至更鄰近於吉相，卻在這之中藏了一個缺失的可能。他想到劉賜，他和劉賜雖沒有血緣關係，但都姓劉，他因此覺得跟劉賜可以算是同宗。這爻辭難道是指他只和劉賜交好，將成未來的隱憂？

天候漸漸變暖。舊曆三月初，劉賜說有個朋友要請他幫忙，在佛前與故人靈位前念經。他說好。

劉賜的這位朋友叫林氏蕊，劉賜平常稱呼她阿蕊姊。

「她是個寡婦，沒有子女，一個人住。我們上次去賣竹仔，那些人背後的頭家叫林啟禎，阿蕊姊就是林啟禎的阿姊。因住處算離我近，自從我到這邊住，她有時會託我幫她到街上買東西，不過也不常見面。」

「大概是幾歲人？」

「算起來，應該差不多有四十五、六歲吧。她以前是中心崙有名的美人。我還是小孩子的時候，跟著我阿爸去她家，她請過我吃很好吃的鳳片糕。我印象很深。現在她也還是很美，但總是無法說跟以前一樣。隔了那麼久再重新來往，我也長大了，感覺像新認識的另一個不同的人。」

「因為她沒再請你吃鳳片糕？」

「不是啦。」

「她現在住的地方供著什麼樣的神尊？」

「她家裡供奉著一尊觀世音菩薩，聽說是溪邊撿回來的神像。」

到了約定的日子，他一早跟著劉賜去。劉賜領他經過幾個熟悉的山彎，最後在一片陌生的刺竹林前停下來。他曾來回在這附近的山徑走了多次，從未注意到還有這個地方，甚至也不能分辨它究竟屬於哪一個庄頭？只知離劉賜的住處不算遠。

他和劉賜走進那片刺竹林，沿斜坡向上。起初竹林很密，像荒廢的無主地，加上刺竹本身多刺，得仔細閃身才鑽得進去。再走一會兒，竹林開始變成有人整理的樣子，也有一些痲竹、猫兒竹，一簇一簇的竹叢之間留有足夠的空隙，地勢轉為平坦，讓人走踏的小徑也變得明顯。一大一小兩間地基以石頭抬高，敷著白色泥灰的竹管厝出現在面前。

竹管厝的門口埕擺有桌椅、曬衣用的竹篙叉。竹篙叉上沒有晾掛衣物。

一個穿得一身黑，梳著螺髻，前額箍綁黑色眉勒的女人坐在桌邊，手指正飛快地將桌上一疊粗紙一張張翻撥，黏上錫箔。另用毛刷蘸了瓷碗裡的金藥，刷過銀色箔面，致使泛出金黃色澤。動作甚是熟練俐落。

女人察覺有人到訪，抬起頭來。

劉賜對女人揮手，在他耳邊說：「這位就是阿蕊姊。」

先前聽劉賜說阿蕊姊的來歷時，劉乾想像過一個四十幾歲女人的樣子。那是比阿母年輕約十歲，稱不上長輩，但說同輩大概就是生七、八個孩子的家，最年長的兄姊與最年幼的弟妹之間的差距。實際見到，遠看也跟他想像的差不多。穿著打扮都樸素，像常見的年長婦人，但背脊挺直，側面的身線好看。讓他想到許多見過的「阿婆」其實都不老，只是因為很早婚嫁，隨著兒孫出生或者守寡，打扮上不再做花俏的裝飾，致使她們外觀上看起來都很像。

三人走近說話，劉賜替他們互相介紹。劉乾發現女人額前的黑色眉勒中央鑲著小小的馬眼形青玉片，邊緣以粉、青、紫三色繡線綴飾著纏枝牡丹、如意紋。眉勒下方一雙鋒利的眼神正審視著他。那張臉仍找得出被稱為美人的輪廓。看起來自信，又有幾分傲氣。

繡工繁複，紫緞金銀線的弓鞋從黑色裙面下露出來，劉乾注意到她裹著小腳。細微處並不樸素。

「先生是阿賜的朋友，跟阿賜一樣叫我阿蕊就可以了。」

他就叫了聲阿蕊姊。

阿蕊姊也問了他名字，但仍稱呼他「先生」，領著他和劉賜進入大間的主屋。

一踏進主屋就看到神案，案上主位供著觀世音菩薩神像，旁邊供著阿蕊姊已過世丈夫的靈牌。神像與靈牌前，分別放置三只白瓷供杯與一個銅製香爐，看得出早上已供過一回香。左右兩側成對的青瓷瓶，插著彷彿成群蝴蝶羽翼開展的白色薑花，散發出一股迷人清香，清香中又微微混合著焚燒的味道。旁邊一盞玻璃風罩油燈，白日裡依然點著火。劉乾猜測她供的是長明燈，因不分晝夜地燃油，需花費的香油錢也多，應該是在金錢方面相當有餘裕的人。

「有薑花了啊。」劉賜說。

「今年開得比較早。」阿蕊姊說。

屋外的陽光剛好照到燈腳。

劉乾依他所知規制，在神案前誦經祈福。

離開的時候，阿蕊姊給了他豐厚的報酬。

「請再多來一陣子，若能每天來一趟那是最好。若阿賜也有空，你們可以一起來。」

劉乾問她想持續到什麼時候，她說先至少一旬的時日，之後再說。

「冒昧請教，有什麼特殊理由嗎？我聽說妳丈夫已經過世多年。若是最近有什麼不平順的，還是有神明或親人來托夢，都可以說出來參詳。」

「這個不知怎麼說才好。我不是遇上什麼麻煩，只是覺得這麼久了，也想供奉點我自己供奉不了的。」

「不要緊，就按照妳的意思來做。」

他和劉賜商討來這裡的時間。劉賜說要每天來有困難。

阿蕊姊聽了說：「先生若認得路，自己來也沒關係。」

他要離開前，阿蕊姊將他喚至一旁，單獨問他：「你有看見什麼嗎？你如果在我這裡，看到什麼一般人看不見的，可以跟我直說。我不會怕，也可以理解。」

「好，但我沒有看見。」

因為阿蕊姊這麼說，劉乾多注意了周遭，確實沒看到什麼。當然也可能僅是自己感應不到。

他抱持著疑惑離開，此後開啟了每天前往拜訪阿蕊姊的生活。

這時是桂竹筍採收的季節，劉賜清晨若有去割筍，上午會睡一覺，下午才又起來。他則是早上趁著外面人多的時候在路上賣卜。兩人拜訪阿蕊姊的時間通常是午後，劉賜會帶一些米、剛採收下來的桂竹筍或青菜和他一起去。他誦經的時候，阿蕊姊有時在旁邊聽，有時和劉賜在灶腳切菜煮飯。阿蕊姊也吃素，傍晚三個人一起吃飯配滷桂竹筍、炒青菜，喝筍湯，聊白日裡發生的事。

說起來，這是把他跟劉賜原來的生活方式搬到阿蕊姊這裡來，並沒有很大的差異。不過有阿蕊姊在，他們聊的事就有些變化。

阿蕊姊會說一點自己的事，也問他們的事，總是聽得很有興趣的樣子。

有一回阿蕊姊說自從拾回這尊觀音，她對於每天神案上的一切感到很在意。她不是覺得觀音會因為一點點塵土、臭味或花瓶裡爛掉的莖葉、變濁的水而生氣，而是她會想讓這尊神像置身在一個舒適的環境。她很注意花瓶要換水，每隔一段時間也會把觀音請下來擦拭。布必須是潔淨的新布，不能用擦拭過別項東西的。當供養的一切看起來美麗、穩定，她也會心情很好。

「有時候我會把觀音像放在竹林裡，覺得那樣好看。為了將神像請到那裡去，我得先整理過竹林，弄出一塊整潔的地方，搭出石座，鋪上綢布。完成之後，我能坐在那裡看很久。我丈夫說我是被這尊神像迷去了，顧神像比顧人要緊，但我自己沒有這樣的感覺。」

他說：「神像應該是不要隨便移動比較好。據我所知，有些人光是安神像就要看時辰、方位，安好了就不輕易動的。」

「也不是常移動，有時就是會突然想這麼做。我雖然很在意一些枝微末節，但什麼事可以做、什麼事不能做，有許多是靠我自己感覺，不是因為看別人怎麼做，或有誰教過我。」

「真正的規矩妳反而沒在管？」劉賜笑說。

「是啊。規矩也是人說的，又不是神明直接託夢跟我說。」阿蕊姊沒有特別看向誰的，瞇起眼睛笑。

阿蕊姊又問他們：「你們覺得怎樣才算被某個人、某件事物迷去？為什麼自己沒有感覺，別人卻說你被迷去了？」

劉賜說起他小時候曾在霧中抓住了一個陌生人，因此迷失路徑，甚至一度不能動彈的事。這是劉乾以前沒聽過的，劉賜講得也十分簡略，似刻意閃避了什麼。劉乾從那閃避中，猜測到這件事應該跟他當初在劉賜身上看見的幻境有關。

劉賜說：「我也是並沒有被迷去的感覺，但別人都說是。我確實有些事怎麼樣都想不起來，那大概就是人家說的被迷去吧？我常想，如果有一天我又遇見那個人，我能認出他來嗎？我是遇過了沒認出來，還是從來沒再遇見過？」

「遇見了，你要跟他說什麼？」阿蕊姊問。

「可能會向他道謝。問他既然知道我牽錯人了，為什麼還要揹著我越走越遠？」

「可能他想先把你帶到他熟悉的地方，再找人幫忙？」阿蕊姊認真推測起來。

「啊，我沒想過。妳說的或許有可能。」

他問劉賜：「不過你真的只是想道謝或弄清楚這件事嗎？不管我們怎麼推測，都很難確定當時那個人是誰，究竟怎麼想的？而你又說你可能遇見了那個人也認不出來。這樣即使對方就站在眼前，也沒辦法問他了。」

「想想我也沒有一定要做什麼。我只是有時會想起這件事，覺得明明發生過，卻怎麼過去就過去了，而且我連究竟發生了什麼，也沒真正弄清楚過……」

劉賜話沒說完，反問他：「你呢？有被什麼迷去過嗎？」

他想了想說：「我想沒有。」

「我想也是，你是有在修行的人嘛。」

阿蕊姊卻說：「如果有個人一直陷在迷境裡沒走出來，他也會覺得自己很清醒。當然我不是在講先生。」

「當然也可能有這種情況。」他如此回應阿蕊姊。

有時本來輕鬆普通的談話，會往令人不安的方向歪斜，而他感到這或許是阿蕊姊特殊的魅力所致。

還有一次，他們聊靈異經驗。

「這很難說，有時撞著了也不確定是不是真的撞到什麼。」劉賜提了和他在竹林裡採冬筍，遇見許多火金姑的事，問他：「這到底是不是呢？」

他怔愣，因為當時有點距離，並沒有親眼看到劉賜說的那些火金姑。就說：「算是吧。」

「我以為你的回答會更肯定一些。」阿蕊姊說。

「這不是能夠說黑是黑，說白是白的東西啊。」

輪到他說時，劉乾想自己雖有過許多感應，這段時間在山林裡也察覺不少孤魂野鬼的存在，但他所能感受到的既片面又模糊，也不適合訴說。他決定講一個跟劉賜有關的。因為阿蕊姊在，劉乾隱藏了一些緣故，只說自己曾當過劉賜的筍工。說出過年那幾天，他待在劉賜的筍寮所發生的事。

他說那幾天劉賜沒來，他感覺這世間所有人似乎都消失了。他會聽到一些聲音，但都跟人無關。一天夜裡，他聽見了某個說話的人聲，就在耳邊發出來。那是男人的聲音，也像是自己的聲音，他無法確定。那聲音對他說：「你其實是被劉賜關禁在一個並不真實的世界裡。」

以往若遇到這種情況，走火入魔也好，鬼魂作祟也好，他會立刻念咒施術，驅除那聲音。可是那天他特別想知道，光靠自己的心識能不能抵擋住那魔障般的言語？他升起了非常強烈想往危險靠近的欲念，想知道自己可以達到的程度。

「然後我回應那聲音說：『那不可能。我曾跟他走到外面去，見到其他人，我也知道我是怎樣走到筍寮來。偶爾我躲在竹林內偷看外面那條山路，也曾看見有人經過。有一次，我還看見了日本巡查。我知道這裡跟外面的世界是相通的。應該說，本來就沒有什麼外面的世界，沒有什麼東西可以真正被切開來。』」

阿蕊姊問：「那聲音可有回應你？」

「沒有。那聲音就消失了。我等了很久，也沒再出現。」

劉賜說：「我都不知道這件事，你在阿蕊姊面前才說出來。」

「剛好想到罷了。如果特地跟你說，好像是逼你不能把我一個人丟在筍寮。」

「我並沒有把你關住。」

「我知道。」

阿蕊姊說：「我跟你不一樣。我沒聽過什麼奇怪的聲音，但總會看到一道白影。那白影是從我丈夫過世後開始出現的，不過也是在過年那時候，白影忽然消失了，到現在都沒再出現。」

「這是妳讓我來念經的原因？」

「跟這有關，也還有其他的考慮，所以一開始很難對你解釋。你覺得究竟是白影消失了，還是我變得看不見？」

「妳擔心他還在，但妳卻無法看見他？」

「是啊，雖然說不定這樣比較好。」

「我來這裡這麼多次，沒有看見任何東西。」

「所以是消失了吧？」

「抱歉，我沒辦法保證。只能說我也沒看見而已。他也可能不想對我顯現。」

「阿賜也沒有看見嗎？」阿蕊姊轉頭問劉賜。

「我沒看見。但問我不準，我不是可以看見的那種人。」

「這樣說起來，我們三個人看見的可能是三個世界。」阿蕊姊說。

這句話的見解剛好和劉乾對那夜半聲音所提出的辯駁不同。

劉賜問：「那我們究竟能不能算是在同一個世界？」

他跟阿蕊姊都沒有回答。

那是既對，又不對的。

令他不安的是，他一開始以為自己是和阿蕊姊在爭奪劉賜的認同，後來他發覺自己才是在跟劉賜競爭阿蕊姊的注意。

有一次，劉賜沒與他同行。他問阿蕊姊想不想算命？阿蕊姊拒絕了他。

「我的命沒什麼好算。不好意思。」

「不要緊，卜卦要真正心中有難題才算得準，既沒有問題就不要打擾神明。」

劉賜不在的時候，他們未必不說話，但話是比較少。在那比較少的話裡面，阿蕊姊說的話反而更加直接，沒有一點提示、準備，突然就蹦出來。

阿蕊姊說：「阿賜真的對你非常好。我看他長大的，你不要欺負他。」

「我沒有欺負他啊。」他其實有一點惱怒，但沒有表現出來。

「這樣就好。」

短短幾天內，他們彼此講的話過分親近，這也不是他以往向人兜售命理咒術時，習慣保有的距離。

阿蕊姊問他，能不能教她背一段經文？說她過去因不懂佛經，供奉觀世音菩薩許久，卻都只是念聖號，故而有些遺憾。他告訴阿蕊姊，念聖號也是一種修行。

阿蕊姊背了一小段他這幾天念的〈大悲咒〉，說是聽著聽著記住的，問他是不是這樣背？他說對，於是把剩下的也教給她。

阿蕊姊每天都會給他錢，那一天另外又給了一筆教經咒的紅包。

一句即將結束的第九天，劉賜也在的日子。他們聊得晚了，天色暗下來，飄起雨絲。阿蕊姊勸他們留下，說這樣走路危險。劉賜堅持要回去，說正因為開始下雨了，趁雨還小的時候，要回去顧工屋跟菜園，免得雨大了，被雨困住。況且路程很短。

「但雨也可能隨時就停了。」劉乾想留下來，反正隔日就是跟阿蕊姊約定的最後一日，還是要再來的。

「我感覺會下大。」劉賜說。

阿蕊姊沒有多的棕簑。劉乾提著燈籠，和劉賜共撐一把油紙傘，小心翼翼通過刺竹林。走在非常漆黑，只有燈籠火光，下著微雨的山徑上，隨時注意不讓燈火濺到水，或被風吹滅。

劉賜說：「阿蕊姊是好人，你們認識我也很高興。我認識阿蕊姊這麼久了，從來沒發現我們這麼有話說。我以前是太顧忌了些，寧願等她有事來找我幫忙，也沒有多聊些其他的。」

「你顧忌什麼？她是個寡婦還是女人？」

「都有吧？畢竟我第一次見到她，就覺得她很美，雖然當時我只是個小孩子罷了。我以前想像過，阿蕊姊應該可以理解我。她明明有那麼大的親族可以依靠，卻還是一個人住。可是我沒有試著去跟她說什麼，我單純高興有這樣一個很好的人住在附近。這陣子，因為你幫忙誦經，我們三個人聊了好多事，一起拜佛、煮食，很像一家人。有些事我們沒說過的，在阿蕊姊面前就說出來了。」

「但也有一起隱瞞的事。」

「對，你被追捕的事我沒說。」

「阿賜，你當初幫我登記寄留，有寫我會留多久嗎？」

「我先寫了三個月。」

「那時間豈不是過了嗎？」

「我再叫文書修改就好。你現在在外面賣卜，不是做筍工了，也不一定在鹿仔坑這一帶，我還在想要怎麼寫才好。」

「不要再寫了。我有時幫人念咒治病，會住別的地方。你這樣反而危險。」

「也對。」

隔天真的下起大雨。

劉乾對劉賜說：「你說的比我這個卜卦的還準。」

「這是山裡人的感覺。換做別的地方，大概就沒那麼準了。」

雨下到過午終於小一點，漸漸停歇。劉乾帶著向阿蕊姊借的傘跟燈籠要去還，「今天還來得及誦經。」

「那你去吧。今天我就不過去。」劉賜拿出一支油紙傘：「這支傘給你，若是又飄起雨，才不用再跟阿蕊姊借。你借了又要還。」

「那也沒什麼要緊吧？」

「記得把我的傘帶回來。」

「若是沒下雨，我可能會忘記，還是不要帶較好。」

「算了，你帶著，盡量記得帶回來就好。」

劉賜將那支傘塞入他懷裡。他只好抱著兩支傘，提沒有點火的燈籠，走在無雨的山路上。

他穿過竹林，看見阿蕊姊沒戴眉勒，沒梳髮髻，烏黑濃密的髮絲夾雜少許白髮披垂過肩，坐在屋簷下發呆。

「我以為你今天不會過來了。」阿蕊姊將手托在臉頰邊，微微偏著頭看他，就像第一次見面，也是以這樣敏銳的眼神毫無遮掩地仔細觀察他。

她的手指修長，姿勢也優雅。

他避開那眼神，進到屋裡念經。

走的時候，沒下雨，但他記得帶走劉賜的傘。

測

量

阿蕊姊的委託結束之後，劉賜和劉乾仍會去拜訪阿蕊姊。時常是劉乾提議的，說想到觀音像前誦經，但沒收阿蕊姊的錢。阿蕊姊會跟劉乾學背一些經咒，劉賜覺得自己背不來，便沒有一起，自己到屋外去幫忙阿蕊姊整理竹林。

他們一樣一起吃東西、閒聊。劉賜發覺除了他和劉乾兩人一起過去的日子，劉乾應該有單獨找過阿蕊姊。那通常是談話內容裡偶然洩漏的線索，能聽出「你上回不是說……」這樣的語句，並不是因為他剛好人在屋外沒聽到，而是那一天他根本沒有去找阿蕊姊。雖然先前連續十天的念經，有時就是劉乾自己去，但劉乾總是會說的。現在聽起來，偶爾也有不特別跟他說的時候。他知道人相熟了，臨時想到去拜訪，難免有的。本來也不用事事都跟他說。他看劉乾和阿蕊姊熟悉得很快，心中感到有些孤寂。又想自己是什麼樣的人，待人不夠熱，本來跟別人的關係就漸漸會是如此的。他假裝沒發現，默默聽下去，仍享受三個人一起的快樂。

某日阿爸突然來工屋找他，幸好那時劉乾已出門。阿爸告訴他，今天有日本的技手會來測量猪頭棕一帶的竹林，讓他跟著一起去看看。

他們家在離這裡不遠，西北面的猪頭棕庄也有一塊竹林地。

阿爸說：「總督府要再增加模範竹林的範圍。若家裡竹林地都被官廳收走，我看你就回來家裡幫忙好了。」

「我聽說變成模範竹林，竹林還是可以繼續做，只是要給三菱會社的人管。」

「這我也知道。不過你想想看，三菱自己也要賺，竹農的利潤一定會變差。不如趁早打算，找其他賺錢的門路。」

「可是我做竹林已經做得很習慣……」

「原本你做竹林就不知道錢都賺到哪裡去？也不曾看你拿錢回來，有時還跟你阿母拿錢，對嗎？」

「那是一時錢不夠，並沒有時常這樣。」

「都三十歲的人了，要有點打算。我才好幫你跟別人講親事。」

「親事就不要講了。我會想辦法拿錢回去。」

「每次講這個，你都不要，實在拖得太久了。我聽人說你最近跟那個守寡的阿蕊走得很近，是真的嗎？阿蕊勉強可以做你阿母了，你是不可以亂來。」

「我只是幫忙介紹人去她家念經。你不要聽人亂講。」

「沒有就好，不可以騙我喔。名聲打壞，你才來後悔都來不及了。」

劉賜跟著父親往猪頭棕的方向走，先去看了一下自家竹林，並未聽見有什麼人聲。他們又走回山徑上，往有聚落的地方去，陸續看到幾個人都往同個方向走，他們也跟過去。很快就看見有兩個測量技手，其中一個技手站在坡地高處，正在固定一個比他身高還高的立尺。那技手的胸前懸掛著一塊薄木板，木板上夾著紙張，兩邊繩索垂放下來的長度讓木板剛好像一張懸空的平桌。另一個技手站得低一些，面前有一個用三腳支架支撐的桌臺，桌臺上鎖著崁有鏡片的金屬圓筒和幾項不知用途的機關。低處的技手將眼睛湊近鏡筒後方的窺看孔，旋轉手中的圓盤狀機關，彷彿在對準什麼，似端著一把槍，準備擊發。不久像是得到結果，喊了一聲，簡短說了幾句話。另一人聽了，抽出褲腰袋中的筆和短尺，表情專注地在木板上寫字、描線。

劉賜記得很久以前也有這一類的技手來過。這時候他們又來量測，卻不知是量同樣的東西還是新的什麼？

有一群人跟測量技手保持距離，遠遠看著技手工作。這些人看起來像附近的居民。一名留西洋髮型的臺灣人通譯正在向這群人解釋，如果對官有地的認定有疑問，可以提出地契一類的證明文件向林野調查委員會申訴。

劉賜一聽就覺得申訴什麼的，一定是很麻煩的事。

這群人裡頭有人說，過去買賣土地屋厝的時候，旁邊的竹林地算是附加，聽任業主使用，並不會把竹林地的地界寫進去，很難從地契看到竹林的範圍。

其他人也紛紛附和這個看法。

通譯靠近工作中的其中一個日本技手，將居民們說的困難翻譯給那位技手聽。

技手聽完通譯的話，點了一下頭，沒有馬上表示意見。

「若是清朝時採竹的稅單呢？可以當作證明嗎？」也有人這樣問。

通譯轉達提問。技手聽了，透過通譯回覆：「若有，可以提出來。結果還要再看林野調查委員會的認定。」

「這些竹林確實是我們在照顧，庄裡的人也可以互相證明。」

技手這次沒有說話，只笑了笑，月牙般的嘴型，態度看起來很客氣。

他們量完，又往下一處竹林地去。劉賜感覺這次測量的速度似乎比他以前見過的快了些，他猜想或許是有先前的測量當基礎的緣故，也可能他們只是在確認他們需要的部分。

阿爸沒馬上跟過去，留在原地聽人說話。

阿爸對留下來討論的人說：「跟這些技手講沒有用，他們不是做決定的人。」

有個人急得哭出來，說剛剛量的那塊是他家三代辛苦開墾出來的地。

阿爸安慰那個人說：「大家都是這樣的。」

劉賜想這句話其實有點問題，並不能說是「大家」。

等阿爸說完話，他們再次追上跟著測量技手的人群。跟了一陣，圍看的人越來越少。阿爸說：「現在人太少。」故意落後點距離觀望。

不久技手們來到阿蕊姊家外面的那片刺竹林。

劉賜感到納悶，今天不是只要量豬頭棕嗎？他以為這裡應該算中心崙，不然也算鹿仔坑，難道他知曉的庄界和日本人劃定的不同？

圍看的人都散去。劉賜和阿爸躲在山徑對面方才測量過的竹林裡，看見技手和通譯走進可以通往阿蕊姊家的那片刺竹林。劉賜擔心了一下，正想著是否要跟進去，幸好他們立即又出來，應該並未走得太深。

兩個日本技手在竹林外的山徑上，一樣一個站在高處，一個站在低處，分別架好工具，重複先前一再做的測量動作。最後兩人互拍肩膀，扛起工具往回走，沒再往鹿仔坑去。

劉賜聽見那兩個技手話說得很快地交談著。他聽不懂日本話，卻能感受到這跟先前測量時的氣氛不同。那兩個技手在聊天，就像他跟劉乾、阿蕊姊或張掇在聊天時那樣。通譯跟在兩人後面，揹著測量工作相關的雜物，低著頭，沒有加入談話。

回程的路上，阿爸對他說了一番議論：「與其多花氣力去阻止，不如想官廳為什麼要這樣做？為什麼找三菱來管竹林？不只竹林，聽說另一個財閥三井為了糖廠也收了不少地要種甘蔗。這是一個『勢』。順這個勢想，以前土地小，業主多的時候，各人想辦法把自己種出來的東西運出去，甚至自己賣掉就好。那種程度的量不會很難處理。現在若是這麼多竹林地全變成官廳的，竹材的量一定很大，最需要的就是更快的運賣方法。有的輕便鐵路就是糖廠為了運甘蔗才有的，甘蔗和竹仔其實是同樣的道理。若轉投資山內的私人鐵路，應該可以賺錢。現在你看到林圯埔往林內那條就是一些仕紳跟總督府申請說要蓋的。平地已經有了，接下來就是換山裡面。祖先傳下來的土地可以守住是最好，但用土地賺錢的方法也是會變。我們不能只想以前如何，要想五年、十年後會變怎樣……」

那些話讓劉賜煩躁起來。他想像竹林裡出現輕便鐵路的模樣，感到有些驚嚇。他說不上哪裡不好，但就是不喜歡。阿爸充滿算計的遠見和張掇對新知的好奇，帶給他的感覺截然不同。阿爸是為了利益可以去學習新事物的人，張掇則是被新事物吸引，卻還沒想過大家需不需要這樣的東西。

不久，官廳的公告傳達下來，果然增加了好幾處由三菱管理的竹林，猪頭棕的竹林地也是其中之一。笋仔林庄不在名單裡，閃過這一劫。

未來到底會如何？

劉賜在那即將要失去的，他們家位在猪頭棕的竹林地裡走了一趟，思索整件事。突然生出一個念頭，如果測量技手來的時候，他將測量技手殺了，埋在竹林裡，這些事情是不是就不會發生？反正測量技手人數這麼少，有人幫忙的話，是可以做到的吧。不過殺人想想還是太可怕了。那兩個測量技手看起來不像是壞人。如果不是壞人的人做了壞事，是不是就可以殺他？人被殺，怨念深重可能會變成鬼，此後竹林是不是就有日本鬼？鬼若作祟豈不更可怕？

如果在民軍還有辦法跟日軍對抗的時候，他們再更支持民軍一點呢？要是讓民軍來管，就不會收走竹林了嗎？

阿爸時常講以後會如何，對將來的事充滿判斷和想像。他卻一不小心就陷在過去，不知道要從哪裡斬斷因果，才不會有他不想接受的事情發生。

劉賜在往阿蕊姊家的路上遇見劉乾。劉乾正幫一個人卜卦。劉賜坐在旁邊的樹下等，等劉乾忙完，跟他說公告的事。

「本來阿蕊姊住的地方只算是模範竹林的外圍，現在猪頭棕庄被劃入，連同中心崙那片模範竹林，兩邊相接之後，剛好被包圍在中間。」

「那片竹林也會變成官有的嗎？」劉乾問。

「我不確定，只是不知道日本人會怎麼看阿蕊姊的屋厝。先前被收走竹林地的人，有不少人的屋舍就在竹林地旁邊，聽說也不致被拆掉。現在阿蕊姊住的地方變成在模範竹林裡面，不知道會不會有差別？我想以後這些竹林地會有監視員巡視，出入的人比較複雜，要就近砍竹、挖筍也沒有以前方便，必須按照三菱的規定去做。」

「你常常在講日本人規定如何，可是偷偷來的話，他們才幾個人在巡，無法都抓到吧。」

「是沒錯，不過這種事要是被抓到一次，就要給人揍的。」

兩人一起去找阿蕊姊商議這件事。提醒她這陣子注意有沒有監視員一類的人上門找麻煩，或者是不是要回娘家避一避？劉賜知道阿蕊姊跟婆家關係不好，就沒提婆家，但他知道阿蕊姊的娘家是可以靠的，只是以往阿蕊姊不願意罷了。

阿蕊姊聽了之後說：「我想要繼續住。人若還在這生活，他們尚不一定會將人趕走；人若不在，就真的連屋厝都會被拆掉。」

「如果阿蕊姊不介意，我可以暫時在這裡住一陣子，等情況明朗再說。我看隔壁那間小屋是可以住人的。」劉乾提議。

「隔壁那間是可以住。我也不介意。不會跟你收租金。」阿蕊姊笑著說。

劉賜猶豫了一會兒說：「這樣不太好。」

「為何不好？」劉乾反問。

「阿蕊姊是寡婦，傳出去對阿蕊姊不好，對你也不好。」劉賜覺得不太妥當。他想起阿爸說過的傳言，不知是誰看見了什麼，如何傳出去的？他們來往如此隱密就能傳出去，若劉乾住在這裡，實在太顯眼了。

阿蕊姊說：「我不怎麼與人來往，別人要如何說倒不要緊。」

「我可以拜阿蕊姊當契母。」劉乾說。

「這也太突然了……你有問過阿蕊姊的意思嗎？」

阿蕊姊說：「隨便吧，我也不介意收一個契子。將來我不在了，菩薩就還有人供養。」

「這不是開玩笑的事啊，怎能隨便拜契母子。別人也不知道你們是契母子，一樣會亂講話的。」

劉乾答他：「所以那種事就是不住一起也會遇到，就不要多想了吧。你到底在氣什麼？」

劉賜沒有注意到自己給人的感覺是生氣。他說他沒有生氣，這件事就這樣定下來。

不過，先遇到麻煩的不是阿蕊姊，而是林啟禎。

那是公告出來，並沒有隔很久的事。時節剛進入夏天。劉賜聽到林啟禎被三菱的竹林監視員毆打成傷的消息。他跟阿蕊姊講這件事之後，自己先前往中心崙探望林啟禎。

劉賜想可以順道去找一下張掇，便從櫃子裡翻出他要給張掇的東西收進懷裡。又去菜園摘了一些菜，看家裡有哪些現成新鮮的東西，分別用提繩綁起當作禮物，帶著出發。慎重些的話，應該到街上買些不平常的東西，不過那樣來回一趟又要花掉太多時間，並且他還不知林啟禎實際傷的情況。想想還是探望過林啟禎，再看是不是需要到街上抓個補藥。家裡現成的也不比街上差，就先頂著。

他走進林啟禎的家，將禮物交給頭一個出來應門的林啟禎的妻子。林啟禎家人丁眾多，他一一打過招呼後，進到內室。看見林啟禎躺在床上休息，一邊的臉腫得厲害，手腳露出棉被的部分都有地方貼著膏藥。

「能下床嗎？」

「要也可以，只是不想。」

「怎麼會被打？」

「那個監視員把我跟我小弟見能仔弄錯了。看見我去砍做紙用的嫩竹，問我為什麼昨天已經砍過了又來，說我砍了太多，這樣是不允許的。我說他一定認錯人，我今天才來的，他看見的人不是我。他不相信，就把我打成這樣。不只搧我的臉，還出拳又出腳。」

「你跟你弟是長得很像。」

「不過還是可以分得出來吧？」

「是啊，也沒有像到會弄錯的地步，你們又不是雙生。」

「那個監視員，他真的沒辦法分清楚我跟我弟嗎？還是存心刁難？」

「我不知道。不過，也不應該打人，又不是巡查。」

「那監視員以前就是當巡查的。」

「就是巡查，也不能沒證據亂打人。況且他現在不是巡查了。」

「講是這麼講，他們可有在管這個？其實我不是第一次被這監視員打。有一回，我砍竹，也是這個監視員，對我留母竹的方式有意見。他說不管怎麼樣都要讓母竹留三根，圍成鼎足的形狀。我覺得他的堅持沒必要，不是說他講得不對，而是要看竹仔的性。那片竹林我很熟悉，我知道我的做法可以。我說竹仔是活的，跟人一樣，要知曉變竅。那一次他生氣起來，一直搧我臉，我以為他會記住我的臉。這次他把我認錯，我才知道原來他根本沒有記住自己打了誰……」

劉賜不知道要說什麼才好，變成只是在聽，越聽越沉重。

離開林啟禎家，劉賜轉往張掇家走去。看見張掇正蹲在門前，跟一個大約五、六歲的小女孩玩沙，兩人身後的曬衣竿披掛著大人和小孩的衫褲。

張掇滿臉笑容堆出一個沙城給小女孩。小女孩瞬間拿竹枝將沙城搗壞，這樣的破壞似乎很使她興奮，一邊破壞一邊大笑。

張掇重新再堆了一個沙城給她。

「阿掇。」

張掇抬起頭，「阿賜兄。你怎麼會來？」

「我來看啟禎兄。已看過，現在要回去了。」

「要不要留下來吃飯？」

「不用了。這小女孩是你的……」劉賜不記得張掇有成過親。

「是我堂兄的孩子。平常住猪頭棕。我堂兄不在了，現在是我阿嬸一人在照顧。阿嬸又忙，有時就讓她來住我們這邊。」張掇轉頭呼喚小女孩，「甘仔，過來叫阿伯。」

小女孩看了劉賜一眼，躲在張掇身後，沒有叫。

「叫阿伯啊……」張掇又說了一次。

「不用了，不用逼她叫。」劉賜連忙阻止。

「這樣真不好意思。」

「沒關係，我小時候也很怕叫一大堆不認識的長輩。」

張甘拉著張掇要回去玩沙。

張掇對她說：「妳先去玩，阿叔跟阿伯說一下話。」

張甘很不高興地走開了。

劉賜問張掇：「先前一直沒問，你們家竹林還好嗎？」

「頭一批就被收走了。本來那塊竹林地是清朝時我阿爸跟人買的，有定契約，但當時怕麻煩，沒有跟官府請契尾當證明。日本人說這種契約無效，我們也沒辦法。不過我們家的竹林地本來就不大，平常要替人兼做工才有辦法吃飽。無奈歸無奈，沒有林頭家那麼怨嘆。」

「我看啟禎兄被打傷，就想到你。」

「阿賜兄在替我煩惱嗎？多謝你。其實……原本這一帶的竹林多半是林家三兄弟的，也就是他們父祖留下來的基業。過去因為林家勢力大，我們不敢過界去採他們的竹或筍，除非是幫他們做工時才能進去。現在大家一起讓三菱會社管，我能採的不一定比以前少。不過我剛剛說的，阿賜兄你可不能跟林頭家說。不然你就真的要替我煩惱了。」

「我知道，我不會說的。倒是你，讓我囉嗦一句，知道不能傳出去的話也不要再對別人說了。」

「是在你面前才敢講，我以後會注意。」

劉賜從懷裡拿出他欲給張掇的東西。張掇連忙拍掉手上殘留的土粉，將雙手往身上抹了幾回，才接過劉賜手上外層用粗紙包覆的扁平物件。張掇摸著說：「好像是紙。」

「你打開看看。」

張掇掀開外面的粗紙，看見裡面劉賜疊好的數張洋紙、和紙。張掇伸出兩根手指，又在衣衫上擦一下，才敢碰觸疊在最上方的紙，稍微往下翻。

「你之前不是曾跟我說過紙的事？因為家裡的登記簿我記得是用日本紙做的，想說如果有多的，就拿一張給你。我有問我們家文書。他跟我說登記簿用的紙叫美濃紙，是日本紙的一種，跟我們紙寮一樣，是手工做的。如果是要印報紙用的，報紙有專門的印刷用紙，應該算是一種洋紙，是機械做的紙。後來他把他有的不同的紙都給了我，裡面有的厚、有的薄、有的看得到牽絲、有的若透明。我一直想拿給你，但拖得有點久……」

張掇很仔細看著那一疊紙，「所以是手工和機械的差別嗎？」

「這我就不清楚了。同樣是手工的，美濃紙看起來跟我們這邊的竹紙也很不一樣。你看這張。」劉賜指出美濃紙給張掇。

「對，我們這邊做紙是用竹仔。別的地方聽說好像會用樹皮，還有用破布來做的。」

「哈，我只會曬筍干，沒做過竹紙，無法給你什麼建議。你慢慢研究吧。」

「外地人跟我們訂貨，有時會叫我們這裡的竹紙是沙連紙。紙有自己的名就像人有自己的個性。看到這些不同的紙，很使人歡喜。真多謝你。」

「不會啦，小事。」看張掇開心的樣子，劉賜覺得自己做對了一件事，心情也跟著好起來。

「我聽說三菱會社打算在林內庄蓋一個機械造紙工場，什麼時候會蓋好還不知道。屆時林內庄就可以看到很多機械做的紙吧。」

「這消息你是從哪裡聽來？有確實嗎？」

「是我們這邊的保正……他兒子跟我說的，應該沒錯。他說到時候大家可以去林內庄找工作。林頭家沒跟你說嗎？」

保正的兒子這層關係，劉賜聽了不太自在。但他不可能問張掇，你是不是也在想，我是保正的兒子？他也厭惡產生這念頭的自己。

「他沒講起，我想他可能還不知道。」

「其實這工場聽說蓋很久了，那我再跟林頭家說。」

「麻煩你了，說的時候不要太刺激他。他最近心情很壞。」

「我了解。」

又過了一陣子。某日，劉賜去探望阿蕊姊跟劉乾。

阿蕊姊說：「竹林監視員沒有來過，也許這片竹林並不被算在模範竹林裡。」

劉賜想這個地方真奇怪。回想起來，他第一次去找阿蕊姊，因沒有人帶也是找不到。不過畢竟有人住在這裡，真的有可能完全不被發現嗎？他確實看到測量技手量到這一帶來了。當然測量技手並沒有深入竹林，大概是某個地方弄錯了。

「沒事就好。」他說，心裡感到比較放心。

「乾仔有幫這四周施術念咒，說不定是咒術讓屋厝隱形了。」阿蕊姊現在也叫劉乾「乾仔」。

劉乾說：「確實有隱形的咒術，但需要更長時間的條件俱足。我這次不是用那樣的咒。」

「不然我就不能找到這裡了，對吧？」

「也不是，施術也可以分對象。」

他聽了想，當初劉乾決定直接住在阿蕊姊家是對的，倒是他一開始想得太多。

秋天的時候，有人發現原本豎立在模範竹林境界外頭的「臺灣總督府模範竹林」木牌，換了一個新木牌。上面寫的字跟原來不一樣，只認得開頭變成了「三」，找識字的來看，竟寫著「三菱製紙株式會社放領預定地」。

大家都知道現在模範竹林是三菱代管，不過把總督府的名字換成三菱，怎麼想都有些不尋常。三菱能比總督府大嗎？怎麼不寫總督府，要寫三菱呢？

眾人商議一番，又去拉了保正、甲長，以及有名望的仕紳來看。讓他們看看這個木牌有沒有別的意思？幾個知曉事情的，一致猜測這是總督府打算把模範竹林放領給三菱製紙株式會社，這裡的竹林恐怕會變成三菱的地。

「沒說錯吧，這樣以後三菱還會讓我們進去伐竹割筍嗎？」

眾人不滿地鼓譟起來。幾個人拉住保正，要他絕不能讓竹林落入三菱手裡。

保正反覆說他先弄清楚再說，請大家不要驚慌。

幾天後，消息傳開，劉賜也聽聞這件事。不只模範竹林換了豎牌，三菱在頂林派出所附近，原先以「臺灣總督府模範竹林」為頭銜的辦事處，也改掛起「三菱臺灣竹林事務所」的牌子。

竹農們無心做事，聚在大坑庄的林保正家議論總督府要把竹林地放領給三菱的事。劉賜在路上聽人說起，覺得這是跟自己和阿蕊姊都有關的，不管如何該探聽一下，也過去聽人議論。林保正家屋外的桌椅邊有七、八個人在聊天，他在那裡遇見張掇，兩人坐在一起聽。張掇告訴他，林保正和他兒子外出去其他庄探聽情況，眾人就在這泡茶等消息。劉賜想，這裡人不算太多，又是在保正家，應該沒什麼問題，就待著。

不久，林啟禎也來，對眾人議論竹農目前處境。

「我去探聽。濁水溪那邊的人說，其實數年前就有日本技手來測量過竹林地。當時曾讓人插標劃界，說會登記他們的『業主權』。哪知技手回去再來，說法就不同了，改口說是要登記成『管理權』才對。隔一陣子又變成『占有權』。如今來看，總督府那時就有計畫要搶奪竹林。」

劉賜問：「可是我覺得聽起來差不多。若講『占有權』，聽起來還是『有』這竹林的『權』？」

「那不一樣，那是說這地你跟人『占』的。反正就是要符合法律的規定，才算是業主。不符合的話，土地就算是國家的。」

「可是我不懂法律。」

「大部分的人都不懂啊，而且聽說法律會變、會增加，現在弄懂了好像也沒什麼用。」林啟禎說：「總督府就是這樣先把竹林騙到手，再交給三菱管理。現在竟然還要直接把竹林放領給三菱。各位想想看，這不是總督府和三菱聯手在欺騙我們嗎？三菱只是代管都對我們那麼苛刻，如果變成竹林真正的業主，我們要怎麼生活？」

有人附和林啟禎的看法，說三菱真的很苛。表面上說竹農也能繼續在竹林裡採取維生必要的竹或筍，但為了生活可以採多少是三菱在決定，而不是竹農自己說。而且三菱的規定實在太複雜，什麼用途的可以採幾根、每根大小如何、在哪裡採都訂出細項，很難完全記住。如果被認定違規，還要接受保甲處分，罰錢或罰勞役，嚴重的甚至會失去進入竹林採竹的資格。如此多罰少賺，生計已經很有問題，更不敢想以後。

另有個竹農說，他們一家人乾脆都去給三菱雇用，幫三菱砍竹、運竹，領工錢過日子。偏偏這工錢也很低，跋山涉水工作一整天拿不到一圓，遠不如過去自己運賣的收入。畢竟以前是自己賣自己賺，現在只是幫人運去賣啊。

「不過三菱也需要人，不能要求提高工錢嗎？」張掇問。

「這也有人試過，結果會社就招幾個外地人進來做。不滿的人最後就沒工作了。」

「這樣不對。我記得官廳有說過，官廳跟三菱簽的合約，有要求三菱必須優先雇用當地人。」張掇說。

「是嗎？就算真的是這樣，我們也不知道要去跟誰說三菱沒按規矩來。」

「可以跟官廳說。」

林啟禎說：「官廳跟三菱，一個童乩，一個桌頭，無法使人相信。三菱那邊說違規，是讓保甲來處分，保甲不是官廳在管的嗎？」

在場的人對竹林問題的看法大多是絕望的。

人來來去去，林保正父子二人接近日落才回來。林保正劉賜以前見過，就跟自己父親的感覺差不多。儘管時常接觸日本人，仍維持原來的穿著習慣，臉上掛著熱心事務的笑容。林保正的兒子他第一次見到，先前也只聽張掇稍微提起，是個留西洋髮型，皮膚光潤的美青年，還戴著一頂黑色西帽，穿西服、皮靴。跟周圍戴斗笠、穿短褲草鞋的竹農們相比，更像是三菱那一邊的人。

林保正告訴大家，竹林放領的事應該還沒定案。本庄的仕紳林玉朋，還有鯉魚頭堡清水溪岸各庄[1]，桶頭的廖振發、山坪頂的陳玉奎、福興的張陳元，都願意出面當代表，集合眾人意見向官廳請願。他們打算聘請日本人律師擬一份歎願書呈上去，說明竹農的困境，日本人跟日本人講可能比較會通。

林保正詢問眾人對請願的意見，願不願意一起簽名參與？有人跑去叫更多人來聽。林保正家內外，人愈聚愈多。劉賜看人變多，怕會出事，抓住張掇的手起身。沒想到日本巡查已經出現在門口，問他們這麼多人聚在這裡做什麼？

劉賜看見那巡查的臉，唇上留著鬍子，年紀似乎只比他大一點，冷酷陰沉的表情像一堵

1　鯉魚頭堡範圍約涵蓋今南投縣竹山鎮南部。

難以溝通的牆。

他想，這是不是就是頂林派出所那個曾經逼迫林啟禎蓋章、打了林啟禎的巡查？

林保正的兒子用日本話跟那巡查講了幾句，林保正則在一旁陪笑。轉眼間，未等保正開口驅趕，剛剛在這裡的人全走開了，分散在山徑上，包括林啟禎。

劉賜沒想到只是多看那巡查幾眼，聽他們說話，竟變成走最慢的。他和張掇往外走的時候，張掇讓林保正的兒子叫住。張掇叫住劉賜，就又都留下來。

林保正父子不知用了什麼方法，巡查不像剛來時那麼警戒，雖仍逞著官威，已沒有要教訓人的意思了。只跟林保正要了巡邏簿來簽。

他和張掇跟著林保正父子一起向巡查鞠躬，目送巡查離開。林保正忽然想到什麼似的，提了擱在門口的竹燈，跟了過去，像護衛一樣守在巡查身旁，兩人消失在山徑中。

「阿伯會講日本話嗎？他一個人去沒關係嗎？」張掇問林保正的兒子。

「只會講幾句，不過他蠻懂得怎麼讓巡查大人歡喜。等一下就回來了，至少不能讓巡查大人在我們這邊出事嘛。」

劉賜聽了才知道林保正跟過去的用意。

「對了，我來介紹。這位是劉賜。阿賜兄是笋仔林庄劉保正的兒子。阿賜兄，這位是林子下。」張掇站在他和林保正的兒子之間，替他們介紹。

林子下伸出右手對著劉賜。劉賜起先不明白這意思，後來想起曾看過日本人、西洋人也這樣做，便也伸出手跟林子下握了握。

林子下帶他們兩人進到屋內一間有許多西洋擺設的房間，沿著圓桌坐下來一起談。

林子下的家人端了白色瓷盤裝的西洋餅乾跟一組有花葉紋的西式茶壺、茶杯上來，每個茶杯底下都墊著一個瓷盤，瓷盤上放了一支細小的鐵勺。

林子下說：「這是我新買的紅茶，有外銷到露西亞。大家喝看看。」

「露西亞？」劉賜聽不懂這是什麼地方。

「就是幾年前和日本戰爭的那個國家。那時候，大家都在猜露西亞的艦隊何時會經過臺灣，從哪一邊經過？」

劉賜依稀有聽過這場戰爭。阿爸有提過，叫什麼日露戰爭，說總督府要軍民警覺海上情況。但這裡不靠海，他也沒看過海。他想起阿爸那時真正警覺的，是有人在觀望日本若戰輸，就要趁勢攻擊官廳。

林子下替每個人斟了一杯顏色偏紅的茶。掀開旁邊的陶瓷罐子，舀了一匙東西倒入茶杯裡，另外拿起瓷盤上的鐵勺攪拌起來。

「你剛剛倒進去的是糖嗎？」劉賜問。

「是啊，要加糖才好喝。阿賜兄可以看自己喜歡吃多甜，要加多少糖都沒關係，不要客氣。」

「這是像過年時喝的甜茶嗎？」劉賜想到過年拜神時會加紅棗、桂圓或冬瓜糖在茶水裡，復察覺林子下都特意用西洋茶壺裝了，自然是想展示點不一樣的東西，連忙說：「抱歉，應該是我見識少。」

「不要緊，雖然是用同樣的茶種，但製作方法跟烏龍茶不同。你可以先喝沒加糖的，再試試看加糖的，比較看看。」

劉賜沒加糖的時候，覺得茶本身有淡淡的回甘，只是不明顯。加了糖後，確實好喝。這糖又細緻又白，是很好的糖。他忍不住加了更多攪拌進去，只是心中總覺得這就不叫喝茶了，跟他喝過的甜茶也不太一樣。

這是一種新的滋味。

林子下說：「其實用角砂糖會更適合，是一種做成方塊形狀的糖，但我還沒買到。」

劉賜坐在張掇和林子下之間，三個人圍成一圈。明明只大他們幾歲，卻覺得自己是老一輩的人。是什麼把他們劃開來？他不能明瞭。

那天因為晚了，他就睡在張掇家。

他對張掇說：「你跟林子下看起來很熟。」

「我們算一起長大。過去我阿爸曾搭救涉溪時滑倒受傷的林保正。林保正看我年紀跟子下差不多，就讓我們一起讀書，沒跟我收學費。是特地從街上請先生來他家裡教的，也是這樣我才會讀書認字。」

「會不會……我上回給你的紙，其實你都有？」

「沒有啊。」

「嗯。」

「阿賜兄在想什麼？就算有，你送我的，也不會變成多餘的東西。」

「我知道。是我多問了。」

劉賜後悔問這樣的問題，像被量出心中的窄小。

林氏蕊

林氏蕊是同治年間出生的人。她出生前一年，「萬生反」剛好走到尾聲，也是她家族開始興旺的時候。幼時她厝邊有一鄰人，正是因為「走反」才渡過濁水溪來到中心崙討生活。那鄰人時常對人說些跟萬生反有關的故事，像是支持戴萬生的紅旗軍跟反對戴萬生的白旗軍之間的爭戰、守護庄頭的神明如何在敵軍夜襲時叫醒庄民拯救大家，以及濁水溪水色平時偏黑，若突然變清澈，必有亂事發生的傳說。鄰人說，壬戌年那時濁水溪水清了三天[1]，後來戴萬生就作亂了三年。

她喜歡聽那鄰人講萬生反的故事，特別是紅旗軍裡幾個女將，輕佻放蕩、兇橫殘暴與死不悔改的事蹟。彼時她對是非善惡的感受尚不明晰，她還不是那樣去看事情，只覺得故事裡有跟尋常生活不同，超過她原本知道的「人」。因為喜歡，她回家時也將這些故事轉述給阿爸、阿母聽。阿爸擔心她讓這些故事影響德行，便叫阿母跟她講點女人貞孝節烈，受到褒揚的事例。她才知道女人不管好壞都是要去死的，或者守著什麼到死。

但死是怎麼回事，會非常疼痛嗎？身上的感覺會極端清楚，還是模糊消退？死了丈夫的女人應該守的又是什麼？這些她並不了解。後來好像懂了，卻也不能說是毫無疑惑的懂。她想像中，死似是很強烈的毀壞，像阿母的手扭著雞脖子，一刀劃過，雞血擠出來滴落到碗裡，本來還鼓動翅膀咯咯亂叫的雞，就變得不像雞了。

她曾撞見勾掛著爛布的枯骨半沉在泥水坑裡。那一次是她和阿兄在樹林裡摘野菜，原來此處並未見過這樣的枯骨，可能連續幾日大雨，不知從何處被沖了出來。她聽說過有一種土虱生活在人的顱骨之中，吃死人腐肉長大，故特別好吃。她好奇伸出手，想去翻開那顱骨，看看裡面有沒有什麼靠吃腐肉長大的活物？阿兄連忙抓住她的手說不能碰，會有煞氣。他們一同回去跟家裡人說發現枯骨的事。家裡人請了法師來念經超渡，將枯骨送到一處有應公廟讓人處理、供奉起來。

她問阿兄：「會不會是萬生反時戰死的人？」那是她唯一知道最多死亡的故事。

阿兄說：「不知道，也可能只是剛好壽限到了，人就倒地死去。那個人可能沒有家人，或是有家人，但是家裡人找不到他，所以沒有人幫他收埋。」

「死是很快的嗎？」

「也有很慢的啊。病得下不了床，身體有一部分開始爛了，人還沒死。」

阿兄突然又說：「說不定這個人是被殺的。兇手將屍體丟在山裡某處……」

也是在這時候，母親在她腳上纏裹的束縛越來越緊。每天她都痛得掉眼淚，白天站不起

1　壬戌年：此處指一八六二年，清同治元年。

來，晚上癢得睡不好，直到腳趾扭曲彎折成一團死肉黏在一起，她才漸漸沒有疼痛的感覺。她那時以為她要死了，是緩慢的死，從腳開始。但她站起身，跟門楣比，發覺自己長高，她的胸也微微隆起生出新肉。唯獨裙襬下那一雙變形的腳小小的，好像沒有長大，可以穿很好看的繡花鞋。阿母繡了一雙黑底紫紅邊的弓鞋給她。鞋面上金銀紅綠繡線，浮花飛葉、鳳羽雲紋交織勾纏，細緻華美。她高興地捧在手上看，那真是她全身最美的飾件了，衣服都不敢做到如此艷麗。

阿母說：「若衣服繡那樣就太顯。真正的家底要看繡鞋，這些絲線、布料、手藝都是貴的。」

但從此她就走不遠。

她十七歲時嫁給鄰庄一個家境不錯的男人。那時已是光緒年，嫁過去那天才看到丈夫長相。丈夫不高，身量結實，眼睛大，瞧著人看的時候並不把人看得很深，只略略看，嘴唇抿著，勾出靦腆的笑。林氏蕊看到第一個念頭是：幸好順眼，也不會兇的樣子。

洞房花燭夜，她穿戴鳳冠霞帔、金耳鉤、金項鍊、青玉鐲，腳上一雙新的紅錦鞋。房裡一桌酒菜給新婚夫婦的，旁邊一雙花燭按習俗要不時交換一下，直到記不住哪支花燭是原先自己這邊的。傳說花燭先熄滅的那個人會先離開人世，這樣做是不讓新婚夫婦知道到底誰會先死。林氏蕊知道自己應該忘記，但她偏偏就是還記得，現在放在自己這邊的那支花燭，是丈夫的。當丈夫牽著她的手到床邊坐下，窗戶關著，卻有一陣怪風吹來，把屬於丈夫的那支花燭吹滅了。林氏蕊因窺得天機而感到抱歉，丈夫摸她的時候，她也摸了回去。丈夫解開她衣扣時，她也解開了丈夫的，對這活力正盛的身軀，心中湧起一陣憐惜。

她的花燭在兩人入睡前，都還燃燒著。半夜她起來，悄悄將燭吹滅。

丈夫行蹤不定，有時說去採筍，有時說去伐竹，有時說去紙寮幫人做紙。她總覺得丈夫說的話有些缺口，一件事和另一件事之間，藏了點什麼沒講。丈夫有一把長槍，說是防身用。他常常看那把槍，拿布擦拭，用細長的鐵條清理槍管，很珍惜的模樣。她看過丈夫在後院立一個靶，端起長槍，連開三槍都中了靶心。但丈夫其實很少對靶練習，對槍彈的耗用一樣珍惜。那麼他是如何進步的？丈夫每次回來，錢袋裡的錢都會變多。她開始懷疑丈夫幹的是賊寇的勾當，在她不知道的地方用槍。她問丈夫是否殺過人？丈夫嚇了一跳，問她怎麼會這樣問？她說出她的懷疑，丈夫笑了，說：「我只是受雇當某個角頭總理的傭兵，不想讓妳擔心罷了。」

「會危險嗎？」

「通常不會有什麼事。」

有一天丈夫告訴她，林圮埔要發達了。官府打算在林圮埔九十九崁上的雲林坪蓋一座城，以後將是一個新縣的縣治，還準備設撫墾局呢。

那時都說雲林坪這個地點好，一面是濁水溪、清水溪雙水環繞匯流，另一面群山圍拱，又是後山總路的起點。這裡建的城，可說是「前山第一城」。

丈夫把長槍和彈藥用粗紙包好，收進槍櫃裡，說不當傭兵了，去幫忙蓋城。對於外面的情形，林氏蕊都是聽丈夫說的。聽說林圮埔街變得很熱鬧。官府說錢不夠，仕紳們就捐錢，人不夠，大家就去幫忙種竹圍、堆土壟。本來剛種下的新竹還要分配人力澆水，此時，天開始下起滂沱大雨。連續幾天下來，竹仔抽高許多，長得很好，還發了不少新筍。

丈夫雇了轎子帶她到街上玩，去看新的竹圍土城。他們站在城門旁看來往的人，林氏蕊說：「站在這裡，有城牆，周圍又很空，總覺得好像會有什麼東西衝過來。」

丈夫說：「那我們就可以躲進城裡，趴在城牆上開槍。」

城的規模既有，怎麼看就是要發達了。然而只過了六、七年，因清水溪和濁水溪交會的地方，夏天容易發大水，中斷了城與外界的來往，官署又遷移到斗六門去[2]。就這樣大官走了，只留下一些差員、營勇。城池的意義消失，百姓看土地空著可惜，又去種些東西，各種作物交錯綿延，漸漸沒有城的樣子。河岸邊的芒草狂長，淹沒了過來，土壟和竹林還在，但看起來像是比較高的土坡而已。

那一年林氏蕊記得是癸巳年[3]，癸巳之後是甲午，甲午之後是乙未。當日本軍隊踏進林圮埔街，丈夫又把槍拿出來。

中心崙有個叫林阿生的，個性很強勢，過去常在庄裡惹事，有一張好像總在生氣的臉，林氏蕊也知道他。林阿生來找她丈夫，招許多人一同去對抗日本人。他們打了就跑，情勢不好就各自回家，一有機會又一群人帶槍帶刀衝出去。沒東西吃時，丈夫亦帶林阿生，及在外的一群結拜兄弟進家門吃飯。如此來回，丈夫一大家族的人都感到很不安，深怕他們哪天事敗，日本人會來報復，屢屢勸他收手，丈夫始終不聽。公公只好跟丈夫斷絕關係，連她一起，將他們趕了出去。

離家前，公公將丈夫支開，單獨對她說對不住，說家裡不是差那一口飯。

「只是若仍留妳在家，我這兒子一定會偷偷回來看妳，依舊牽扯不清，趕他出去就沒意義了。妳跟著他，他有個顧念，做事才不會太莽撞，才能明白家裡人的心情。哪天若他有想

2 斗六門為今雲林縣斗六市。

3 癸巳年：此處指一八九三年，清光緒十九年。

通，你們再一起回來。」

原先她要跟丈夫到民軍更深山的地盤去。丈夫說她綁小腳，真正遇到危險，會跑不掉，他不能放心，必須另外找地方住。

當時她娘家已是阿兄掌家。她雇了椅轎，回家找阿兄商量，碰到日本警察上門來調查戶口、收繳槍枝，阿兄正吩咐家裡人把槍彈都點交出去。

日本警察走後，她問阿兄為什麼？瞞著也行啊，山裡這麼多地方可以藏槍。不只她，兩個弟弟啟禎、見能也很不諒解阿兄，認為阿兄白白浪費了原先累積的實力。

阿兄對他們說：「別人一句話就能誣良為匪，如今是這樣的世道。這些槍枝和積存的彈藥，留著對抗不了那麼多日本軍人，卻能讓人說你跟匪徒勾結。不如都交出去，想辦法順著世道活下去。不去害人，但也別讓人有害你的藉口。總有一天，世道也會改變的。」

她聽著阿兄講的話，心裡好像有什麼看不見的東西壓下來，而那是大家要一起承受的。

阿兄私下告訴她一處隱密的竹林，在中心崙外圍，很接近鹿仔坑的地方。

「那裡有一間家裡的舊竹管厝，以前若想藏東西或是做不欲讓人知道的事，便會去那裡。這幾年沒有使用，有些殘破，但整理一下應該可以住人。」

她不明白阿兄。既然這麼小心，連槍彈都交出去了，為何還要留一個危險在身邊？

她跟阿兄說：「我不能保證我的丈夫不會再去對抗日本軍隊，我們正是因為這樣被趕出來的啊。」

「我知道。如果可以，妳還是勸他收手吧。不管如何，我希望妳平安。這間竹管厝的位置很特殊，知道路的人不難找到；不知道路的人進入竹林，很容易會順著路勢走到另一邊去。就像人習慣眼睛先看哪一邊，那個地方就是常常不會被看到的角落，一不留神就錯過了。我的考慮是，與其讓你們在外面亂闖，不如躲在那裡還比較安全。」

「但若有萬一，我不會認妳這個小妹。我會說是你們擅自闖入占用。」阿兄以這句話劃下界線。

「當然，這是應該的。」她說，她也真這麼想。

她和丈夫先整理修復這間竹管厝，再慢慢增建另一間儲物小屋。他們在牆面裡外敷上混合稻草、粗糠、牛糞的田土，加固保暖，最後抹上白石灰。工法多半便宜行事，沒有全按規矩來，能做多少算多少，白石灰也抹得不甚平整。那周圍稠密的竹林就是他們的城牆，防人防風，反正沒人看，屋舍隨意弄不怕人見笑。

丈夫因閃避外面的風聲，不常出門。她和丈夫日夜相守，過著與世隔絕的日子，很感親密。她因為這樣，體驗了熱烈擁抱一個人可能產生的快樂。那些過去在大家族的宅院裡生活，耳目眾多，不容易做出來的事，那段時間都做了。兩人肌膚時常貼觸在一起，感受到對方的溫熱與被撩起的慾望。

原先他們一直沒有孩子。林氏蕊時常受到夫家其他人的關切，商量要吃什麼好，要去拜什麼神求子，甚至求來送子觀音的佛畫，掛在正廳讓她看，務使神力改變她那沒有動靜的肚子。熱心的好意反覆出現，逐漸變成急躁的質問，問她是不是都沒按照別人說的去做？是不是誠心不足？說膩了，改用一連串粗話幹罵她，把她壓得很低，說是為她好，欲使她爭氣。公公雖不曾罵她，對這些事也是漠視。

娘家的人登門對夫家人都一臉歉意，好像虧欠她夫家什麼該給卻沒給的東西。知道仍沒懷上，阿母按習俗提著裝有豬肚的茶壺登門，裝作陌生人一般避開她，走進她房裡把那只茶壺放下，然後離開。她等阿母走了，再進到房裡把豬肚吃掉，茶壺留在床底下。聽說這樣可以「換肚」，換成一個能生小孩的肚子。起初她跟丈夫都認為，遠離那一舉一動被人注視的宅院，心裡不常去想，這次一定會懷上。不過她始終沒有出現可能懷上孩子的跡象。

丈夫說：「這大概就是命。沒有孩子也好，孩子會哭，這樣這竹林就不夠隱密。」

她想想也對，竟做了一個日本軍人進入竹林裡搜查的夢。夢中，她躲在竹叢裡，沒有看見丈夫。那竹叢很密，從外面不可能穿進去。她不知怎麼剛好卡在中間，像是先有她，才有了那些限制她行動的竹叢，很牢實地將她圍困。不知何處發出嬰兒的啼哭，似乎就在她近旁。她焦急地想要尋找，但無法動彈，只能用眼睛看。視線能移動的範圍也很小，彷彿她其實就是一桿竹，她的眼睛是竹的眼睛。她說「噓……噓……」想叫那個嬰兒別再哭了，好危險，我們都會被發現的。嬰兒的嚎哭聲卻越來越大，而日本軍人就停在她面前。她想說：「不是，不是，聲音不是在這裡。那不是我的聲音啊！」想想嬰兒也會有危險，還是讓日本人停留在這裡就好。她試著大叫：「是啊，我在這裡，就是我發出的聲音……」

她駭醒過來，把沉眠的丈夫搖醒。質問丈夫為什麼不在她夢裡？

丈夫迷濛一陣，聽不懂她說什麼。稍微清醒時，方說：「可是眠夢的是妳，妳又為什麼不把我夢進去呢？」

他們在同一張床上，被夢分開。

之後她未再夢見嬰兒的哭聲。她是獨自一人，跟丈夫無關的，經歷了什麼。

某日，她去附近的溪邊洗衣服，看見一尊差不多可以用手托著的木雕觀音像，卡在石縫中載浮載沉。她初始以為又是送子觀音，仔細一看這雕像並沒有抱孩子，而是一腳屈膝踩石，一腳垂足點於蓮上，面貌英挺，女身男相，木工算精緻。那一陣子因為日軍和民軍在山林裡交戰，許多蒸樟腦的腦丁匆忙離開山區，留下不少棄物。她想那尊觀音像很可能也是被遺棄而放水流。她原不敢撿，怕這種無主神像早已沾染鬼邪，把什麼不乾淨的東西也帶回家就不好。於是當作沒看到，洗完衣服就離開。

回家後，卻時不時想起那尊觀音像。她自小跟著家裡人拜神，對落難神像棄之不管總是不安，但又想，那樣的水流，神像應該很快就會被沖到更下游去吧，也不能怪我。

隔日再去看，觀音像竟然還在同樣的石縫裡，並未被沖出漩渦的範圍。她與觀音的容顏對視許久，感覺到善的念頭。想也許真是有緣，默念聖號後，用一條乾淨的稠巾，將觀音像包起，帶回家裡供奉。

她將觀音像曬乾，找來花瓶、香爐、供杯、燈臺，布置出一個簡單的佛壇。在洗衣時順便摘採供花，沒有花的季節就插一截帶竹葉的嫩竹。

此後屋裡就有了誦佛聲。她不懂佛家經咒，反覆也只念南無觀世音菩薩。跪在佛壇前，她不知道自己始終重複的句子可以堆疊出什麼。就是念，念的時候，心裡很平靜，漸漸也不想吃肉，不知不覺成了「吃菜人」。有肉吃時，她還是會做葷的給丈夫吃，只是聞著炒熟的肉香，並不舒服。

丈夫說她變得有點不一樣，好似被這觀音像迷去。她說只是多供了一尊觀世音菩薩，不覺得有到會使人改變的地步。丈夫問：「念佛、吃菜不算改變嗎？為了這些事，妳多了多少麻煩。」她說看起來或許如此，但那些都是順其自然發生的，她就覺得不算改變。只是水順著地勢流，草順著風勢倒，這樣的道理罷了。

丈夫說：「妳歡喜就好。」

她說：「你也是，你歡喜就好。」

丈夫又出去打仗了，回來時常帶著傷，身體有很多破損。

她撫摸丈夫手上已結成疤，隆起的新肉，問丈夫執著什麼，覺得能贏嗎？

「我好像只是習慣這件事了。平地已經沒有機會，只剩山裡還可以跟日本人爭一下。總覺得再撐一下，說不定哪天時勢就變了啊，而且還是有很多人偷偷支持我們。」

聽丈夫那麼說，她不忍再勸他收手。她也想著時勢可能改變，必須有人為那不知哪天會到來的時勢作準備。

丈夫從衣服內裡取下暗藏的錢袋給她。她遲疑，一時沒接過。

「是支持我們的人給的。」

有一段時間，丈夫都沒有回來。好幾次她躲在竹林裡，看見日本軍人列隊行走於山徑。她過去從未覺得跟日本軍這麼靠近。她以為戰場就要在眼前發生，丈夫會和這些日本軍人打仗，不過她並沒有聽到任何像是作戰的聲音。

丈夫某日突然回來，跟她說，最近沒有人指揮，他跟其他人就只是東躲西藏。早先他們跟隨的林阿生已經投降，成了日本人的說客，四處勸山裡剩餘的民軍歸順。

「一個從臺東率兵員攀山過來的清朝將軍，原先教我們打仗，做我們的軍師，也被他出賣。我只好想辦法躲著。不過林阿生太了解我們可以躲的地方，我也不斷換地方躲。」

「唯獨這個地方，你絕不能讓林阿生知道。這樣我會對不起我阿兄。」

「我知道，妳說過很多次了。這是妳的家，不是我的。」

「我不是那個意思。」

「我知道，這事不要再說了。」

他們的對話這樣反覆好多次，一不小心話講著就繞到這裡來，很不愉快地結束。即使在這幾近窮途末路的景況，丈夫還是會拿錢給她，說是跟一些庄頭徵稅所得。她最後一次拿到丈夫的錢，是丈夫決定跟同伴一起歸順日本官廳。那時丈夫的同伴已經沒剩幾個，有的被殺，有的被抓，有的主動歸順。那是他們的末路，丈夫幾次跟林阿生約在外頭某處碰面，返家時總一臉鬱悶。

丈夫說：「我很怕林阿生會找到這裡。若被抓，那就連歸順的機會也沒有了。從組織民軍到現在，看到好多人死去。我如今卻想不起，當初很確信要拿槍起來對抗日本人的心情，只覺得志氣一點一滴被消磨。想到犧牲的兄弟，我不甘願。但是林阿生跟我說，現在已經沒什麼人可抓，叫我小心，別考慮太久，這恐怕是最後一次集體歸順的機會。」

她問丈夫：「什麼是集體歸順？」

「就是原先做伙的一群人一起去跟官廳登記歸順，交出武器。我跟我的結拜兄弟會一起去。」

丈夫和結拜兄弟去登記歸順時，接受登記的巡查透過通譯，告訴他們這次的歸順意義重大，要在林圯埔街辦一個歸順典禮。

丈夫說那巡查很奇怪，登記歸順時，槍枝早已點繳，卻又提醒典禮當天不能帶武器進去，後來說是刀或匕首也不行。

丈夫挑了一件好看的長衫，因為通譯告訴他那天幾個官員跟林圯埔有名望的仕紳都會來，要穿得體面點，會幫他們胸前別上鮮花，全部的人一起攝影留念。

那一天，林氏蕊覺得很可能是她新生的一天。她早上在觀音像前誦念許多遍觀音聖號，祈求丈夫平安。丈夫出門前，對她說：「會場會有點心吃，沒有延遲的話，最慢過午就會回來吧。此後……我就安分過日子了。」

不過直至天黑，丈夫都沒有回來。隔天一早，她走路到中心崙比較多人居住的地方，雇一頂椅轎，到林圮埔街去看，問人歸順典禮的會場在哪裡？

一個熱心的女人指著一間老祠堂，跟她說：「昨天清了好久的血跡。本來好好的，不知道怎麼吵鬧起來，聽到許多槍聲。那些歸順的民軍好像都死光了。聽說戴白花的殺，戴紅花的活。妳還是不要太靠近才好啊。」

她跑去認屍，在許多已被排列整齊的屍體之間找出丈夫。丈夫胸前別著一朵濺上暗紅血跡的白花，已經凋落大半，花朵旁邊、腹部各有一個像彈孔的破洞。丈夫閉著眼睛，臉色淒白，沒有活著的感覺。她將臉湊過去，感受不到一絲鼻息，才真的確定，丈夫是死了。

官廳的人找通譯跟她說，問她是這個人的誰？

她說：「我是他的妻子。」

通譯問了許多身分細節。她每回答，那人就寫一些字在簿冊裡，最後請她捺手印，發給她一筆安家費。那人告訴她，遺體暫時不能領回，過幾日再通知。

她領到安家費時問通譯：「你知道我丈夫是怎麼死的嗎？」

通譯遲疑了一會兒說：「我不在場，不太清楚。聽說是歸順的人之中有人帶武器進來，場面才亂掉的。」

「那有官員或仕紳死掉嗎？」

「沒有啊，他們拍完合影就離場了。事情已經發生，妳就不要多想。官廳很好心。請放心，不會對家人問罪，妳丈夫的喪葬也會安排。妳想找個工作還是改嫁，都可以跟我說。我先登記起來，官廳會幫忙。」

她騙通譯說她要照顧公婆，不用費心安排。被問及住處時，留了夫家的戶籍居所，讓他們通知可以安葬時到這裡來找人。

她決定留著這些錢，還在竹林裡繼續生活。

她坐椅轎回山上，一路上也都沒有哭，只時時用手碰觸衣服內側的暗袋，確認錢還在不在。目睹太多死亡，讓她生出一種生存的欲望。她必須活下去，那樣的念頭讓她不得不冷靜。

真的進到家門，看見觀音像，她才忍不住哭出來。

她在觀世音菩薩像的旁邊，立了丈夫的牌位。想丈夫這一劫，大約是連菩薩都救不了的沉重，又或者某些傷害在她看不見的地方已被減輕。她只能這樣想。

拜菩薩時，她仍替丈夫求，求丈夫在陰間過得好，最好是趕緊投胎做人，這一世的不甘願就罷了。

然而她有時卻看見丈夫的身影，有點淡、有些模糊的白影。但確實是丈夫的形狀，慣習的姿勢，蹲在米缸邊的牆角。她擔心丈夫流盪人間，要他趕快去他應該去的地方。丈夫也不說話，就蹲著，有時躺在地上，有時徘徊在屋厝四周。她一開始很注意丈夫的存在，因此也注意到丈夫何時消失。她不知道她看不見丈夫的時候，丈夫是否去了更遠的地方，就像以前一樣。她不忍心請人來作法，將丈夫趕走，但丈夫從不開口說話，她無法知道丈夫的想法，又為什麼還在這裡，難道是為了陪伴她嗎？

漸漸地，她對看見丈夫這件事就習慣了，也不再注意丈夫是否出現或消失。她知道每天至少會在某些時候看見那團像丈夫的白影，像山林裡的霧一樣。她想說話的時候，就跟白影說話，但白影依然不會回答。這樣的情況持續了好幾年，持續到她覺得永遠也不會結束。

她有時會疑惑，這會不會只是她的幻覺，因為受了太大的打擊終於發瘋？但她覺得自己並沒有瘋。

她出外時，白影會跟來。她的腳不方便走遠路，但她總是想多試試看，試出自己的腳可以走到哪裡。她也想，偶爾地，不要一直覺得丈夫就在身旁盯著她。

某一天她失去了白影，或者說她失去了丈夫。

那是過年時發生的事，在罩著晨霧的山徑裡。原本這個地方這時候多半不會有人經過。那一天白影一直跟著她，她走出了腳力所能承受的範圍，白影還是不走。當她放棄，打算回頭，她看見了劉乾。

劉乾並沒有看見她。她那時候也還不知道他叫劉乾。

她只是曾看過這個男人在劉賜家很隱密地出入，他們之間的舉動讓她想起丈夫跟他以前那些兄弟。

她站的位置正逢一個轉幹，加上霧氣忽然變得濃厚，剛好能藏住身軀。

白影也藏進她身後一棵粗樹後面。

她看見劉乾念著某種她聽不懂的咒語，同時點燃一張符火。劉乾讓那火燒至他指尖，才將殘餘的星火往上拋，燃盡時剛好又落回他掌上。

她不知道那符灰還燙不燙？只見劉乾握緊了拳頭，收住符灰。怕被什麼逃跑似地，緩緩走開，一路都沒有鬆開拳頭，身影消逝在山徑中。

她回頭看，白影已經不在原來的樹旁。

她先是回家，以為睡了一覺醒來，白影又會出現在房間的某個角落。可是白影沒再出現。她簡直像是不小心把他弄丟了。她為自己當日的嘗試感到抱歉，她不是真的想丟掉他，她只是想更瞭解他可能的變化。

好幾年的時間，無法講話，也不明白意圖，這樣的陪伴變成痛苦。她需要有一點當她做什麼，他便會怎麼樣的理解，所以才做各種嘗試。她不知道真正的分別會這麼突然，就像那天丈夫死去一樣的突然。可這一切在發生之前，她也不是沒有一絲懷疑或想像的。

丈夫還活著的時候，有一瞬間，她曾想丈夫此去歸順也許有陷阱，但她沒有說，怕觸霉頭。是那瞬間的念頭跑出去，推動官廳的人做決定殺人，把好事變成壞事嗎？還是她輕率了這也許是菩薩降下的靈感，以致錯失拯救丈夫性命的機會？

白影會不會不是陪伴她，而是在責怪她？

夫家的人在外面放話。許久以後，輾轉傳到她耳裡。說她的心肝粗殘，那日典禮作為地方上有名望的人，她阿兄有去，卻沒有救妹婿。說她認了屍就霸占安家費，拿錢躲起來。就不要讓他們遇到，必要她把錢吐出來。

她沒有找阿兄問這件事，她不能承受阿兄騙她或對她承認。她自此不再去找阿兄，阿兄也沒來找她。本來跟兩個弟弟啟禎、見能有聯絡，但見能老問她身上還有多少錢，這樣的探聽很使她不快。她跟家人之間，唯一聯絡的只剩下大弟啟禎，她也盡量不跟啟禎有金錢上的往來。她會到附近其他人開的紙寮去批一些粗紙回來做。將紙裁切成適當大小，黏上錫箔，要做金紙的另外刷金藥，依用途不同蓋上紅印，再用草索分疊捆綁起來。她喜歡自己做出來的金銀紙，有些索性買下自用，有些交回算工錢。偶爾也用竹篾編成竹籠去賣。加上丈夫原來留給她的錢，也非常足夠生活了。

如今白影消失，跟一開始一樣，沒有帶來任何答案。

她幾次回到當初遇見劉乾的地方找，白影也沒出來。到底是白影消失了，還是她再也看不見，她沒辦法確定。就像一開始，她曾懷疑白影是否真實。那些無可證明的，到最後都得選一個方式相信。

她在白影消失的地方燒許多冥紙，流著眼淚，重複說對不住與再會。她倒出葫蘆裡的水澆滅餘火，挖土埋了黑灰。山裡怕火，卻又有許多事必須用到火。

她忽然想，劉乾那緊握的拳頭，幻術般的手法，說不定也只是怕帶著星火的餘燼飛走。

她產生了想真正認識劉乾的念頭，找了劉賜說想請人念經咒。劉賜果然介紹劉乾給她，一切如她設想。

和劉賜、劉乾，三人一起吃飯談天的日子非常愉快。只有劉乾在時，她和劉乾會變得不怎麼說話，但感官反而更敏銳。

凝視劉乾念經時聖潔清淨的臉，她有種奇異的感覺，想知道他有沒有不對人展現的別張臉。

劉乾說出要對外宣稱她們是契母子關係的提議時，她有些失望，又有些期待。失望的是她並不想被當作母親看待，期待的是她知道這世上的契父子、契兄弟，也還有另一種解釋。

竹林地可能會受到管制的問題，她認為自己能夠應對，但劉乾主動要搬來，她何必拒絕？盼望新關係的念頭，勝過保持原有狀態的想法。

所以她說隨便吧。真的是怎樣都好，靠近一些也好，遠離一些她也無所謂。

劉乾搬來她的家，整理出自己的床。她站在劉乾床邊看。

她告訴劉乾：「以前我們庄有一對契父子，大家都知道當兒子的其實是父親的相好。若不拜契父子，沒辦法把家產傳給對方。他不在了，他的相好也可能被家族裡的人趕出家門，是這樣拜了契父子。其他庄人在背後總說他們是假的，不過真沒遇上什麼麻煩。這個世間就是這樣，看起來假的其實真，看起來真的其實假。人也就習慣真真假假。」

劉乾聽了之後說：「我還是叫妳阿蕊姊。」

她伸出手，用手背輕輕碰一下劉乾的手背又收回。分開的瞬間，劉乾的手牽住了她的手。

六十

甲子

明治四十四年[1]，舊曆辛亥年初春。某日午後，劉賜坐在阿蕊姊家屋簷下，他送給劉乾的那把竹椅上。那竹椅跟著劉乾搬過來，他看見就坐上去，和坐在門口埕桌椅那邊的阿蕊姊、劉乾，說起自去年底發生的事給他們聽。這些事也是他從林子下和張掇那裡聽來的。

「後來他們真的聘請到兩個日本人律師寫歎願書，向官廳提出將模範竹林歸還給原主的想法。再給竹農簽委任狀、謀事結信，總共有四百多人聯名。大坑庄這邊，林保正說他不方便再管，就在仕紳林玉朋家進行。」

劉賜說著新學來的詞，「律師」、「歎願書」、「委任狀」、「謀事結信」，他想阿蕊姊跟劉乾應該也沒聽過。果然阿蕊姊就問他那幾個詞是什麼意思？他以自己的理解來解釋，說律師就是幫忙處理法律問題的人，像以前的訟師，日本話叫「辯護士」；歎願書是向官廳陳情、請願，表達意見的文書；委任狀是竹農委託這個代表傳達意見的憑證；謀事結信是聯名人之間誓同生死的約定書，代表若遭不測，其他人會盡力救助，若有人退縮、背叛，也必須接受處罰。

「很特別吧？我以前都沒想過可以用這種方式去跟官廳講事情，而且有這麼多人願意聯名。」劉賜察覺自己想要展現「新知」的態度，那是他在張掇跟林子下面前被展現過的，現在他拿到阿蕊姊和劉乾面前來。他以前並不熱衷新事物，甚至排斥。今天像是要吸引阿蕊姊和劉乾注意自己似的，不跟他們一桌，坐在另一邊，盡說些自己不擅長說的事。

「起初，由山坪頂的陳玉奎和福興的張陳元兩位代表出面去送歎願書。林圯埔支廳的人不收，他們又轉往南投廳，卻在南投廳被警察扣押了十八天。他們被釋放之後，想直接去臺北的總督府陳情，在臺北也是被警察追。聽說是躲在一間教堂，才沒被抓到。官廳的態度看起來很強硬，但私底下又叫三菱派人來跟代表談。目前雙方還在談條件，三菱有可能會在各庄頭劃一部分地作保管林，讓庄頭內的人共同管理，另外也可能會提供保甲費、竹筏費的補助，金額多少也還在討論……」

他不知道自己今日是怎樣，他確實是要來說這些事，卻沒用比較好的方式說。而他眼中，阿蕊姊和劉乾，兩張臉像一張臉。他們專注聽他說話，表情一樣沉穩，誰都沒露出被「新知」驚動到的模樣。

阿蕊姊問：「他們原來要的不是將竹林歸還給原主嗎？」

「是啊，不過既然是和三菱講條件，三菱也不可能自己放棄土地。」

劉乾說：「跟三菱講，等於承認三菱才是真正的業主。這件事應該還是要跟官廳講，一開始的問題也是官廳造成的。」

1　明治四十四年：一九一一年。

「林子下跟我說，要想讓官廳將竹林地退還原主是不可能的。他說當初官廳在收這些竹林的時候就認定是無主地了。在上面生活的竹農，用日本話來講，是被當作緣故關係處理。這些地最多只能說是緣故地，根本不會有原來的業主。」

阿蕊姊說：「但你感覺對方不會答應的事，不代表就不能提出來。做生意也是會喊價的。也是這些代表有去陳情，官廳才會叫三菱跟代表談。」

「不過如果怎麼喊都喊不到自己要的……像他們講出來的條件，也不是拿較多或較少的問題，而是變成另一種東西，根本不是他們原來要求的。再去找官廳，也不知道代表會不會又被扣押？」劉賜覺得這似乎是無法解決的問題。

劉乾說：「已經拿到利益的人，很難叫他們自己放棄。現在講條件，很有可能只是官廳或三菱在拖延時間。時間到了，竹林地一樣放領給三菱。像這樣，還不如直接革命。」

「什麼是革命？」這次換劉賜不懂這個詞的意思了。

「這是我最近從找我卜卦的客人那裡聽到的，說是百姓用武力推翻政權或制度。卦冊裡的革卦也講革命，講變革要順天應人，跟那位客人講的意思不太一樣，但要說相通也有相通的地方。」

那個下午，一個詞牽引出另一個詞。他們說著不甚了解的字詞、思想，討論解決問題的方式，恍若他們已經置身在某件事裡面，言語裡面就有力量，去講就構成影響。他們剖開那件事裡面可能隱藏的算計，以及看似有所獲，但其實無望的虛耗，以致如掘井，在找水的時候也失去了光。而劉乾說革命是黑暗中的火種。

劉賜不能確定那些說法是否真的很新？從哪裡流傳過來，怎麼開始被使用？又他們是不是正確的在使用？

他問劉乾現在你講的是哪一種革命，新的還是舊的？劉乾說新的，但舊的革卦下面是火，上面是澤，水火相剋，也有火。又說，革卦的前一卦是井卦。水井對人的生活很重要，而且無法移動，如果不好好清淤修整，就不能發揮功用。竹林地的問題也是這樣。

他說：「可是動刀弄槍會死人，用講的結果再不如意，至少也不用有人去死。」

劉乾說：「若用講的就能解決問題，這個問題不會拖到現在。多久之前你就在跟我講竹林的問題，現在跟那時比，竹農只有失去更多。這樣下去難道就不會逼死人？」

阿蕊姊說：「用談的確實也不一定就不會有人受害。」彷彿支持劉乾的論點，接著說：「必須了解你面對的對象，才能決定怎麼做。」那樣又似乎向他這邊一點。

那是阿蕊姊在言論裡占的位置，剛好在他和劉乾之間，於是阿蕊姊比他離劉乾更近。阿蕊姊和劉乾討論起何時可以革命，怎麼實踐的問題，他們所在的那一桌逐漸變成一個世界。

劉賜被遺忘在另一邊，找不到可以插話的縫隙。劉賜忽然感覺劉乾和阿蕊姊很像夫妻。阿蕊姊伸手撥走劉乾胸坎上的什麼，也許是一隻飛蟲。劉乾沒有改變姿勢，繼續說話，對阿蕊姊笑了一笑。

劉乾臉上有順遂的，太過頻繁的笑容，與並不隱藏的憨傻。這不是他以前認識的劉乾。

劉賜想他們可能在一起了。在一起多久了呢？回想起來沒有頭緒。他之前雖也有些感覺，但總認為不到那個地步。他想著，為什麼不管是阿蕊姊還是劉乾都沒有跟我說？他們覺得我自己會發現，還是都不想讓我知道，一起瞞著？

那一天他奮力重新加入他們的討論，說了許多話，回到住的地方時已覺氣空力盡，不知道自己都在做些什麼無聊事，後來就不太想再去找他們。

兩個月後，劉乾再度出現在劉賜窗前。

自從劉乾搬去與阿蕊姊同住，就很少再來劉賜住處，多半是劉賜到阿蕊姊家找他；以致雖僅兩個月沒見，劉賜看到劉乾時還是有點驚訝，擔心是否又發生什麼事？門開著也不直接走進來，偏要站在那扇窗外。

隔著窗，劉乾對劉賜招手。

「你最近過得如何？」

「普通吧。」劉賜說。

「吃飽沒？」

「吃飽了。你呢？吃飽沒？」

「也吃飽了。」

「你怎會過來？」

「有件事想跟你說。」

劉賜叫他進來，簡單準備一些茶點、茶水，坐下來聽他說。

那茶水是劉賜用幫人揀茶米剩下的茶枝沖的一大壺茶。他偶爾也賺這錢，一整天坐在桌前，把一竹籠烘過的茶葉裡原來葉枝的部分一一挑揀出來，是賺錢，也是幫種茶人家的忙。去掉枝，撿好的茶米是要去賣好價錢的，他不會跟人家要，就是那些剩下的茶枝，滋味雖薄，頗有用，可以兌很多水來飲。現在要重新生火麻煩，只好將就，拿這冷茶出來。他邊跟劉乾解釋，邊倒一杯茶給他，裝一小碟酸梅推到劉乾面前。

「這梅仔不錯吃，我阿母給我的，你吃吃看。」

劉乾拿了一顆酸梅，含在嘴裡，皺了一下眉頭說：「有酸。」嚼著復微笑，一會兒吐出剃盡梅肉的果核，放在桌面，拿起茶杯喝。

「我等一下裝一小罐讓你帶回去。」

「好啊。」

「你想要跟我說什麼事？」

「我這次來，是想問你要不要跟我一樣吃菜？這樣對你比較好。你知道我們人不是一直在這個世界，總有一天都要死的。你現在開始吃菜，死後就有辦法去比較好的世界。」

「過去我跟你一起，都跟著吃菜，也不曾在你面前吃肉。我們認識這麼久，你從不曾勸我吃菜，怎麼現在卻突然提起？」

劉乾看了他一眼。

「總之，現在開始吃菜也不晚，對你真的好。而且你若吃菜，我可以把我所學的符咒傳給你。你想學嗎？」

「我要學那個做什麼？」

「我這世人不會娶妻生子，你跟我學，做我的傳人。你跟我，還有阿蕊姊，我們三個人一起修行，幫助別人。」

「你說我們三個人共修？」

「是啊，這樣豈不是很好。」

「你要我做你的傳人，但我才少你兩歲，你老了的時候我也老了。這樣能傳什麼？我就算學會，也得再找一個少年人來教。」

「那是以後的事，我自己會再找少年人來教。你不想跟我一起修行嗎？修行的人越多越好啊。」

「以前，我們也很好……」

「那不一樣，以前是我想得不夠多。最近我想法有改變。我想，你若吃菜，我們將來死後才有可能在同一個世界。」劉乾說話的眼神非常認真，帶著少見的向外傳遞的情感，至少在他面前是少的。

「阿賜，我想幫你。你試試看，好嗎？」

劉賜看著，心又軟起來，開始想，吃素也不是壞事，劉乾又不是叫他做壞事。

「不要這樣說。我本來也不常吃肉。只是一時突然說自此就不吃，感覺有些奇怪。我不喜歡一定要如何。我就試試看，不保證會堅持下去哦。」

「好。」劉乾達到目的，話語突然停頓住。拿起茶壺，給劉賜和自己空去的茶杯再添過茶水，喝了起來。

「抱歉，應該是我來。」請人喝茶的人要注意客人的茶杯是不是空了，這是劉賜從小看著阿爸待客養成的習慣。看見劉乾動手倒茶，他意識到自己的失誤。

「不要緊。小事。」劉乾說，彷彿現在他才是主人。

劉賜一時動念，問：「你跟阿蕊姊是不是在一起？你應該知道我問的是哪一種。」

劉乾沒有馬上回答。

「你不要不應聲。其實我早就猜到，所以這陣子也不想去打擾你們。」

「原來如此。我才在想，你最近忙什麼，很久沒來。」

「你既然跟阿蕊姊在一起，為何說不會娶妻？」

「阿蕊說她當我契母，將來若有萬一，才能把錢留給我。她也不想再當誰的妻子。」

「說不定她是顧慮你……」

「不是。」

「那你呢？想要她的錢？」

「我若要錢，不必這樣，你也會給我。不是嗎？」

劉乾的表情瞬間變得冷峻。

劉賜感覺他們之間始終存在，平常躲得好好的，幽幽暗暗的煩悶再次浮現出來，懸在心胸。他想揮開那奇怪的感受。

「你今天難得來，別說這種話。是我說錯話。」

他本可罵劉乾怎能那麼不要臉，但他沒有，他不能，他也不知道是什麼使他不能。

劉賜從那一天起開始吃素。

劉乾讓劉賜先背誦六十甲子的順序，說等他順著背、倒著背都沒問題，就可以開始學卜卦或咒術。

六十甲子說起來就是甲、乙、丙、丁、戊、己、庚、辛、壬、癸等十天干與子、丑、寅、卯、辰、巳、午、未、申、酉、戌、亥等十二地支的六十種組合。劉賜想他只要能背十天干和十二地支就能知道這些組合了，像是甲子後面自然就是乙丑，乙丑後面就是丙寅，丙寅後面是丁卯，第六十個一定是癸亥。但實際背起來如果還要用推想的，超過十組之後他就會混亂，並沒有想像中容易。平常舊曆雖都有在用，主要看當年有沒有犯太歲，卻不是很留意這之間的次序，真正要能隨口說出而不亂，確實得下功夫去背。問題是他心中沒有急迫要學習的念頭，也就背得很慢，或是好不容易背起來，幾天沒複習又忘了。每隔一陣子，劉乾會問他背得怎麼樣？讓他背誦一些看看。他總是說自己還沒背好，不願意背給劉乾聽。

劉乾起疑，問他：「你真的有在背？」

他聽了有些生氣：「我又不識字，不能寫。要是用寫的，天干地支排一排不就都寫出來了嗎？」

劉乾說：「還要用寫的不行。不熟悉，怎麼服人？況且，以後需要背的東西還很多，這也是在鍛鍊你記東西。」劉乾伸出他的左手，露出掌心：「這樣吧，你看我的手。」劉乾將大頭姆的指腹按在尾二指的指掌相接處，說：「這裡是『子』。」

劉乾從子開始，依序掐指念出手上十二個位置對應的十二地支，中指的指掌交接處是丑，二指的指掌交接處是寅，由此順著二指指節往上，分別是卯、辰、巳，隔壁的中指指尖為午，尾二指的指尖為未，尾指指尖為申，順著尾指往下走為酉、戌、亥。

「原本打算等講到地支的六沖合再跟你說掌訣，不過說不定先在手上認十二地支的位置，你常常這樣按，自然就熟了。」

「天干也有掌訣嗎？」

「也有。你地支先記熟了，有需要我再教你。現在不要一下子講太多。」

在劉乾面前，說到跟記誦有關的事，劉賜感覺自己像個笨人。吃素倒是沒問題，他並沒有感到特別的欠缺。唯獨有一次他在草埔附近看見好多隻草蜢仔，忽然心頭湧出衝動，非常想將那活生生的草蜢仔捕捉起來，塞進嘴裡咬碎。他收起雙手，藏在身後，忍住那衝動。不能破戒，他提醒自己。

劉賜這樣斷斷續續，不甚認真地背，終於把六十甲子順著背、倒著背都沒問題的背誦起來了。那掌訣真的有用，像能夠把字捏在手裡，捏久了就熟。他後來也學了天干的掌訣，讓每個字音安放在手上特定的位置。指尖的觸感幫助了他的記憶，按到那裡就會有讀音從心裡跑出來。他沒主動去跟劉乾說他背好了，想等劉乾考他再說，免得很快又要他背新的東西。

有一天，劉乾來找他，沒要他默背，跟他說：「我最近終於見到林啟禎。」

「他去找阿蕊姊嗎？」

「不是，那天他說是要去小半天還債。我在路上賣卜，路途中他向我問運勢，我問他姓名，才發現他就是林啟禎。他跟我一起回去看阿蕊姊。從去年他被打傷，阿蕊姊到中心崙探望過他，他們也快一年不見了。」

「沒想到你們最後是這樣認識的。」

「因為你跟阿蕊姊都沒有特意要介紹他讓我認識，就變成是這樣認識的。阿蕊姊看到我帶林啟禎回家，反應也有點奇怪。我私底下問她是不是不高興？她說沒有，說就只是沒想過我們會認識而已。」

「阿蕊姊跟家裡人不太來往，林啟禎是我所知她唯一還有在見面的。更多的，我也不知道。你自己可以問她，不然就用卜卦算一下。」

「我知道。我不是要來問這個。是你又一陣子沒來找我，背六十甲子有什麼問題嗎？」

「其實我有背起來，只是我常常背了又忘，最近又開始忙。」

「背起來之後，不要好幾天不管他，還是每天至少背一次，這樣就不會忘記。」

「嗯。那你跟林啟禎講話的感覺如何？」

「明白不少事。」劉乾說。

劉賜聽了笑出來。

劉乾問他：「怎麼了？」

劉賜發覺自己誤解劉乾的話意，劉乾說明白不少事，就是真的覺得有所獲得，並沒有諷刺林啟禎時常自己講個不停的意思。他只好說沒有，是想到別的事去了。

劉乾說：「那天他有在觀世音菩薩面前拜拜燒金，還借我的卜書看。我說卜書對我很重要，是唯一的抄本，不能讓他帶回家，他就待在那裡看了許久。隔天又來，一樣拜拜燒金，看我的卜書。如此連續好幾日。」

「阿蕊姊應該覺得受打擾吧？」

「是啊，我自己雖然不要緊，但她有叫林啟禎不要那麼常過來。林啟禎說我們既然供奉著觀世音菩薩的神尊，為何不讓更多人一起參拜？反正都是要供佛，眾人一起供，同受菩薩庇護，菩薩能享更多香火。若有人捐香油錢，我和阿蕊姊的日子也比較好過。」

「這樣做，你們住的地方就不夠隱密了。」

「確實，在林啟禎時常來拜訪後，三菱的竹林監視員也發現我們那裡了。不過目前沒什麼事，就是他們很驚訝之前這麼長的時間都沒發現我們，所以更常來巡視，檢查我們有沒有偷伐竹或割筍。通譯跟我們說，我們的屋舍在竹林內部，跟那些在竹林外圍的不同，這很麻煩，不容易管理。並且我們只有屋舍的權利，沒有土地的權利。如果屋舍將來壞掉，不能重修，必須搬離這裡。」

「你能不能再弄個符咒、作個法，讓監視員找不到你們？」

「這沒辦法，已經被看見的東西沒辦法重新隱藏。」

劉乾離開前，還是要劉賜再默背一次六十甲子。劉賜因沒有準備，背誦時又漏掉幾個。劉乾也沒生氣，只要他好好努力。

時序即將進入舊曆五月，端午節前後劉賜較為忙碌，既要採收麻竹筍，也要砍伐一些桂竹的嫩竹賣給紙寮，後續還有製作筍干的工作。劉賜通常會聘個短期傭工來幫忙。過去他常向林啟禎詢問有沒有適合的傭工，因林啟禎接觸的傭工多，比較知道人的好壞。就在劉乾來訪後不久，林啟禎帶著一個叫林助的年輕人前來拜訪他，說要介紹給他，做他的傭工。

林助身材瘦小，但手腳看起來相當結實。他也是中心崙的竹農，幫林啟禎做過事，因可做的竹林地變少了，收入減少許多，便向人探聽有沒有其他工可兼，好歹多做一些。

林助說他生肖屬雞，今年二十七歲。劉賜想到這樣林助和張掇同年，問林助認不認識張掇？

林助說：「當然認識，我們小時候常玩在一起。幫林頭家做事時，也一起的。」

「那好。」劉賜想既然幾個朋友都認識，也沒聽說過什麼壞名聲，這個人應該可以用。

林啟禎在一旁說：「他有經驗，你若聘他，許多事不用重教。」

劉賜問林助需不需要住筍寮？林助說不用，說他家不遠，還是回家睡就好，家裡也可能有事要幫忙。

「家裡的事有其他人可以幫忙嗎？」

「我家裡還有小弟，他可以幫忙。我不會突然偷跑回家的。一定是先做好頭家您這邊的事。」

「我不是懷疑這個。有時候天還沒亮就割筍會比較累，曬筍干也得顧整日，若有需要，你還是可以住我這邊的筍寮。」

於是就說好先聘兩個月。林助連忙道謝。

林啟禎問劉賜：「我最近認識了劉乾先生。聽說你跟劉先生是認識很多年的好朋友？」

「是啊。」

「我有個想法，既然林助在你這裡工作，離我阿姊家也不遠，是不是就讓他每天做完你這邊的事，過去我阿姊家，看是要整理神明廳，還是聽辦差事，幫劉乾先生一些忙，也算是替觀世音菩薩做事，有功德的，對你跟林助都好。也不一定有什麼事，就是每天找個時間過去問一下。」

林啟禎的話裡有些玄機，這是讓劉賜這邊出錢聘了林助，又讓林助去幫劉乾做事。那就要看劉賜願不願意多出一點工錢給林助，還是林助願不願意同樣的工錢多做一些事。

「我要想一下，也要問林助的想法。」劉賜轉頭問林助：「你知道劉乾先生嗎？」

「知道。他幫我阿母治過病，沒收錢，我們都很感謝他。」

「那林頭家的提議，你感覺……」

「林頭家剛才有帶我去拜訪劉先生。我也有拜觀音，我能把神桌整理好。那裡很像齋堂，我想若讓其他人也能來拜拜，將來參拜的人夠多，說不定哪天就變成廟了呢。」

「我是問你，真願意每天過去？」

「可以，沒問題。」

劉賜想，他還不知道林助做事怎麼樣，現在貿然提高工錢也很冒險。沒想到林助自己也不提應該要加錢。他只好說：「這件事是林頭家提議的，林頭家要不要添一個紅包給林助？」

「我只是提議，若感覺勉強，你們也不一定要做。」

劉賜還在想如何應對，林助搶著說：「不要緊，讓我做吧。我本來就欠劉先生人情。」

他也不好再說什麼。

兩人有時一起工作，有時分開做。林助做事算勤快，也如林啟禎所說，有經驗，不用重教。只有些小地方跟劉賜習慣不同，不夠仔細，仍需要提醒。

有一天，劉賜聽到林助一邊工作、一邊在背誦六十甲子，嚇了一跳。

「你是不是在背六十甲子？」

「是啊，是劉先生教我的。他說如果我能順著背、倒著背都沒問題，就能教我一些卜卦跟咒術。我對卜卦沒有興趣，我跟劉先生說我只要學念咒治病就好。」

林啟禎帶劉乾去大鞍看他的紙寮。他告訴劉乾，中心崙再往南邊的內山走就是大鞍，這裡也有不少竹林。如果不斷朝南走，可以走到阿里山，也是隨處可以看到竹林的。這片山區的西面就是清水溪，清水溪附近的土質特別適合竹林生長，日本人才會看中。

「我賣卜也曾走到大鞍來，在這裡有認識一些人。」

「你有去過水堀嗎？我的紙寮就在那裡。」

劉乾說：「不曾去過。」這似乎使林啟禎感到滿意。

「若你都看過就沒什麼意思。」

他們花了不少時間往上爬，又花了不少時間向下走。穿過一段竹林，走入一片樹叢，漸漸看到一些較大的石塊，也有一些卵石。部分林木間有淺淺的水流蜿蜒而過，一不小心就踩進水裡。劉乾看見水邊開了許多白色薑花，便跟林啟禎借隨身的鐮刀，割下幾枝薑花用細長的葉片捆成花束，欲帶回去給阿蕊姊供佛。

林啟禎笑說：「你回頭再割就好，現在就抱在手裡多麻煩。」

「有好幾次，我想著回頭會走相同的路，必然不會錯失，但最後卻沒有。」

「你也奇怪，要走哪一條路，豈不是自己決定的嗎？若是有想要帶回的東西，回頭記得走同一條路就好了。」

「其實沒那麼簡單。」

「你是不是……不太會認路？」

劉乾想否認，想說不是這樣。他說的可是更加讓人悵然的命運，心念的生滅。

復又想，林啟禎說的也不是沒道理。認不得，自然就迷失路徑，遑論現實或心神。於是搖搖頭，沒再多說。

劉乾聽見有人交談的聲音，從林子另一邊傳過來。林啟禎說那邊有間筍寮，應該是在筍寮工作的人。

「你別看這四周好像都沒人，其實有不少工寮藏在裡面。」

當眼前變得開闊，劉乾看到堆積許多石塊的灰色溪谷，他們就站在兩座山頭的山凹處，溪谷中間有一道清澈的水流藏在石縫之間流過。林啟禎所說的水堀，就在對面山頭腳下，一處積水的凹地。那山從這邊看過去，有一大片缺乏草木，崩塌過的痕跡，崩塌地之外，仍是成片翠綠繁茂的樹林與竹林。林啟禎帶他攀過亂石堆，走到對面去，鑽進一片桂竹林往上爬。不多久就看到一處地勢較平坦的階地與數個相連的草棚，草棚下有六座石砌的長形水槽，棚外留有一大片空地。這是林啟禎的紙寮。

劉乾想紙寮蓋在這樣的地方，用水跟採取竹材都相當利便，階地也還離河床有一段距離，不致有立即的危險。

一名傭工向林啟禎打招呼。林啟禎告訴劉乾，需人手時會雇到五、六個傭工，平常則是請一、兩名傭工和自己輪流看顧。

「他是外地人，跟你一樣姓劉，叫劉順。從武西堡鎮平庄過來的[2]，在我這做一陣子了。」

武西堡鎮平庄對劉乾來說是陌生的地名。

「那是在？」他原是要問林啟禎，但林啟禎好似沒聽到，並沒有回答。

那名叫劉順的傭工走到他身邊，對他說：「北斗街再往北一些。」

劉順看起來跟自己年紀差不多，身形高壯，卻有點駝背。

「多謝。」其實連北斗街也是陌生的，但他知道那是在濁水溪北邊。

劉乾跟劉順點了一下頭。劉順沒說話，轉頭又去整理還沒下水的嫩竹。

水槽有兩座空著，另四座注滿了水，水略有些混濁，浸泡著許多剖開切段的桂竹。林啟禎說，水裡加了石灰，好讓竹仔能泡得更爛，之後也還要用清水泡過，加起來要好幾個月的時間。造紙用的桂竹是有條件的，太老的質已經變得太粗不容易泡爛，太幼的又還沒長出能夠讓紙成形的纖絲。他們通常在舊曆五月時採伐，選嫩的、年輕的，才泡得爛。空的那兩槽是將來要放竹漿，抄紙用的。

2 武西堡範圍約涵蓋今彰化縣埔心鄉及部分之溪湖鎮、永靖鄉、田尾鄉、社頭鄉、員林市。鎮平庄位於今彰化縣田尾鄉境內。

「為了得到年紀剛剛好的桂竹，很多造紙的人都是趕在這個時候砍竹，我去年也是這個時節趕著要伐桂竹，卻被監視員修理⋯⋯」

林啟禎講起他被竹林監視員拳打腳踢的事。這件事劉乾曾聽劉賜講過，也聽阿蕊姊講過。他沒跟林啟禎說他知道事情的細節，只再聽林啟禎敘述一回。

「那監視員太侮辱人。」劉乾說。

「對，就是侮辱人。大家都講幸好我傷得不算太重，會好的那種。無人明白我心裡的艱苦，我每天都等著看他得到報應。」

其中一個草棚下，只放著一個巨大的石輪。劉乾問林啟禎這石輪的作用。

「這是用來輾已經浸泡到牽絲的軟竹。我會向人租牛來拖石輪，繞圓圈將軟竹輾得更爛，這樣才有辦法變成紙漿。原先都是靠工人用棍仔去捶打，我在外頭看到有紙寮用牛拖石輪來輾，就學起來。省力很多，也不用請太多工人。我跟你說，這就是一種『機械』。」

機械？劉乾半信半疑地聽著。他待過日本人的守備隊、憲兵隊，他知道日本人有很多機械。他說不出怎樣才算機械，但他覺得這似乎不夠機械。

林啟禎又跟他說：「我聽說三菱要在林內蓋機械造紙工場，為了跟他們競爭，我也是有在動腦筋。」

造紙

燒金

張掇知道自己是依附著林保正的善心，才能識字讀書、吃外地買來的糕點、穿布料好的衫褲。他自己的家境雖不富裕，但也不至貧困，就是不會把錢那樣開銷。有些東西林子下用不上了，林保正會拿給他。他一開始不敢收，那既不是他想要的東西，也怕拿了，自己就更像林家的奴僕。林保正以為他是乖，只好拿到他家去，得他父母同意，讓他收下。

林保正走後，父母告訴他：「這是惜物，不必顧慮。林保正要給你，你就拿。不拿反而失禮，若像棄嫌人家什麼。」

此後張掇時常穿著林子下不要的舊衣，攜帶林子下過去收置筆墨硯臺的木盒往林家去。這是他父母吩咐，要讓林保正看見的。恩情的重量便不時壓在他身上。

林子下有幾次，感到趣味似地對他說：「你好像另一個我。」

林保正也說過：「你們兩個少年人站在一起，像親兄弟。」

張掇知道，這些話說的都不是長相。換成別人這樣穿，也是像的。

去年初，林子下剪掉辮子，留起洋式髮型，訂製一套三件式西裝來穿。白襯衫、棕色背心、外套、長褲，林子下穿上，手、腿、肩膀、腰身的好看顯露出來。張掇嚇了一跳，彷彿這才第一次看見林子下修長勻稱的身軀。

彼時林子下站著，照一面擺在斗櫃上的方形木框立鏡，雙手擱在胸前，練習打領帶的結。

張掇站在林子下身後，也出現在鏡子裡，林子下對鏡面裡的他說：「你像以前的我。」

剎那間，張掇覺得鏡中剃前髮、穿長衫的自己，像林子下不要的過去。他們站在一起，又變成完全不一樣的人。

張掇對西服沒什麼興趣，卻仍想到，將來不知什麼時候，林子下會把這套西服給他？自己穿起來，又是否能有一樣的好看？他伸手摸了摸林子下的衣肩，知道料子好，不易穿舊，除非林子下先感到厭倦。再看向鏡面裡林子下滿意的神情，心想或許林子下就算穿舊了，也不會給他這套西服。就像當初林子下學日本話，也沒叫上他。

今年夏天，三菱製紙株式會社在林內興建的製紙工場完工。林子下到他家來，告訴他這件事，說紙場雖然還沒正式營運，因有試驗運轉的需求，陸續在招募實習工。問他想不想去？

「我去，他們就會錄用嗎？」

「你若真心要去，我跟我阿爸說一聲，幫你安排。」

「不要緊，我很會做紙。同輩裡面，我也算是最厲害的幾個。」

「有人推薦較好。至少讓人知道你不是壞人。那些日本人用人，要乖的。」

林子下那聲「乖」在張掇心中磕碰了一下，泛出餘波。

張掇因為習慣了恩情的重量，已沒有十幾歲時的不安，還是坦率說想去，知道這對林家父子是輕易的事。想著若自己將來有能力幫助人，也要多幫助人才好。

張掇去找林啟禎，暫時辭掉幫林啟禎做的工作。他原想此時林啟禎的事業縮減許多，他不在，對林啟禎的影響應當很少。林啟禎卻比他所預想的還要生氣，板著臉，罵了他一頓，斥責他是叛徒，說他這樣就成了另一邊的人。

「庄內也有人在幫三菱搬運竹仔啊……」張掇不懂林啟禎發怒的道理。

「那是生活過不下去，不得已的。你又不是沒飯可吃！」林啟禎說。

張掇解釋，自己只是想看看機械造紙工場究竟怎麼運作，也不一定會長久做下去。林啟禎忽然又改變態度，要他將來務必把看見的、學到的都告訴他，這樣就不是叛徒。

張掇本來就沒有想要隱瞞什麼，應承說好。卻也想，究竟林啟禎有什麼資格來斷定誰是叛徒，誰不是？他又為什麼必須不是林啟禎口中的叛徒？

他亦去跟劉賜說要去紙場的事。

劉賜說：「你去看看也好。」沒特別替他高興的樣子。平淡的反應，一如最初他認識劉賜時的感覺，是不怎麼欲與人深交的。他以為他們這一兩年走得比較近，熟悉多了，劉賜會熱切一些，至少他感受過劉賜這一面。

「阿賜兄，你是不是覺得不好？」張掇試探地問。

「不會啊，你不是一直想多了解造紙的方法嗎？這是很好的機會。只是三菱時常欺負我們這裡的人，你幫他們做事，可能有人會誤會。在那裡，也不曉得會不會被人欺負……」劉賜沒把話說完，停了下來，似是怕影響張掇的決定。

「林頭家已經罵過我了。」

「你不要管他說什麼。不喜歡，再回來就好了。」

劉賜的話令張掇感到安慰。

劉賜留他吃飯，告訴他，現在他都吃素。

「為什麼呢？」

「有一個懂命理的朋友勸我。」

張掇沒再多問，只覺得劉賜煮的菜很好吃。

欲往造紙工場報到的日子，張掇怕誤了時間，決定搭臺車過去。他坐在臺車的小板凳上，腳邊有麻索捆著的，苦力要幫人運送的幾箱貨物。過清水溪前，一段長下坡，臺車衝得極快。裸著上身，操控臺車的苦力跳上來，站在他後頭，反覆喊著「小心哦」。前方占用到軌道的行人和牛車往路邊閃，很快落在他們後頭。同一條輕便線上，朝向他們而來，正在上坡的臺車，搭車的人跳下，推車的兩名苦力迅速將臺車抬出軌道，等在外邊，讓他們先過去。張掇雖不是第一次搭，卻仍不習慣這樣的速度。他緊緊抓著臺車的扶桿，深怕任何一方一個不小心，發生相撞事故。

臺車抵達火車本線所在的林內停車場後，張掇下車，看見月臺旁停等著一列加掛多節車廂的黑色蒸汽火車。停車場外，隔著一片草埔，有幾排蓋得很整齊，外觀相似的日本式木造房屋。較遠處，矗立著一根高聳巨大的黑色煙囪，宛若天柱，正向天空逸散出煙霧。

臺車苦力告訴他，那些木造房屋是紙場的日本人職員跟他們家裡人在住的，屋舍後面有一條水圳，再過去就是紙場。

苦力指出地面一條從本線岔出的鐵路支線，提醒他：「日本人住的地方不要靠近，容易惹是非。這條運石炭的支線直通紙場，你可以沿著這條支線走。」

張掇再三道謝，依苦力指示的方向，走了一段路，通過紙場圍籬的其中一道門，找到掛有「臺灣三菱製紙所」招牌的事務所。那是一間屋頂覆蓋瓦片，有著階梯、臺基、拱門迴廊、玻璃長窗，混合日本與西洋風味的灰白色建築，周圍栽植了幾棵尚不很高大的椰子樹。

張掇踏上階梯，進到走廊，從事務所對外的半弧形窗口辦理報到。窗臺前坐著兩名男職員，穿相似的西服，其中一個臉孔看起來像臺灣人，另一個像日本人。像臺灣人的開口跟他說話，一聽確實是臺灣人，將他的話翻譯給身旁的日本人職員聽。日本人職員一邊聽，一邊動筆寫紀錄。

報到的人陸續抵達，大約二十來人。從說話的聲音、裝扮來看，實習工裡面，幾乎都是臺灣人，日本人只有三、四個。原本坐在窗臺前的日本人職員走出來說了一些話，臺灣人職員接著翻譯：「工場目前有建造時期就徵的工，加上分批新徵的，預計會有一百多名實習工。請好好共同努力。」

兩名職員向他們介紹位在事務所兩邊的醫局和郵便局，接著帶他們進入工場區，沿路囑咐注意事項。

工場區裡數棟大間屋舍，放置著不同的鐵機器。有的鐵機器看起來特別長，乍看之下也分辨不出是好幾臺相連，還是單獨一臺的長度。也有特別高的，旁邊架設爬梯，讓人能夠爬上去。每間屋舍都有幾個人在，但不是每臺鐵機器都開著。

臺灣人職員翻譯日本人職員的話說：「現在還在試驗階段，機器不會整天開。」

張掇湊過去問臺灣人職員：「為什麼機器會動？」

臺灣人職員回答：「因為有電，我們這裡有自己的發電機。」神情裡頗有一種引以為榮的驕傲。

張掇再問：「發電機是怎麼發電的？」

這次臺灣人職員沒有回答，像沒聽到他的問題，轉頭繼續翻譯日本人職員對大家說的話。

張掇想起，林子下家裡的神明桌案上，有一個看起來十分昂貴，外觀雕飾華美的西洋座鐘。林子下曾打開座鐘背面的小門，讓他看裡面齧合住的大小鋼鐵齒輪，連著軸心一起運轉的模樣。那是只要上了發條，就能自動運作的機械結構，不用吃喝，也不受限於日夜，彷彿被施予了術。張掇後來想通它的設計，就不覺得有那麼神祕，認為真正困難的，還是如何仿製出一樣細緻的組件。而紙場的一切，是將他所曾見過的機械組件放大了數倍，也複雜許多，並不容易看出各個零件之間的關係。

他們這些實習工被分配在不同屋舍學習，張掇學習的是竹材破碎機和截斷機。日本人技師示範後，並不讓他們去碰機器的開關，而是要他們搬運竹材讓機器吃掉，並且將機器處理好的碎片，再搬運到蒸煮竹片的區域。

鐵機器的力量跟速度相當可怕，以前在紙寮花上大半天才能做好的分量，機器不多久就完成了。

放竹材的時候，日本人技師透過通譯提醒實習工，說要小心手指，不久前才有人因為操作不當，斷了四根手指頭。那臺竹材截斷機原來是在製糖場拿來切甘蔗的，後來才改造成現在的模樣。

張掇低頭看看自己的手指，眼前浮現它們像竹材或甘蔗一樣被截斷的樣子。這景象可能伴隨的疼痛，對日後生活影響的恐怖，在他心底蔓延開來。他縮起手指，告訴自己，在那臺機器旁邊，手都要收好。

他很想知道接下來怎麼做紙漿，不過這裡的工作都是分配好的，日本技師要他們好好學會自己負責的部分就好。

工場有提供宿舍給他們居住，掛著本島人宿舍的木牌，日本人並不住在這裡。宿舍離工場區有一段距離，附近是長滿野草的荒地，再過去就是廣闊的水田。只有朝著林內停車場的方向，隔著水圳，有一間新開設不久的小學校，聽說是給日本人職員的小孩念的，跟他們也沒什麼關係。宿舍裡倒很熱鬧，張掇和好幾個實習工睡在一起，生活上互相支持，很快就結交了朋友。

每天早上五點半會有水螺聲呼嘯，十分響，以驚人的音量提醒他們上工。張掇想知道那鳴聲如何發出。他有許多事想問那個臺灣人職員，但那職員是林內庄的人，晚上就回家了，見到面的時候又總在翻譯日本人職員或技師的話，連自己的名字都不曾介紹。有人說那個人不是正式職員，只是三菱雇傭的通譯，若是有一天臺灣人都會聽日本話了，那個人就會沒工作。

有機器運作的工場屋舍相當悶熱，張掇一整天下來流不少汗。他和其他實習工們在浴場洗完澡，回宿舍休息時，會聊彼此學到的東西。有不少人跟張掇一樣原先有在紙寮做過的經驗，他們很自然地會去比較工場裡的技術跟原先紙寮的造紙方法有什麼不同。他們訴說自己看見的，拼湊所知的線索。有些人在原料竹貯藏場，負責確保竹材的乾燥跟運送。他們說貯藏場後面有一條真正的溪流，工場的水從那裡引進來，也有些筏夫會把竹排沿著溪流運過來。蒸煮竹片那邊的人說，每一次製藥室送來添加用的藥水，日本技師都有記錄竹片浸泡蒸煮後的變化。也許那些藥水不全都是一樣的，他們可能在測試效果。

張掇聽了眾人說的，加上自己的觀察，覺得紙場除了鐵機器的速度比較快以外，跟平常造紙的方式並沒有太大的差異。一樣就是把竹仔弄得破碎之後去做紙漿，或許藥水是關鍵。他們以前都用石灰水泡竹片，日本人也用石灰水嗎？還是有比石灰水更好的藥水存在呢？

但如果說機械造紙有比較好，技師們卻也沒有一直讓機器開著做紙。時常剛做好一批紙就讓機器停下來，幾個技師聚在一起，拿著生成的紙張開會討論。

張掇經過窗外時偷瞧，也看不出所以然。心想要是能聽懂日本話就好了，就可以知道他們在說什麼。他有一種感覺，這間工場至少現在的目的不是要做出很多紙，而是要做出他們想要的紙，所以才會一直停下來調整。

有一天夜裡特別熱，張掇離開浴場後，沒有馬上回宿舍，待在外面吹風。他發現一間場房的燈亮著，好奇走過去，躲在窗外看。室內並沒有任何鐵機器發動的聲音，只有一個日本技師，正拿著一根木棍攪拌鐵槽裡的紙漿。日本技師攪拌一陣子之後，將木棍擱在牆邊，轉身拿了一片大竹簾，放進木框架裡夾起來。雙手端著那夾有竹簾的木框架，伸進紙漿槽裡撈紙。

張掇起初想，這跟我們紙寮造紙的方法一樣。接著他看見技師非常俐落的，將竹簾從紙漿中拉起又放下，又拉起又放下。晃動的手法跟他以前熟悉的撈紙方式不同，竹簾時常是傾斜，任紙漿從頂端流下來。如此來回幾次，技師手中的竹簾忽然甩出水花。張掇以為這是技師失手了，卻見技師非常專注而沉穩的，將竹簾擱在身後的工作桌上。幾乎跟呼吸一致的，掀起竹簾，就是一張紙躺在那。

技師反覆進行他的工作，一張又一張撈起的紙不斷疊上。過程中，張掇未曾感到技師有任何急躁，每一次的動作都帶有展現技藝般的細膩，不多久就完成了一疊濕紙。技師離開紙漿槽前，搬來一塊木板覆蓋在濕紙上方，再拿一塊大石頭放在木板上，增加下壓的重量，讓濕紙的水慢慢滲出來。

張掇怕被發現，沒看到最後就壓低身子悄悄離開，心中卻很是激動。他來這裡，是想要學機器造紙的方法，但目前為止，機器的運作只使他害怕。一直到這個晚上，他看了這位日本技師手工撈紙的技藝，和機械無關的，心中才真正升起翻騰的慾望，想要用更好的技術來做紙。

他雖然還沒看到這批紙曬乾後的結果，但他從技師平穩的表情，跟呼吸一致的動作，他就知道這些紙會很好。

隔天他看到這些紙被一張一張黏在豎起的木板上，拿出戶外晾曬。現在正是熱天，乾得很快。張掇藉走動的時候去看那些紙，發現紙色是均勻的淡黃色，紙面上有交錯的細淺紋，很像劉賜曾拿給他的某張日本紙。

不久，有人將曬乾的紙張取下，昨夜的紙再度被疊在一起，搬到裁紙機旁邊，將邊緣的毛邊截掉。

他看見那技師拿起一小疊，在耳朵邊輕輕撥動那紙，發出了微笑。

他站得太遠，不能知道那是什麼聲音。

不過，他知道很多物件的好壞都能用聲音判斷。

他以為這是一大進展，但沒有，技師們依舊開會。

他不知道他們不滿意的是什麼。他分明接近了嶄新的事物，其中的道理卻多半只能猜想，無法真正通曉。

有一次，他替日本技師送一份文件到事務所，得以進入事務所內部。他發現事務所的牆上除了時鐘、地圖、證書，還懸掛了一個鑲有細長玻璃管和金屬片的木條。

張掇指著那玻璃管，問臺灣人職員：「那是什麼？」

「晴雨計，又叫氣壓計。有低氣壓接近的時候，裡面的汞柱會降下來。」

「氣壓是什麼？低氣壓又是什麼？晴雨是說跟好天、壞天有關係嗎？」

那人又不回答了。

他越來越感到焦躁，擔心自己在這裡只是浪費時間，但是看過這裡的情況，再回去中心崙的紙寮，他也不能滿足。他想帶走這裡的技術，就只能抓住機會偷看，正事反而時常出錯。有一次，分了神，差一點被機器夾斷手指，嚇得他魂飛魄散。沒有夾到，卻覺得確實留下四根手指被機器咬進去。

當天晚上就發了燒。

他被送到醫局，吃了藥，退燒。

隔天又發燒，吃了藥，再退燒。

事務所的人擔心有傳染病，算給他一個半月的工錢，要他先回家休養。他怕被趕走，懇求說自己尚可以做事。

臺灣人職員說：「等你完全好再來，若是再有報導寫紙場工人怎麼樣，那對紙場的名譽不好。雖然不太可能，不過記得，如果有什麼奇怪的人問你紙場的事，就是有一種叫『記者』的人，專門寫新聞的，你也絕對不可以跟記者說為什麼先回家哦。」

張掇就這樣坐上臺車回林圮埔，又自己一步一步走上山回中心崙。途中他再度發燒，大熱天卻全身冷得發抖，身體每動一下都很痛。勉強回到家，吃了醫局開給他的藥，才又退燒，貼著熟悉的自己的床，昏昏沉沉地睡去。

張掇醒來看見林子下坐在他床沿。林子下先是開玩笑問他怎麼這麼虛？提醒他若身體都沒轉好，就去街上看公醫。後又要他別擔心紙場的工作，他阿爸只是幫忙介紹人過去，不再去也不會有什麼影響。

「不吵你。」林子下沒待太久，丟下這句話，匆匆走了。

過兩日，劉賜聽說他的事也來看他，手放在他額頭上，發現他又燒起來。

「這樣不行，我認識一個朋友能幫人念咒治病。要不要給他看看呢？」

「我吃醫局開的藥就好。」

「其實頂多是沒效，也不會怎麼樣。我可以去請他過來。錢的方面，我來出就好。」

「我有領工錢。」

「有效再說。先看看。」

張掇見劉賜熱誠，這是難得的，自己也沒有非要拒絕的理由，就答應。

那天下午，劉乾來了。張掇總覺得好像在哪裡看過他，一時卻也想不起來。他感覺劉乾這個人確實仙風道骨，氣質出眾，不像騙仙。

劉乾打量他全身上下，像是用看的就能知道什麼。

「你這是中了心魔。不要著急，你想要的，最後都會得到。」

張掇才剛想這個人不像騙仙，聽這話又像了，不服氣地說：「若我要成為很有錢的人呢？」

「這不是你想要的。不過，錢嘛，你也不是太缺。」

張掇想再爭辯，身體卻有些沒力氣，整個人軟下來。

劉乾說：「我先念咒。你不用管我，就躺著休息。」

張掇瞥見劉賜坐在牆邊，喊了聲：「阿賜兄。」

劉賜說：「你放心休息，我看一下，也許等一下就走了。」

他於是閉上眼睛，靜心聽劉乾的誦念聲。

劉乾的誦念聲起先很清楚，後來不知怎麼了，越來越小聲，像是從很遠的地方發出來，幾乎要消失不見。

雙目的黑暗中，浮出一道白色光芒，引領他走進一座花園，裡頭百花盛開，蜂蝶飛舞，還有漂亮的六角涼亭、小橋流水、石頭假山。他走在花叢間的石板小徑上，想著應該叫阿爸、阿母、甘仔、阿賜兄也一起來看看這樣的美景。子下那個人愛挑剔，不一定會喜歡，還是不要叫他。

忽然張掇發現有一朵牡丹花，層層疊疊的紫紅花瓣開得雖美，周圍的綠葉有幾片卻長了黑褐色斑點。他靠近細看，長斑的葉子竟又比一開始多了幾片，陰影處的葉子則有數隻毛蟲正在啃食，花朵的生氣也衰損了幾分，現出凋零之狀。

他摘下眼前有看到的病葉，抓走毛蟲，守在花叢旁，觀察花與葉的情況。耳邊傳來經咒的誦念聲，葉子長斑的情況止住了，花朵也逐漸恢復生氣。他想這樣應該沒事了吧？從自己的眠床醒來已是隔天早晨，阿母在煮番薯粥，劉乾、劉賜都不見了。

他吃完粥，精神已全然恢復，有想做事的力氣。他抱起裝著髒衫褲的木盆和捶打衣服用的木槌走到溪邊洗衫褲，聽著溪水流動的聲響、林蔭間的鳥鳴，一路心情都感到很不錯。回頭在家門口晾好衣服，餵了雞，跟阿母一起摘菜葉，準備一些吃的。

家裡沒有時鐘，只能看日頭的高度感覺現在是何時。吃完中飯，他坐在樹下發呆，看偶爾有認識的人從家門口經過，就開口打招呼。

劉賜走向他家圍籬，呼喚他名字。

「有好些了嗎？」

「好多了。」

張掇邀劉賜進來，兩人坐在樹下聊。

「其實我也不明白，自己怎麼就病了，又怎麼治好的？」

「劉乾他不是普通人，以前他就會幫人念咒治病。」

「我應該包多少錢給他比較好？」

「他說不用，若有空，到他那走走。他那邊有在拜觀世音菩薩，供個香、燒點金紙也可以。」

「可是我不知道他住哪裡。」

「我再帶你去吧。」劉賜停頓了一下又說：「見你沒事，我很高興。」

「有件事，說了怕你生氣，不說又好像欺騙了你。」

「說說看，你應該不會做什麼惹我生氣的事。」

「我很感謝劉先生，可是我不太覺得是他治好了我。雖然不是沒有關聯，但我也吃了紙場醫局開的藥。」

「原來你在擔心這個。這沒什麼要緊，你身體有恢復就好。」

「我不是不相信你。」

「你想太多了。我也不是任何時候都相信這個，只是若有什麼方法都試試看罷了。」

「如果沒辦法相信同樣的事，人與人之間不會變生疏嗎？」

「這嘛……我沒辦法跟你說不會。不過你又想跟我多好？」

「啊？什麼意思？」

「人跟人之間，不需要太好。剛剛好就可以了。」

張掇思索著劉賜口中的「剛剛好」，一時無語。

劉賜拍拍他肩膀說：「我想你可能就是太注意別人的事，才會生病。先把自己身體顧好。你想去找劉乾時，再來跟我說一聲。」

「好。」

劉賜走了之後，張掇又自己呆坐一陣子。

陽光穿過樹蔭灑落的光點掉在他手背上。他忍不住想，現在紙場的人在做什麼呢？

隔幾日，張掇準備了些供品、金紙，在劉賜的帶領下，來到劉乾相當隱密的居所。在門口埕，他們先看到的是林氏蕊。

劉賜說明來意後，林氏蕊跟他們說：「他在念經，你們可以坐旁邊等一下。」

張掇跟著劉賜走進主屋，看見劉乾正跪在神案前的蒲團上念經。他和劉賜就先坐在牆邊的長椅條上等劉乾。

劉乾結束後問他：「你好多了嗎？」

「好多了。」他答。

張掇跟劉賜一同將供品放上神桌，點了香，拜觀世音菩薩，各自默念祈求之事。

等燒金的時間，林氏蕊也進來，跟劉乾坐在另一面牆邊的椅條。

劉乾問起一些造紙工場的事，張掇就把他所看見的都說了一遍。劉乾聽得認真，時常追問細節，像在探究一件至關緊要的大事。

劉乾問他：「你覺得造紙工場會不會影響到這裡的紙寮？」

「我想他們還沒有做出太多紙，也不是做粗紙，跟我們這邊的紙寮應該不衝突。」

「但他們使用的竹材都是來自這一帶的竹林吧？」

「我不敢說不會有影響……」張掇想，如果那個機器整天全開，這一帶竹林被消耗的量將會非常大。但這又關劉乾什麼事？他既不是中心崙的人，也不是竹農。劉賜為什麼不說意見？林氏蕊也很安靜。

劉乾應該是對自己有恩的人，張掇卻在很短的時間內發現，自己不怎麼喜歡劉乾。他不願在氣勢上輸給劉乾，忍不住多說幾句：「不過三菱的監視員都有控制採伐的量，也有要求留足夠的母竹。他們也怕竹林開採過度吧？」

「看起來確實是維護竹林的做法，但那是因為三菱自己也需要竹材，所以限制這裡的人可以砍伐的數量。三菱還沒來的時候，竹林也好好的。」劉乾說完看向劉賜：「對吧？阿賜。」

劉賜遲疑了一會兒說：「是。」

張掇知道劉賜只是說實話，聽了卻多少有些受挫。

林氏蕊提醒該燒金了，他們便走到門口埕，在銅盆裡引火燒金。

四人略為分散的站著，將手中取來的一小疊金紙一張張拆分凹折，再走向前丟入火盆。過程中，劉乾不願放過他似的，問他：「阿掇，你覺得讓日本人統治好嗎？」

過分安靜的劉賜終於表示意見：「乾仔，不要問這種事！」

「我只是問問看，沒別的意思。」

「我還沒有詳細想過這個問題。」他還是答了。

「那你現在可以開始想。」劉乾說。

林氏蕊問劉乾：「你今天是怎麼了？」

「特別想講話而已。」劉乾對林氏蕊說。

「你說的好是跟誰比呢？」張掇也想提出一點問題，證明自己不是毫無想法。

「你們看，火燒在紙上的樣子。」林氏蕊看著那火說。

話題就這樣被打斷。雖然如果有心要講，並不會中斷在這裡。

張掇看見盆裡交疊的金紙在火舌中漸次軟化扭曲，焚噬成灰。他不曾這麼仔細去看，以前總是想著趕快把金紙燒完就是了。他想起紙場看見的那個日本技師抄紙的模樣，不禁疑惑造紙的目的究竟是什麼？

工場把好幾噸重的竹材從別處運來，使用不同的鐵機器將之截斷破碎、軟化分解，又重新組合成一張張薄紙。中間花費的力氣、消失的重量到哪裡去了？不要說工場，紙寮也是如此的。即便做的都是粗紙，也用了大量的竹仔，加上水、石灰、人力和時間才能換到這些。

而這些，就這樣燒掉了？

風向忽變，瀰漫的煙朝他撲來。他想得太專注，未及閃避，嗆得咳出聲來，眼睛也燻出淚水。

緊接著舊曆七月到來，中元普度是庄裡每年的大事，也有人用佛家的盂蘭盆會來稱呼。照例庄人們在朔、望、晦三個日子都會拜拜，並在下旬的時候打醮。朔日與望日之間，還有一個七夕，相傳是牛郎、織女渡銀河相會的日子，也是魁星爺跟七娘媽的誕辰，除了讀書人習慣拜魁星爺，大部分的人還是拜七娘媽多一些。祈求消災解厄的祭壇總是非常熱鬧，傳出擊打的鼓聲與被吹響的牛角聲，使幽森的山林裡多了幾分人氣。整個七月可以說是時常在拜拜的，供品、金銀紙的準備也花去不少時間和金錢。

張掇拜完開頭的朔日，想著要找一天回紙場問他能否回去上工，家裡剛好有事就耽擱住。初二傍晚天邊的雲霞整片紅似火燒，美得如有妖氣作祟，令他頓生不祥之感。初三那天半夜，開始有點風聲、雨聲，家裡養的雞也叫起來，直至感覺應該天亮的時間，仍沒有一點將要天亮的光線。屋外風的呼嚎聲越來越大，原本稀稀落落雨水滴落的聲音也變得密集起來，不時有什麼東西掉落，壓在屋頂上的聲音。後來風勢雖減緩，光線較明，雨卻仍下。初五下得更加厲害，滲進屋裡的雨無法完全堵住，逐漸淹過腳面積上來。

一家人被困在屋裡兩天，張掇擔心若地基流失太多，房屋會垮，但也只能等。張掇想，這可能是風颱。父母也說應該是風颱，雨日的昏暗中，對張掇說起戊戌年那次大水災的事。父母問他記不記得？張掇說不太記得了，只有些許印象。

初六較無雨，張掇用家裡平日留存的竹材、木片修補破損的地方，清理土砂和落葉殘枝。家裡養的雞不知都到哪裡去了？附近找了一圈，沒找到活的，有兩隻死的，整身泥漿，也難說就必定是誰家的。他跟父母趕著準備七夕的供品，欠缺的就到山下買。到了街上，米和有些菜、肉受風災影響，不是沒買到，就是太貴，只好斟酌減省。

七夕天氣轉好，張掇出發往紙場去。因臺車軌道有損壞，壯丁團的人也正利用好天在修復，他便用走的。一路上多處積水未退，必須涉水而過，清水溪的水流仍很湍急，沒看到橋面，就搭渡筏。等他好不容易到了造紙工場，卻發現工場異常安靜，人也沒看到幾個。事務所裡只有臺灣人職員在，臺灣人職員告訴他，濁水溪發大水，淹到工場來，沖壞許多設備。現下機具需要維修，暫時無法運作，大部分的實習工都先請回家，只留下維修人員。等有需要人力時會再公告，屆時再來應徵工作。

那天臺灣人職員似乎心情很好，比較願意跟他多聊幾句。

臺灣人職員問他：「你那邊要過來也不容易吧？」

他說是，講了沿路看到的情況。

「沒想過回頭嗎？你也不一定要今天來吧？」

「有啊，但看到別人也走過去了，就想應該沒問題。就這樣越走越多，更加不想回頭了。

不過要是真的看起來太危險，我也不會冒險。」

「你是不是有問過我低氣壓是什麼？」

「對，是我問的。」

「我那天聽日本技師他們在說才知道，風颱是低氣壓的一種。這次風雨來之前，那支氣壓計裡的汞柱真的有降下來。」

「多謝你，雖然我還是不太懂。」

「沒關係，我也不懂。」明明旁邊沒有任何人，那個人用手掩在唇邊，壓低聲音，說祕密似地對他說：「你不要看我在這裡待得比較久，大部分的事情他們不說的。」

張掇返回中心崙，跟著父母一起到庄裡的公地參拜臨時搭起的祭壇。一名外地來的法師手持香枝欲幫他祭改前，說你這個有高人幫你處理過了哦。他聽了有點動搖，那名法師應該不知道劉乾的事才對。

初八又開始刮強風下大雨，初九亦下非常大的雨。時間彷彿回到幾天前，感覺也像是風颱。原本濕軟的泥土吸了雨水，很快又形成四處漫流的泥漿。

接連的暴雨襲擊，濁水溪鐵橋的堤岸流失，火車暫不能全線通行的消息傳來。交通運輸中斷、部分物料欠缺與物價飆升的情形更甚，連同中元節的祭典與下旬時庄裡準備打醮的事也受到影響。

庄裡人聚集起來討論是否停辦，大都認為就算無法辦得如往年豐盛，也總比不辦好，正是這種時候更要安撫餓鬼孤魂，求平安無災。祭祀完的供品，也能分給生活比較困苦的人。

張掇便跟庄裡人一起置辦，說閒不閒，說忙不忙的度過了剩餘的七月。庄裡的長輩們稱讚他熱心，幫了大忙。其中一個長輩說：「你先前生病就是天公伯要你回來幫助大家，年輕人還是要留在自己家鄉打拚才好。」

太久沒去紙寮做紙，張掇思念起自己親手做紙的感覺，想模仿他當日看到那個日本技師抄紙的動作。

他去問林啟禎需不需要人？依約向林啟禎細細說明紙場看到的一切，以及紙場暫時停工的消息，又開始幫林啟禎工作。

畢竟沒做事，就沒工錢。

夢中印字

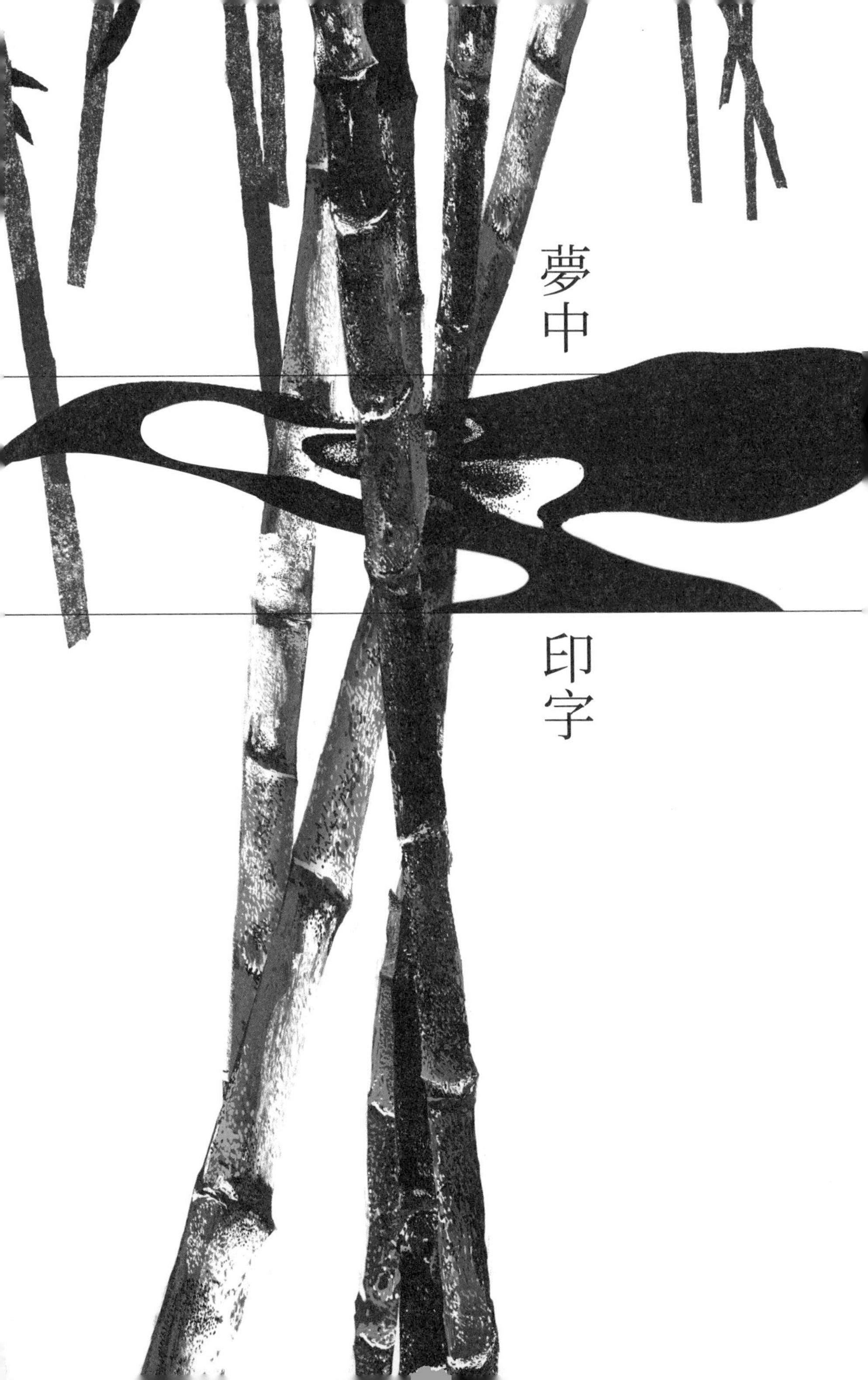

七夕前幾日的風雨襲擊，劉乾平日歇睏的那間小屋就塌毀了。塌毀的瞬間，劉乾剛好在主屋神案前念經，無損無傷的躲過一劫。

劉乾搬到主屋跟阿蕊姊睡一張床，仔細聽雨水紛紛墜落於屋頂、竹林、地面的聲響，不知又流向何處去。他特別注意僅存的這間主屋的情況，準備若有萬一，要隨時抓著阿蕊姊逃離。

濃重的潮濕氣味中，阿蕊姊帶著相異的亢奮情緒，將身體靠過來，雙手在黑暗中尋索他的臉，又慢慢往下滑，像要摸出他身體的形狀，摸出他這個人。他感受到阿蕊姊的體溫，嚐到她的唇，漸漸忘記危險，與她身軀糾纏住。

連日的雨，使他們較往日更加頻繁的歡愛。阿蕊姊說喜歡這樣，問他喜不喜歡？他也說喜歡。

不是假話，答了卻覺破損修行。

阿蕊姊又問他，你說就這樣死去好不好？他說不行，他並不貪戀生，只是總覺得還有天命在等他。他是要做一些事的，做完他就可以去死。

「那樣還是活著較好。」阿蕊姊說。

天晴後的陽光，讓他們離開眠床，起來升火煮飯，以為又回到原來，可能會有其他人，包括竹林監視員來訪的生活。不料很快又做起風颱。

他們彷彿被困在一個不容喘息的巨大雨渦中，失去了對外界事物的覺察。他和阿蕊姊再度耽溺於肉身的刺激。他開始害怕起來，害怕自己一再失去理智，並且非常喜歡。

這樣的事，起初是阿蕊姊教他，他也並非毫無所覺應當做些什麼，好從中獲得滿足。畢竟在遇見阿蕊姊之前，他就有過關乎色慾的，突如其來的念想，或毫無防備的夢。他時常覺得在那之中，乞求著羞恥的是另一個自己，妨礙著他真正想要成為的自己。於是他習慣被動，讓阿蕊姊決定什麼時候要，什麼時候不要。有時他也會先想要，他不願明白說出來，只設法讓那看起來像是阿蕊姊決定的，而他配合。

阿蕊姊看穿他的狡猾，直接問他為什麼要如此？

「我們這樣對修行不好。」他回答。也不知道算不算真正的理由，他心裡總有兩、三個答案，是用來解釋給人聽的。

他問阿蕊姊，是否聽說過？觀世音菩薩曾發誓願要度盡眾生，然而卻怎麼做也救度不盡。某個瞬間，祂竟對自己的誓願有所動搖，以致頭顱立刻裂成十片，身體碎成千片。那時，阿彌陀佛現身修補……

阿蕊姊笑了，把他當一個孩子一樣安慰，說你想當聖人那是好事，可是你不了解一般人都在做什麼，你的道法就是虛的。又說，你太年輕，還不懂得怎麼善待自己。

他本想反駁，我不年輕了，又想這話不應當在更年長的人面前講，便沒說。他也認為自己並非不懂得如何善待自己，只是他善待自己的方式和阿蕊姊不同罷了。

他把臉埋進阿蕊姊的胸口，覺得那裡非常溫暖，卻不敢停留太久，怕再多待一下，他又想要了。在床上，因為不用走路的緣故，他並不常注意到阿蕊姊的小腳。那小腳似乎只是白布裹起來尖筍般的形狀，惹人愛憐的，隨著阿蕊姊敏捷的雙腿挪動。他不曾見阿蕊姊在他面前將裹布拆開過，阿蕊姊總是獨自拆換、洗滌，她身上也有他看不清的地方。

當主屋終於撐不住雨水的侵襲，發出怪聲，塌了一半下去，他們裸身從空隙中抱著神像跟牌位跑出來，再鑽進去找衫褲。他才又注意到，阿蕊姊那雙在泥濘中試圖奔跑的小腳，不甚靈活。

他們一會兒待在外面，一會兒又不得不跑進那間半倒的竹管厝躲雨，弄得十分狼狽。

竹林監視員曾說過，如果屋舍塌毀，不會讓他們修復。眼下這間竹管厝已不適合居住，要修好重蓋也需要花時間，前提是還不能被竹林監視員發現。他們需要一個能長期借住的地方，同時也得考慮再也無法回到這片竹林居住的可能性。

時常來幫忙照看神明廳，兼學六十甲子的林助，知道了他們的情況。說他在中心崙的家，因祖上傳下來後，人丁漸少，家境雖然貧寒，卻有許多空房，剛好有一間邊屋，清一清可以租給他們住，讓觀世音菩薩的神尊也能有個安穩的地方受供奉。

林助離開後，劉乾對阿蕊姊說：「沒想到阿助要跟我們收租金。」雖然他也知道使用別人的房屋，付錢是應該的。

阿蕊姊問他：「你難道以為每個人都應該為你付出？付出的時候什麼也不想？」

「不是這樣。」

他告訴阿蕊姊，他覺得自己對林助還不錯，但他不是要強調自己的付出，而是正因為林助也幫了許多忙，他以為彼此間「互相」得很剛好。

阿蕊姊說：「阿助是信觀世音菩薩，不是信你。」

這是明顯的事實，卻使他莫名感到自己有什麼不足。

他們沒別的辦法。林啟禎家裡人口多，自己人都要住不下了，不方便讓他們借住。劉賜那邊他瞭解，光想就不好安排，他也沒有開口去問劉賜這件事。

劉乾和阿蕊姊一同搬到林助家。

林助家裡還有母親劉氏若、後爸林逢、弟弟林木。兄弟兩人都是劉氏若跟前夫所生。劉乾因為幫劉氏若治過病，跟他們一家人都很熟悉，平時也稱劉氏若一聲姊。

劉乾向林助的家人介紹，阿蕊姊是他的契母。他和阿蕊姊之間的距離，在別人眼下時，又拉開了來。

劉氏若跟阿蕊姊年紀相近，沒綁小腳，能做粗重的工作，忙進忙出的，仍不忘招呼他們。她拉住阿蕊姊的手熱切聊了一陣，並邀他們每天一起吃晚飯。

回自己房屋時，劉乾跟阿蕊姊說：「這樣不錯，比較省。我們也不用每天自己煮。」阿蕊姊說：「那我就要每天到灶腳幫忙，吃完也要一起收，沒有比較輕鬆。」

「我以為妳喜歡跟阿若姊聊天。」

「喜歡啊。那是兩回事。我只是討厭為了不想被人說閒話而做事。」

「那就不要做，她也沒有開口要求妳幫忙。」

「不行，我沒辦法那麼厚面皮。」

「妳以前不是也有讓阿賜自己煮過？」

「那是我跟阿賜比較熟，我也沒有讓他一個人從頭忙到尾啊。」

「妳跟阿若姊也會熟起來的。」

「我後來想到，這房屋是阿助後爸的吧？阿助也無法自己作主說不用錢。」

「這倒也是。」

「這陣子先這樣，你要趕快回去修理屋厝。」

阿蕊姊沒有久待的打算，幾次催促他趁竹林監視員還沒發現，盡快將原來住的地方修好，早日搬回去住。但他有不一樣的想法。他每日出門賣卜，生意比以前好，覺得住這裡其實不錯。他偶爾繞回原來住的地方，看著一大一小兩間傾倒的屋厝，實在不知從何修起，況且也不是一個人就能完成的事，得約約看劉賜或林助，於是只從那裡面再找找看有沒有什麼能搬走的東西。他看見劉賜做給他的竹椅倒在破片與乾掉的土泥中，並沒有壞，就挖出來，揹了回去，用毛刷沾水清理乾淨。

阿蕊姊看見他搬東西回來，很驚訝地問他：「你難道沒打算再搬回去？」

「我只是想再看看，也才剛搬到這裡啊，不需要那麼急。這裡不是妳長大的地方嗎？」

「要是這事我可以自己做，我就自己去做了。我們應該住劉賜那裡，你怎麼不去問？離得近，我就能自己走回去，我不是不會修理……」阿蕊姊講著講著氣憤起來，好像她的小腳是他的錯。又說：「我不愛很多人一起過日子。」

這話跟劉賜講過的話雖不同卻那麼相似，彷彿根源於同樣的癖性。他回嘴：「妳跟阿賜都是好命人，才有辦法說這種話。」為此兩人相嚷起來，驚動到隔壁的劉氏若過來看。他們同對劉氏若說沒事，敷衍了過去。

他並不覺得自己的想法有這麼不值得考慮。

林啟禎來看他們的新住處時，也勸他們應該長久留下來。

林啟禎說：「先前你們住的那裡實在太過隱僻，這裡比較多人經過，可以做齋堂，中心崙的人就都能來參拜。」

阿蕊姊說：「這裡要付租金的。」

「阿姊，賺點香油錢就可以抵租金了啊。若香火夠興，還能積一點錢下來。而且讓大家有個參拜神明的地方，也是對地方有益的事……」

林啟禎把他們的新住處像一個新事業般地籌畫起來，給了許多建議。有些以前也提過，只是過去在竹林裡不那麼方便，顧慮也比較多。

林啟禎回去後，招不少人前來他們這裡拜拜燒金。其中有需要開壇問事、收驚、祭煞、補運的，劉乾也兼著做起來，反正他是什麼都懂一些。

如今在外遊走賣卜，劉乾有了一個比較明白清楚的居處可說，能告知向他問卜的人，日後若有再想問的，或欲介紹別人來問，能直接到中心崙的林助家來找。漸漸就有人會來探詢，或事情順利而上門答謝，也有人只是經過他們住處，就停下腳步，站在路邊，雙手合十朝裡面拜一拜。住附近的庄民，亦有幾戶開始有固定來參拜觀世音菩薩的習慣。

劉乾走在路上，有越來越多人能認出他來，敬稱他先生或師父，向他打招呼。大家要做什麼事，擇日看地、出入買賣、婚喪喜慶，怕犯著什麼都會問他，家裡有人生病或者不順，也會請他去。劉乾知道自己一句「可以」，就能讓人安心許多。自從被劉萬寶找麻煩，逃離新寮這麼久，他終於再次有過去生活在聚落裡的感覺。他不需要特別藏起臉，也能時時回應別人的需要。當屋裡聚集著信徒，聽他念經，他想起新寮街居民一同會去的，供奉著慚愧祖師爺與觀音佛祖的神明廳，沒想到自己如今也能主事這樣一個地方。這次因天災而搬遷，所帶來的改變，竟是禍中得福了。

某日林助帶幾個朋友來，圍著劉乾說，可惜沒看過神明降駕。劉乾向他們解釋，神明並不輕易降駕。開壇時，劉乾請神，感覺真有「什麼」進來，進得非常深，觸到意識深處。他呼吸的節奏變了，身體從皮到肉不停地發顫，之後不記得自己說過什麼、做過什麼。那力量退去後，他的腦海盡是凌亂的意識交錯。

阿蕊姊和林助憑著記憶，將他剛剛對旁人講過的字句再講述一遍給他聽，他才能將破碎的片段拼湊出一個方向，一種指引。

林助說：「我那些朋友都很滿意。」

劉乾因為感到虛弱，只點了個頭，自己走進房間裡躺著休息。

阿蕊姊跟進來。

「你臉色看起來很差，可有必要為了別人隨便說的話這樣？」

「我是真的。」

「我甘願你是假的，只恐怕你無法接受。」

他沒有力氣反駁。他甚至不能確定降在自己身上的是不是神明？但這是不能對任何人說的。

那是一個開始，有第一次，就有第二次。

他曾裸著上身，拿紅漆釘棍敲打額頂、後背，扎刺出滿臉滿身的血。他清醒之後，環顧包圍他的人群崇敬仰慕的神情，感到前所未有的狂喜與傷悲。

那些也沾染了狂熱的人們離開後，阿蕊姊沉著臉跟他說：「足夠了吧。」

他不明白她為何要這樣說，好像一直地不相信他。

「這次不一樣。」

「不一樣到讓你知道要事先準備好釘棍？」

阿蕊姊走近，伸手想檢視他臉上的傷口。他意識到自己可能的樣子，急忙撥開阿蕊姊的手。

「隨便你。」阿蕊姊說。

他很快就感到後悔，卻全身都動不了，只看著阿蕊姊默默收拾神明廳裡的茶杯、果盤。

他有一天回去看他和阿蕊姊以前住的地方，發現竹管厝被人清掉了大半，剩下的空地上插著新種的幼竹。

「大概是三菱的人清掉的。」

他告訴阿蕊姊這個消息。阿蕊姊只說：「既然這樣，那也沒辦法。」就回房間裡去。

阿蕊姊不說話的時候，更讓他擔心。他請劉氏若去看看，劉氏若進去阿蕊姊房間，待了很久。不知如何苦勸的，後來阿蕊姊都沒再說要回去的事。

他跟阿蕊姊之間，越來越像真正的契母子。他跟越多的人說話，就跟阿蕊姊越少說話。神壇的事，阿蕊姊會出來幫忙。很多人問他阿蕊姊是他的什麼人？他都說是契母。其中幾個人聽了就問：「那你的親生阿母呢？已經不在了嗎？」

他因此有受質疑的感覺，關於不孝、寡情，那一類很難證明或否認的評判。雖然還沒有人當面對他說出這種質疑，但仔細想想確實很可能會在他不知道的地方，變成這樣的故事。

如今生活有比較好，這裡也住得下，他跟阿蕊姊提說想接母親過來同住。

「我阿母也姓林，跟妳同姓，叫林氏允。」

「我不會幫你照顧阿母。」

「當然，你是我的契母。契母沒有照顧生母的道理，你們兩個我一起照顧。」

阿蕊姊就又不說話。他想她至少不反對。

林助一家人每日早晨都會過來神明廳拜拜。林家父子三人出門後，劉氏若時常留在神明廳，跟阿蕊姊一起說話。他將阿母接來後，她們兩人稱他母親為大姊，變成三個女人白日一起坐在神明廳閒聊。

他有時跟她們坐在一起聊，發現話題很容易朝向自己這裡來。阿母喜歡說他小時候是怎樣的，阿蕊姊一邊做著手邊的事，既不附和，也不反駁，時而發出一點冷笑。那冷笑令他倒抽一口氣。幸好劉氏若很會攀著話題說，設法說點她兒子林助、林木的趣事。劉氏若說話，阿蕊姊不會冷笑，這很讓他安心。但是他聽著聽著，又覺得哪裡不對了，劉氏若跟阿母講了太多關於撫養小孩的往事，沒完沒了地笑著，阿蕊姊更像被孤立的那一個。

他就也不想坐在那裡了。

他走出來的時候，阿蕊姊跟出來，問他有滿意否？

他想說抱歉卻說不出口，又想著這到底不能說是他的錯。

他們睡在不同房間，阿蕊姊不再主動來邀他。有一天半夜，他忍不住跑去敲阿蕊姊的房間，阿蕊姊開了門，他卻升起厭惡自己的感覺，在天亮之前悄悄回到自己的房間睡。母親應該看得出他們的關係，但他抗拒讓母親看到他們睡在一起的事實。

阿母曾趁無人時問他：「這房屋的租金誰出的？」看出阿蕊姊是有錢的那一個，說她覺得阿蕊姊很高傲。又說：「你啊，不要得罪她。」

「不會的，她不會高傲，她只是比較有自己的想法。」

「那是在你面前。」阿母說。

他不想聊這種事，跑出去賣卜。現在林啟禎的家離他很近了，他也常去找林啟禎。

林啟禎跟他說，張掇又回來跟他做。聽說連兩回風颱，造紙工場受損很嚴重，到現在都還是停工。

「真是天公伯有保庇。」林啟禎說，「還是我們之前講的事，你後來有改變主意？」

林啟禎先前時常跟他抱怨，若造紙工場蓋好，恐怕日本人以後不會讓百姓自己造紙。林啟禎認為這跟糖廠的情形一樣，大的糖廠蓋好之後，小的糖廠就一間一間關起來。也不用官廳規定，自然會變成沒辦法自己製糖。現在如果不去破壞，等到發生就來不及了。

希望造紙工場能夠消失的林啟禎，曾問他能不能詛咒那間紙場？

他告訴林啟禎，他沒學過怎麼詛咒一間工場。也許跟詛咒人一樣，可是詛咒別人，自己也會受損的，而且工場勢必牽涉到很多人。

林啟禎當時勸他，有時候要讓一方平安，就得犧牲另外一方啊。何況你是有修道法的人，應該有辦法自保吧。

他說他要再想想看有沒有更好的辦法。因為沒有那樣好的事，至今仍什麼也沒做。師父在傳他咒殺人的咒語時曾說：「這種事知道就好，千萬不要用。用意念傷人，你的意志要非常堅定專注，可是強烈而執著的殺念也會傷害自己，這是非常危險的法術。」

當時他想，他永遠也不會用的，他沒有這種需要。對師父的話也就只是聽聽。

沒想到後來在躲劉萬寶時，忍不住用了。那時候他到底在想什麼？想要早點獲得自由？還是對於自己總是在注意劉賜有沒有可能出賣他而感到痛苦？他討厭在友誼裡頭混雜了求生目的，明明前一刻還真心想對劉賜好，下一瞬間又想著自己不能不跟劉賜好，自己是禁不起背叛的。

當他催發咒殺人的術法，他感受到未曾經歷過的痛楚遍布周身，好像有東西被吸引過來，正在侵蝕他的神智，令他漸要喪失自己。於是停住，並沒有真正完成那咒殺的術。

劉賜為劉萬寶的事，懷疑他、質問他時，他沒有承認。因為他想那是不算的，既不算有做，也應該還沒達到影響。

劉賜根本不知道咒殺人又要全身而退有多難，林啟禎也是。他對林啟禎說：「這兩回風颱，這麼多人受苦，並不單是紙場。我就是能做，也不會做這樣的事。」

「要是三菱的事務所跟頂林那間派出所也能一起被風颱吹壞就好了。」

「那種住的房屋很快又可以重蓋，沒辦法阻止什麼。」

「不如這樣，你幫我施法讓那間造紙工場沒辦法修好。」林啟禎塞了點錢給他，表示認真。

「我用相近的符法試試看，不一定有效哦，也許頂多延後它修理好的時間。」

「這我當然知道啊。」林啟禎一付你怎會這樣想的表情。

那一瞬間，他擁有的什麼其實存在缺陷，也許他是假的，如此的焦慮感又湧上來。

這是有時候林啟禎亦不能使他感到滿足的原因。

除了林啟禎的住處，劉乾也常往大鞍庄一帶走動，設法多些人面。大鞍庄有個腦寮，除了工作的腦丁，還有些會社雇的，負責搬運腦油、樟腦的苦力會過來；腦丁的家人若住得不遠，也有來送吃的，是一個時常有人來往聚集的地方。劉乾在路上走大半天，還不如在這裡坐一時遇到的人多。

劉乾會裝作暫時歇腳休息，跟腦寮裡的人們閒聊。腦丁、苦力拿到薪資時，有的會拿錢給他算命，大部分更寧願拿去喝酒賭博，不認為自己的命數有什麼可轉圜的餘地。

這裡面有一個叫楊振添的腦丁，喜歡聞各種樹木草葉的氣味，特別是樟木的香，隨身會帶著一些樟木碎片裝在小袋裡。其他人身上都是臭汗味，靠近楊振添的時候則是在汗味之中，摻雜著木香。楊振添初次找他算命，是問該不該繼續做腦丁？劉乾算起來是可以繼續做下去的，楊振添就繼續做著，見到劉乾也會主動跟劉乾打招呼，說上幾句話。

楊振添的頭家是劉乾以前替日本人當苦力時見過的赤司初太郎。劉乾後來沒再見過這個人。楊振添很喜歡說他們頭家的故事，他也就從楊振添那裡得知赤司初太郎這十餘年來的變化。

楊振添說：「總之赤司先生越來越富，生意越做越大，連製腦權都買到手，就變成我們的雇主了。真是令人欣羨。要是本來就是有錢人家的少爺，那也沒話說，雖說是日本人，日本人窮的也不少。看到我們頭家竟然有辦法從什麼都沒有變得這麼有錢，就想那究竟是什麼樣的天運？若我也能這樣富一回，真是死也甘願。

是說也是他頭腦不錯。原本我們這一帶深山是大仕紳林月汀在開採樟木焗腦的。林月汀你聽說過吧？他年少時曾跟著阿罩霧林家的目仔統領做事，那時就在做樟腦生意了。不過日本人來之後，樟腦生意的規則有改變，並不好做。大概是這樣，林月汀才放棄樟腦生意，轉賣給我們頭家。你看，連大仕紳都不做的賠錢生意，我們頭家卻敢接。也有人說，這是有辦法的人之間在交換好處，那方面的道理我是不懂。

聽說頭家在專賣局的腦務課有朋友，是他的軍師，在替他出主意。頭家幫我們買新型的腦灶，說要提升製作樟腦的品質。焗腦的時候蒸氣比較不會洩漏出去，就不會浪費太多砍下來的樟木。頭家還說若我們做得好，會社有賺錢，會讓我們分紅，要我們更加打拚。去年我就有分到紅。不過我們以前做好樟腦會自己搬下山，搬運的工錢也能賺，現在頭家要我們專心熬製樟腦，另外請苦力來搬，說這樣才有效率。但我們就少一筆收入了。那邊加，這邊減，也不知是不是真的有比較好？而且這幾年市面上出現人造的樟腦，聽說不用樟木也可以做樟腦，真恐怖。幸好人造樟腦價格很高，所以頭家還有辦法跟他們競爭。樟腦已經不像過去一定都賣得出去。總督府怕我們做太多，會把利潤吃掉，現在是他們規定做多少，我們就做多少。聽說他們都會算，欲控制市場上樟腦的價格，讓收來的樟腦有辦法賺錢。我們不同，基本的工錢還是從做多少樟腦來算。做得少，一定賺得少。就算有分紅，也不一定可以彌補。」

楊振添喜歡說赤司的成功之處，對他的管理方式記得十分詳細。打算有一天若自己當頭家，也要用上這些方法。但他也知道儘管會社的經營已經比以前進步，可是也有另一種進步，來自總督府，或者更外面的不可知的世界，在跟會社對抗。

「你知道腦油可以拿去做香水嗎？」楊振添曾用手指比出一個很小瓶子的模樣，「聽說灑一點在身上，就會很香。我看過會社那邊的樣品，這麼一小瓶，可以賣好多錢。我做出的腦油是一桶一桶賣出去的，卻買不起那樣的一小瓶香水，連味道也還沒聞過。不知道是不是跟腦油一樣？但如果一樣，就不會賣得那麼貴才對吧？真希望頭家可以送我一瓶。」

楊振添說完笑笑，不像抱怨。楊振添說過自己是做一天算一天的，每當他覺得情勢不妙，就會要劉乾幫他卜算一下。他的問題時常是那句：「要不要繼續做腦丁？」

楊振添覺得自己比其他腦丁懂得更多，因為他有在觀察，有在問，也很認真學。這些知識卻還沒有能派上用場的地方。

「我常常在想可能這沒有用。只要我繼續當腦丁，賺的都還是辛苦錢。不過就是不做了，能找到的其他工作也沒有較好賺的。」

前一陣子接連的暴雨，深山一些腦灶都流掉了，山路斷掉的地方也難以把樟木運出來。楊振添所屬的會社面臨嚴重虧損，那不安的氣氛也影響到腦寮。向劉乾問卜的人變多了，他們跟楊振添一樣，多半是問：「繼續做腦丁好嗎？」

劉乾想起當初師父要他必須多觀察外頭局勢的用意，如果對於外面正在發生的事一無所知，樟腦買賣涉及哪些問題不了解，那樣也很難真正能體會腦丁們的煩惱。雖然說些空話也能敷衍過去，但他不想當一個說空話的人。早些年，他曾經勉強說了自己根本不懂的見解，聽者表情些微的變化，使他明白對方已看穿他的無知。這令他感到羞怯，甚至覺得自己辱沒了過去所學的易理。因為他懂得不夠多，便無法將這些道理做很好的應用。幸好楊振添樂於跟他說腦丁的生活，使他不致說出毫無體諒的話。他想回報楊振添，所以也問楊振添想不想跟他學一點算命或咒術？楊振添爽快說好。他一樣從六十甲子開始教。楊振添有時會離開這裡好幾天，到更深的山裡採腦，學習的速度比劉賜還慢。

這一天，他走在山路上，內心空蕩蕩的，家又不甚想回，感覺自己其實跟誰的關係都不深。他思念起劉賜，就去找劉賜聊了這一陣子發生的事，和阿蕊姊之間的爭執則沒提。

劉賜聽了提議：「雖然你說一切都很好，但房屋壞掉也不能說是好事。要不要跟我一起去國聖爺廟拜拜？你也許久沒去了吧？」

他們連續兩年冬尾未能一起去國聖爺廟拜拜。劉乾想這提議不壞，現在雖然離冬尾還早，他近來有時感到自己面對眾人的問題力有未逮，也想去一間大廟拜拜。兩人便相約了個時間，一同前往祭拜。

兩人提著供品、金紙，走了好長一段路。來到國聖爺廟，眼前卻是一片殘破。國聖爺廟也受風災影響，毀損得很厲害，所有神尊暫時被請到旁邊一間尚稱完好的屋舍供奉，廟方正在設法募資重修。

劉乾和劉賜拿出身上僅有的錢，全部捐給廟方，拜拜燒金之後離開。

「真叫人惆悵。」劉賜看起來心情不太好。

他安慰劉賜，「會再蓋起來的。」

傍晚劉乾回到林助家，眾人都已吃完晚飯。阿蕊姊在隔壁跟劉氏若說話，阿母不知去哪。他一個人吃完阿蕊姊留給他的飯，坐在神明廳，稍覺困倦，趴在桌案上小憩。

不一會兒，他張眼，發現周圍一片黑暗。抬起頭，想確認油燈為何熄了？卻什麼都摸不到。他站起身再摸，就連原來的桌椅也不見，伸手能觸及的地方空蕩蕩的，不知是誰將東西都搬走了。忽然一個方向放出光芒，他看向光源處，眼睛因為刺痛只能半瞇著眼瞧。有光的地方並列站著三個人，打扮像是佛畫裡的西方三聖，阿彌陀佛、觀世音菩薩、大勢至菩薩。

三位聖神轉過身，往光焰更熾的方向走去。他連忙追過去，追進那團光裡，四周轉為一點黑暗也沒有，無邊無界的素白。三位聖神不知到何處去了。遠處有一個人穿著尊貴優雅的衣飾，端坐在華麗的高臺寶座上，是這片廣闊素白中唯一的色彩。他看不清那個人的長相、年紀，甚或男女。那打扮不像他曾見過的任何神明繪像或戲臺上演出的帝王，也不像清朝時那些較有身分地位的人在穿的衣裝。他想起日本人祭典時，似也有人這樣穿，但這個人散發的貴氣又遠勝於他曾目睹的。

他欲開口跟這個人說話，才往前走一步，轉眼間已置身在一間灰暗窄小的屋裡。這裡沒有點燈，也無門窗，卻有微光能夠視物。他去摸牆面，立刻認出東南西北。不知為什麼彷彿有在這裡生活過的記憶，因此對方向很熟悉。東西兩面牆上，浮出兩個字。東牆的字寫在一個圓圈裡，西牆的字寫在四角方形之中。說是字，也只是像字。他認不出來是什麼字，也許根本不是漢文，甚至不是文字，只是由線條組成的某種東西。

他找不到自己通達此處的路徑。這裡看起來完全沒有出口，他是怎麼被放到這一個地方來？

他開始害怕自己會被永遠困住。他不停捶打牆壁，試圖找出缺口，卻怎麼也找不到。當他以為這就是他人生的收尾，他驚醒過來。

他連忙將夢中所看見的線條形狀憑著殘存的記憶寫下來，手邊沒有紙，就寫在卦冊書頁裡的邊角空白處。他想這一定是神明有所指示，卻不能理解到底要傳達什麼。

隔天一早，他先去找劉賜，問他有沒有做什麼奇怪的夢？劉賜說沒有。

他告訴劉賜這個奇怪的夢境。

「我想那個人應該是日本皇帝的祖先。」

劉賜問：「只是你怎樣確定這是神明託夢？你跟日本人又沒什麼關連，為什麼日本皇帝的祖先要找你？鬼會不會假扮成神來捉弄你？」

他說不會的，他並沒有這種感覺。他曾聽聞某處降鸞所得天機，國姓爺為了對滿清朝報仇，轉世成現在的日本皇帝。說起來日本皇帝的祖先願意幫他也是有可能的。

他決定再去一次國聖爺廟，在國聖爺面前卜杯，好知道夢境中的意思。劉賜也和他一起去。

卜杯是靠自己問問題，再問神明是不是如此。劉乾問了很久才一一排除其他可能，確認東牆所顯現的是日本皇帝祖先賜的印字，西牆的是三位聖神賜的印字，並且這兩個印字是有法力的。

他再問：「我今後是不是可以按照自己的心意做事，不必再有顧忌呢？」也立刻卜到杯。

劉賜一直在旁邊看，對他的發現露出迷惑的表情，「那你真的不能把那兩個印字忘記。」

聽劉賜這麼一說，劉乾想到他早上起來，匆忙將印字記在卦冊裡。雖然記下來的字應當不會憑空消失，但他非得趕緊再看一次不可。疑心著從那時候到這時候，他的記憶有變化嗎？他能不能相信早上記下來的字？

劉乾一路加快腳步走著，甚且跑起來。回到家拿番薯出來，翻開卦冊，對著早上臨時記在書頁邊角的夢中印字，反邊雕刻上去，如此做成印章，再塗上紅泥印，蓋在一把白色摺扇上，兩個印字便顯現出來，跟夢中帶給他的感覺很像。

是這兩個字沒錯吧？

泥印乾了之後，他反覆打開、收起那摺扇，有了感應，這才安下心，好像將一種力量握在手裡。

一回頭，看見劉賜站在門外。

劉賜指掉額上的汗珠，「你走得好快，我叫你都沒應聲，供品也沒收。我燒完金，本來想自己回家，後來不放心，想還是來你這裡看看。」

他把蓋有夢中印字的摺扇遞給劉賜看。

「我在想，日本人的東西只有他們日本皇帝祖先的命令才有辦法對抗，說不定有了這印字，連閃避槍彈都沒問題。」

劉乾審視劉賜凝望扇面的眼神，發現劉賜又是那不甚肯定的模樣。

他問劉賜：「你相信嗎？」

「我只是在想，我們沒事也不用閃槍彈。」

「我不是要問這個。我真的感覺到了，這印字有力量。」

劉賜抬起頭，視線對著他，「我相信啊。」就是說這句話的時候，也缺乏堅固信念所支撐的熱切，與他年少記憶中並無太大差別。

他忍不住將劉賜攬過來，劉賜的肩膀震顫了一下，似有要退縮的意思，但後來沒動。

劉乾閉上眼，額頭輕輕貼觸在劉賜的額頭。

「多謝你，兄弟。」

他不知道為何自己這麼做，彷彿是劉賜施捨了他什麼，他也從未用這樣的方式去表達對一個人的感謝。他想做，就做了。

「你今天怪怪的。」

「我沒事。」放開劉賜身軀時，他的心又冷了下去，「有空要常來。」

他看見阿蕊姊從門外走進來。

巡查的妻女，

以及巡查

這陣子張掇待在家裡，做那些原本會做的事。平穩的生活中，偶然感到欠缺，卻不是不快樂。

阿嬸將甘仔帶來，說有事要離開幾日，請託他們幫忙照看。甘仔已經六歲，能自己跟其他孩子玩。張掇的父母並不特別注意甘仔，吃飯的時間才會找，任她自己去玩，庄裡其他較大的孩子們也會幫忙帶。張掇小時候也是這樣長大，照理他不用觀前顧後，但他對甘仔有種特別的疼惜，想盡量陪伴她，希望她好好長大。同時他也覺得和甘仔在一起是快樂的，相處起來非常放鬆，不像成年人之間有些話不說，還得猜。甘仔要什麼、不要什麼，會直接跟他說。

這一天，甘仔吵著想吃一種像天星一般的糖，說是在街上看過有日本人在吃。張掇想頂林派出所斜對面的小賣店可能有賣那樣的糖，因為那附近有派出所和三菱的竹林事務所，是有日本人聚居的地方；小賣店也是日本人開的，賣日本人習慣吃用的一切。

他跟甘仔說：「我們先去頂林的小賣店看看。若沒有，另日再到街上找。不過若是很貴，我也不能買給妳哦，知道嗎？」

甘仔點點頭。

張掇帶著甘仔走到林啟禎家。林啟禎家後面是順著山勢向下的斜坡，坡上有一大片竹林，穿過竹林下坡可以很快到達頂林派出所。過去這片竹林是林啟禎的地，進入需向林啟禎打個招呼。現在雖被收歸國有，按照規矩，他還是打算跟林啟禎說一聲。

他站在林啟禎家門口喊：「頭家。」

林啟禎剛好在家，聞聲出來。

張掇跟他說了要帶甘仔去買糖的事。

林啟禎對甘仔說：「糖仔是有錢人的消遣，不是為了肚子餓要吃的，甘仔可要作千金小姐？」

甘仔似乎感覺受到責怪，並不說話，小小的身軀藏到了張掇後面。

「太貴就不會買。」張掇說。

林啟禎帶他們進屋，打開後門，引他們自那邊走入竹林。林啟禎家的後門外墊了幾塊石板，隱約可看出一條慣走的小徑。

張掇牽著甘仔的手。竹林裡的光線比外面少，白日像黃昏。甘仔顯得有些害怕，不過為了買到想吃的糖，非常努力，沒有抱怨地跟著張掇一路往下走。直到看見派出所，甘仔才鬆了一口氣般大叫出來，喊著：「到了！到了！」

張掇怕驚動巡查，連忙摀住甘仔的嘴，提醒甘仔要安靜。

頂林派出所雖然在中心崙的下方，但是對頂林這邊的人來說，卻是蓋在相對周圍聚落的一處崁頂高地上。派出所正面鋪設了石階梯和頂林聚落的主要山路相通。那條山路往內山走可通向大鞍，往山下走可以到林圮埔街去，派出所居高臨下的位置剛好可以監視這條山路上往來的人群。

派出所四周豎立著只有些微縫隙，接近成年人胸口高度的竹圍籬。張掇在竹林邊緣稍微等待了一下，確認竹林外沒有動靜之後，彎低身軀拉著甘仔，偷偷摸摸從派出所側面的雜樹林土坡，下到頂林聚落的山路，再往前走到山路旁的小賣店木屋。

小賣店頭家會說點臺灣話，張掇只會幾句日本話，雙方都是配合著手勢，一點點地溝通。店頭家弄明白他想要的，從木櫃裡拿出一個玻璃罐，裡頭裝著許多表面凹凹凸凸的糖果，有紅色、粉紅色、白色，較薄處的結晶帶點半透明，在陽光照射下給人閃耀著光芒的感受。

張掇問過售價，估算大約要花上幾錢，雖出得起，只是拿這錢去和其他能買的東西相比，就覺得貴。秤重量後，買了六顆。

店頭家用漂亮的和紙摺成小袋包覆糖果，遞給甘仔。張掇本來想問若不要那紙包裝，能不能算便宜？但畢竟已經包了，不好意思再提，心中安慰自己那紙能留著收藏。

甘仔把鼻子湊在包著糖果的和紙上磨蹭著，非常開心。小心翼翼拿出第一顆，放進嘴裡含著。

張掇也吃了一顆，剩下的按照紙上摺痕重新包好，收進懷裡。

小賣店旁有一座木橋，用來銜接頂林往林圮埔街方向的山路。木橋下方有一條溪流，他們走下溪岸躲在木橋的陰影下休息。

張掇的糖還含在嘴裡，甜的滋味慢慢化出來，捨不得很快咬碎。

甘仔低著頭撿卵石，一不小心嘴裡的糖竟掉出來，沾到地上的土沙。

張掇看見心痛了一下，又想幸好有多買幾顆，卻見甘仔把沾到土沙的糖撿起來塞進嘴裡，隨即將含沙的部分混著唾沫吐出來，仍繼續吃那顆糖。

「不用那麼省啊！這樣沒衛生。」張掇試圖阻止甘仔。

「阿嬤說不可以浪費……」甘仔含著糖說話，因為怕糖再掉出來，嘴巴抿得緊緊的，說話的聲音不甚清楚。

張掇想自己從小也總是撿起來再吃，但從某一天開始他感到這樣是不潔淨的事。可是為什麼不潔淨，他並不是很清楚，只覺得不好。那不好未必是真覺得對身體有什麼傷害，只是不想讓某些人看見了，說自己是沒衛生的人。

一個梳著日本式髮髻，身穿竹葉色和服，身形嬌小上了妝的女人，帶著跟甘仔年紀差不多的小女孩也走下溪岸來。小女孩穿著柑仔色的和服，長髮自然垂落，生得十分可愛。兩人交談著日本話，看起來像一對母女。

她們一開始並沒有察覺張掇和甘仔藏在橋下。等走到溪岸邊，女人看見他們嚇了一跳，拉著那小女孩就要走。小女孩不肯，逆著女人的手勢往後仰，嚷著就要哭出來。

甘仔跟張掇要他懷裡的糖，走向小女孩，拿出糖要分她。

穿著褪色素面舊衣褲的甘仔在這對母女面前看起來很黯淡，張掇想甘仔應該會被拒絕。

小女孩卻很高興地收下一顆。

女人檢視了一下那糖與甘仔手上的包裝紙，本來擔憂的神色也鬆緩許多，不像一開始那麼堅決要離開的態度。

兩個小女孩很快玩了起來。分明語言不通，卻可以溝通似的，一邊各說各話，一邊蹲下身堆疊卵石，摘了雜草假裝做菜。

張掇看她們玩在一起的樣子，忍不住笑出來。視線稍偏，發現女人也笑了。女人察覺到他視線，看向他這邊來。張掇站起身，微微對女人點了個頭。女人斂住笑容，向他淺淺鞠了一躬，神情裡仍帶著明顯的防備。

張掇不敢靠過去，怕打擾這片刻的美好，再度坐下，繼續待在橋下的陰影裡。

女人靠過去孩子們身邊，跟她們一起玩。

三人捲上衣袖玩起水來，張掇看見有些緊張，不時注意著溪水和人的情況。

不一會兒，三人的頭髮和衣服都有些弄濕了。

女人似乎想到應該返家的時間，催促起小女孩向甘仔道別。兩個孩子依依不捨地，拉著彼此的手好一陣子才分開。張掇等她們先走到山路上面，才帶甘仔上去。他們站在橋邊，準備等無人看見，再順原路爬上去頂林派出所後方的竹林。小女孩回頭對他們揮了揮手，跟著母親走上派出所正面的石梯，張掇才意識到她們可能就是日本巡查的妻女。

清野的丈夫川島與市是頂林派出所的巡查。

清野很害怕被與市知道她帶孩子出去的事。與市再三叮囑，這山區看起來平靜，但難保不會有什麼危險，要她一定盡量待在派出所裡面，提水的事交給巡查補去做。

與市說：「這些人至少不敢輕易攻擊派出所。」

清野不明白與市所說的這些人是誰？

問與市，與市也說不清楚。那既不是一個組織，也不是持有特定政治主張的個別人士。

「只覺得自己多少被怨恨著。」與市是這麼說的。

「為什麼非要做被恨的事呢？」清野看過與市在派出所裡毆打本島人，她感覺那樣的與市非常殘酷，是她所不認識的人。她也很怕有一天與市會這樣打她。事實上，有幾次，與市喝得很醉，亂發脾氣，想要摧毀什麼的暴力向她壓迫過來。只差一點，她就可能不會原諒他。但在這個孤絕的山中，她不原諒他，能到哪裡去呢？

她經歷那麼漫長的路途來到這裡，只是被關禁在派出所裡。派出所有個本島人巡查補，試著跟他搭話，那男人也總躲避什麼災難似地逃開。至今對於本島人以及他們的生活，她還是有許多不了解的地方。

派出所的房屋是幾年前新蓋的。與市告訴她這裡的風土溫暖潮濕多雨，木材若時常泡在水裡將朽壞得很快，加上白蟻活躍，會把木材屋腳啃食掉，所以派出所屋體的基柱採用水泥而不用木材，地板也抬高一些。

這樣的修改，令清野感到既奇妙又矛盾。她想建造者一開始的出發點應該是不想改變，所以蓋了跟本島人慣習不同的日本式屋舍，但為了能夠和這裡的風土共存，又不得不在建造細節進行調整，部分建材和工法也跟內地的習慣有些微差異，留下足以使自己察覺，畢竟這裡不是內地的線索。她有時會想，不知道自己是否也會像那外觀看起來跟家鄉相似，但明顯存在異質感的屋舍一樣，被這裡的風土影響而不得不生出某種自我保護的特質？

與市常說，本島人很狡猾，愛說謊，用這個來解釋他的兇悍。他說他負有對這山區的責任，必須用堅決的態度遏止所有犯罪的可能。她聽了覺得憂心，因為那正是與市可能被恨的原因。

當她待在相對陰涼的屋裡，眺望灑落庭院的陽光，她感覺到美好不一定緣自真正的理解，有時是條件的修飾，使那件事看起來美好。正如與市到底本質就是陰暗，還是為了追求陽光而以陰暗作為交換？她時常在兩個答案之間猶疑。當她也受到那陰暗壓迫，她就更偏向前者的結論一些。

起霧的時候，她喜歡坐在簷廊，享受不時被霧滴碰觸到臉頰的清涼感。看慣的山野林木變得隱隱約約，光與影的區隔又不明顯了。陽光太盛的話，霧就要消散的。

與市常提醒她應該要怕這山林，裡面藏著的並不像霧看起來如此潔白。她也並非不怕。夜裡睡覺防盜、下大雨或是有暴風警報的時候，收起的雨戶都得從牆邊的戶袋裡取出裝上，將屋舍對外的開口保護起來。和支廳所在的街上不同，她們這裡尚未安裝電線，與市說就快了。在近乎完全的黑暗裡，與市會要她點起一盞瓦斯燈。她忍不住會去瞧瞧光線擴散盡頭，跟黑暗無法完全釐清的模糊邊界，那裡總像藏了什麼，不得不看，卻也深怕因此看見妖怪。

「我想還不如把燈滅了好。即使妖怪出現，也不會看見。」

她說出心中想法時，與市反對：「不行。不管是人還是妖怪，都應當睜大眼睛看，才有辦法閃避危險。」

「如果我睜大眼睛看，是不是就能四處逛逛呢？」她藉機試探與市對外出這件事的想法。

「不行。妳以為這裡是什麼地方。」

清野一直很想出去走走，但與市只允許她最多到小賣店去買東西。那是清野最快樂的時間，她可以跟與市以外的成年人說話，聽店老闆講一些趣聞。有時遇見附近三菱竹林事務所的河野夫婦來買東西，也會聊上幾句。河野太太曾跟她抱怨這裡的不便，希望能住到街上去。

今天她看到的那個本島男人，雖然彼此完全沒說上一句話，但能感覺到是一個溫柔的人。那樣帶著一個小女孩，是他的孩子嗎？到底本島人是怎樣的呢？

清野一邊這樣想著，一邊又覺得，也許再也不會見到他。

劉乾今日在外繞了一圈後，決定到大鞍腦寮坐一會兒，等等看有沒有生意。腦寮裡蒸腦的熱度與氣味撲面而來，在場幾名腦丁都認得他，紛紛跟他打了聲招呼。楊振添從另一頭走過來，與他閒聊幾句，又去看顧腦灶。劉乾將隨身的兩本卜書、一組竹籌、紅黑兩色墨硯、筆和紙從揹籠裡拿出來，再將揹籠倒扣當作桌案用，擺置好他的用具，盡量不讓自己太占位置。腦丁們走進走出的，還沒有人要找他算命。忽然外面有喊聲，說是巡查來了。腦丁們停下動作，猜說是例行的盤查。

這一帶屬於頂林派出所的管區。劉乾從林啟禎與其他人口中聽過這個派出所巡查，實際還未真正接觸過，只偶爾有幾次遠遠看見，在還來得及閃避的時候閃避了過去。聽見巡查來了，他本想要跑，又想此時跑出去可能反而撞個正著，周圍的人看起來也並不慌張，跑了恐怕更讓人起疑，就仍坐著。

一名日本巡查很快走進腦寮來，要腦寮內外的人都向他報戶籍居所跟職業。腦丁們都有一塊木牌可以證明自己腦丁的身分，一個個拿出來給巡查看，讓巡查登記在簿冊裡，唯獨劉乾沒有可以證明身分的東西。

劉乾對巡查解釋自己是卜卦算命的。那巡查雖會說幾句臺灣話，也不知道有沒有真正聽懂他的意思。

巡查翻動劉乾放在揹籠上的兩本卜書，用不太流暢的臺灣話回說：「你這樣是無職業的人，必須趕快就業。」

「算命就是我的職業啊。」劉乾解釋。沒有職業是很嚴重的說法，他聽說過沒有職業的男人會被當作浮浪者處理，押送到很遠的地方強制勞動。

「算命不是職業。」巡查瞪著他看，神情有些不耐煩。

「怎會不是？我幫助別人，別人付錢給我。跟別的工作同樣。」

「囉嗦！算命不是職業，算命也不可以，你的東西都要沒收。」

巡查生氣起來，把他的東西扔到寮外去，散亂了一地。

他連忙走出去要撿，卻被巡查從背後擒住臂膀。

「算命不可以，聽懂嗎？」

劉乾感覺到有許多人都在看他，不知何時聚集過來的，亮的地方、暗的地方都站了人，卻非常安靜。

他不服地說：「我沒聽說過不可以算命。算命是臺灣人的……」

巡查身上爆出可怕的怪力，不讓他把話說完，一邊扳扯他手臂，一邊將他身軀往下摁。身體要被折斷般，他痛得雙膝跪在地上。

巡查又問了一次：「聽懂嗎？」

他點點頭，心中卻感到強烈的恥辱，好像被當成無智識的人，當眾處刑。

巡查對圍觀的人說：「算命的，可能是支那的奸細，會擾亂社會秩序。算命的話不可以聽！」

圍觀的人群低著頭聽訓。

劉乾以為會有誰替他辯白，但是並沒有，跟他最熟的楊振添也縮在別人身後。大家都非常怕那個巡查。明明都是做粗重活的人，個個身材健壯，在巡查面前卻像小孩子一樣。

巡查命令他離開。

他走時，蹲下身要撿拾自己的東西。

巡查用日本話大吼了一聲：「不可以！」

劉乾的腰側被很大的力氣踢中，整個人滾了出去。

他還沒搞清楚發生什麼事，又聽見巡查夾雜著臺灣話、日本話，很大聲地說：「算命，以後都不可以！」

劉乾狼狽地離開，在附近找地方躲了一陣，盤算著等巡查離開，再回去撿拾自己被巡查丟棄的算命工具。然而等他回到原處，地上什麼也沒有，問腦寮的人都說不清楚，沒人看見誰將那些東西拿走了。

「看你被罵成那樣，誰敢去動那些東西，很有可能是巡查拿走的。這巡查也真是不講道理，官廳何時有講不能算命，根本就是他這個土皇帝自己發的命令……」楊振添出主意似地猜想算命工具的去處，拚命幫他罵那巡查。

丟失那些東西，等於沒了賺錢工具。寫字用具還能再買，竹籌也能自己重新製作。唯獨兩本卜書《卦冊》跟《百年經》是他過去一字一字手抄，即使背熟了，他也常常翻閱複習，或用來展示給問卦的人看，有著無可取代的意義。

無法問得更多線索，劉乾只好沿路找，一路找到頂林派出所附近。那派出所的位置蓋在高處，上面的情形，從底下無法看見。近兩層樓高的連綿石階，彷彿有誰會突然奔下來。劉乾擔心再被頂林派出所的巡查看見，只大略探看了一下周遭就離開。

回到中心崙，他沒對人提起遇見日本巡查的事，希望這件事其實沒有發生。夜裡他去敲阿蕊姊的門，跟她睡在一起。阿蕊姊起先有點冷淡，側過身，背對他睡。過了一會兒，開口問他：「你是不是遇到什麼事？」

他躊躇了一下說：「有些事不太順。」

阿蕊姊說：「可能你太著急，做事急容易出差錯。下回注意點也就好了。」

他聽得出來，這是阿蕊姊心軟的語氣。

「這道裡很對，但我什麼也沒做就走了壞運，以前也曾這樣。我……厭惡這樣的事。」

「你不能算自己的命嗎？」

阿蕊姊翻過身來，伸手撫摸他的臉。他想起阿母說生辰可能記錯的事，那句「某部分不能」卻說不出口，這件事他也不願它是真的。

「我會想辦法化解。」他靠過去，奮力讓自己看起來熱情。阿蕊姊發現他腰側有一大片瘀青，「你不用對我保證什麼。我只希望你不要太勉強自己。」

隔日清早，劉乾沿著大鞍到頂林的山徑，細細察看山溝草叢，尋找被日本巡查丟棄的簿冊，仍舊一無所獲。他重新做了一副竹筊，卜得一卦，亦顯示外出尋覓不利。明知這些東西是找不回來了，心裡總想著那萬一，好端端的物品怎麼可能憑空消失？若是被日本巡查帶回派出所，對巡查來說，也是無用之物，總會再丟出來吧？他抱著如此微渺的希望仍不時在外出時留意。有一天，他告訴自己這是最後一次。他要從大鞍往頂林再走一遍，若此次再無看見，就從頂林下到街上，去街上的書鋪買相似的卜書代替。

劉乾一路找，經過派出所斜對面的小賣店時，注意到店鋪外牆邊，柴堆與火灶間的一個竹籠，似裝有紙張模樣的東西。他走近看，竹籠裡頭堆放著落葉和散亂的簿冊、字紙，看來是要做引火用。他難以忍受有人如此對待字紙，動手將竹籠裡的簿冊紙張一一撈出來，同時翻找是否有自己的卜書。

「你！做什麼？」日本腔的口音從身後傳來，他一回頭看見巡查質疑的眼神。

巡查旁邊跟著一個穿相似制服的男人，用流利的臺灣話跟他說：「趕快跟大人解釋。」那口音聽起來跟自己一樣是臺灣人。他想起劉萬寶，想這個人應該是巡查補。

劉乾解釋他想找回日前被巡查丟棄的卜書。那巡查一時聽不懂，經巡查補翻譯說明，復想起來這件事，以及他這個人。

「跟你說過算命不可以，為何還要找這個？」

「這是我師父當初讓我抄寫的，沒有第二本了啊。就算不替人算命，對我也是很重要的東西。」

劉乾發現這個巡查雖會講些臺灣話，卻不怎麼會聽。上次是沒有巡查補在旁邊，這次有巡查補在，希望能解釋清楚。

巡查補翻譯他所說的話。巡查聽了，臉色轉為明顯的憤怒。劉乾太久沒有接觸日本話，理解有限，沒辦法分辨巡查補是否有真實傳達他的想法。

巡查抓住他的手檢視，捏了捏他掌心。

在他感到情況似乎變得不可預期，巡查拿起靠在牆邊的一根粗竹根，狠狠往他身軀搧過來。

「手這麼嫩，沒在做事，可恥的傢伙！」

「算命，不可以！不可以！聽懂沒？」

巡查邊打邊罵，混合著臺灣話、日本話羞辱他、訓斥他。

小賣店的人聽到聲音跑出來看，路邊經過的人也停下來。

他感覺自己被奪去了面皮，寧願什麼都聽不懂。

巡查補勸他：「趕緊跟大人認錯。」

劉乾說不出口，他不覺得自己有錯。

見他不說話，巡查補又提醒：「你快說『大人，我不敢了啊』……」

這樣的勸告將他推入更糟糕的處境。巡查似乎聽得懂這些話，發現他不願求饒，揮動竹根的力道變得更大，一棍又一棍不欲停止地擊打在他身上。劉乾忍著不還手，蹲縮成一團，咬著牙，不讓哀嚎聲洩漏出來，深怕變成更加可悲的模樣。他感覺到額頭上有濕濕的東西滴下來，手一揩，是血。

劉乾想起夢中印字，以為自己是特殊的，卻不明白此時要如何運用那夢中被交託的力量。靈魂似逐漸和身軀分離，巡查打他，他就在意識中的另一個世界打巡查。那個世界是他壓住了巡查，一拳一拳擊打在巡查不知軟硬的肉軀上；而這個世界他終於痛得喊出聲，滾動身體，為試圖閃避付出更大的代價。想還手的念頭越來越強烈，他想殺死那巡查，同時也生出必須為此而死的覺悟。不只是因為動手之後可能逃不掉，還關乎他和巡查之間的緣境、業力。他意識到，這恐怕既不是開始，也並非結束……

迷茫之中，劉乾不記得巡查如何停下來。他能離開的時候，有兩個人將他扶到附近某處人家的院埕，幫他擦血塗藥，問他怎麼這樣傻？這個日本巡查個性特別惡，最恨別人不聽他的話。做個樣子你又沒損失，被打死了多冤枉。

他想站起身，因為劇烈的疼痛，又坐了下去。那兩人勸說若是返家的路途昏倒在沒人住的地方，很危險，不妨跟他們雇椅轎。劉乾最後向那兩人雇了椅轎回中心崙，再叫阿蕊姊出來付錢。

阿蕊姊和阿母看到他的樣子都很驚訝，林助家的人也跑出來看。抬轎人替他解釋了事情原委。他靜靜聽眾人議論他的事，自己一句話都說不出來。林助攙扶他到床上，他很快睡了過去，陷在層層疊疊的惡夢裡；他在不同情境殺了巡查，又被巡查所殺。半夜醒來，發現阿蕊姊握著自己的手，閉目低聲誦念經咒。

阿蕊姊注意到他醒了，「你好像一直在做惡夢，不時喊聲，卻又醒不過來。」

「對不住。」

「你又沒做錯什麼。」

「嗯。」

「在想什麼？別做傻事，對不住沒有先說的。」

劉乾握住阿蕊姊的手，知道自己一直依賴著她。

休養幾日後，劉乾再度出門賣卜，卻並不順利。他在外面走逛，儘管已有意迴避，頂林派出所的巡查特別針對他似的，幾次在相隔仍遠的情況追上來；探查他有無替人算命，又問找到工作沒有？使他感到自己隨時都可能因為巡查的一句話而被抓。他且懷疑有人密報他行蹤，否則怎麼如此容易被遇到。

他發覺自己在這裡，突然變成孤立的狀態。路上相遇，會跟他打招呼的人少了許多，幾個附近常去的小聚落都不歡迎他，態度冷漠得讓他無臉待下去。不久前才確實感受到，因為自己的努力所換取，諸多人對他的信任、敬重與熱情，轉眼消逝。不知被什麼吞吃去，將他變回一個陌生而可疑的外人。雖說如此，在沒有人的山徑，又會有人偷偷追上，送一些吃的給他，對他表示關心。那樣的幾個人，懷抱著謹慎嚴肅的仗義之情，說話時止不住留意周遭，像正犯著某種罪。

若選擇不出門，改成待在家裡等，則時常一整天沒有人上門問事，連拜拜的人都少了。無路可走的感覺再度纏繞上來。他想到劉賜，但他告訴自己不能再回到劉賜那裡去。那樣只是讓一切重來一遍，況且他現在不是一個人。

阿母見他不順，苦勸他賺錢的方法百百種，就去找其他工來做，免得再被巡查找麻煩。

「我們以前不是也這樣過。」阿母說。

如此簡單的道理，他雖知道，然而經歷過受眾人信任敬重的日子與神明託夢，他確信自己可以做得更多。人們算命、問事、治病的需要不可能一夕消失，他不想放棄已經建立的。他也需要錢，希望至少能負擔一點照顧家人的責任，不要總是拜託阿蕊姊拿錢出來，連累她如此消耗積蓄。

他於是找林啟禎商量。在林啟禎位在大鞍水堀的紙寮旁，透過紙寮傭工劉順、張掇的幫忙，搭起一間簡陋的草厝隱居起來。他在這間草厝一樣讓人問事，只不再四處遊走。

新的居處因與大鞍通往頂林的道路隔著一溪，位置更加隱密。向外遠眺，一山疊過一山，日頭很高了才得見。山隙、雲隙間，天色明暗變化很快，湧霧時常罩滿整片山巒河谷。

林啟禎替他介紹可靠的人上門或替舊日的熟客引路。阿蕊姊和阿母仍住在林助家，觀世音菩薩的神像也留在那裡，維持齋堂的模樣。林助每日送吃的上來給他，替阿蕊姊或阿母帶一些話；齋堂那邊若有無法解決的問題，也將人帶來這裡排解。草厝簡陋，他沒有神像，就在壁上貼一張寫了觀音佛祖聖號的大紅紙，弄出一個神壇的樣子。

這樣的做法，雖無法像往日在中心崙時那麼熱鬧，亦多少有人來，勉強能維持生計。劉賜聽說他的事，帶些吃的、用的來看他。

「你之前做的那個夢是不是有問題？怎會這麼落衰？」

「我不是有請示過國聖爺，應該沒問題。每件事的得與失，長遠一點來看，可能不同。是國聖爺要指引我來這裡吧。」

他帶劉賜去看一棵臨水崖邊的老樹，那是他最近固定會打坐的地方，「這裡感覺很適合修行，說不定真是我的歸處。」

劉賜四處張望了一下，「這裡確實不錯。」

他在那樹下考劉賜六十甲子，劉賜許久沒複習，中間又忘記幾個。

「你這樣要何時才能學咒術？」

「不學也沒關係啊，你會就可以。我有聽你的話吃菜，死後的事我也不用煩惱。」

「你如果跟我學，就能知道我可以做到什麼，無法做到什麼。」

「我為什麼要知道這些？你做不做得到，直接跟我說就可以了。」

「像是我其實有對劉萬寶下咒，但並沒有真的完成。我當初跟你說的『沒有』是指這個意思。你沒有學咒術，就無法真正理解。」

「你這樣……不算騙我嗎？」

「我只是不想要你對我感到害怕。」

「我不懂。我不像你，你是有感應的人，這不是人人都有。上天給你這個機緣，應當多做善事，不應該拿來害人。」

「而你是一個善良的人，但也因為這樣，你不太會怨恨人。」

「我沒事為何要怨恨別人？」

「換作別人，被奪走祖業，又要被對方管，一定會希望竹林監視員消失，甚至整個三菱會社和總督府都不見。」

「我希望啊，我並不喜歡遇到那些人。」

「你只是希望不要遇到，所以想盡辦法閃避。我說的『不見』是動手把對方殺掉，那就怎麼樣都不會遇到了。」

「不用這樣吧……」劉賜轉過頭，摸了摸樹幹。

「所以我說你不太會怨恨人嘛。你今日來看我，到現在也還沒說過一句巡查的壞話。其實這也不是壞事，你總是會為別人多設想。」

「你這是在諷刺我？」劉賜顯露出不高興的樣子。

劉乾想，我到底在說什麼，為什麼我要惹他生氣？但我也沒講錯啊。只好伸手拍拍劉賜的肩，安撫他：「怎麼就認真起來，別介意我說的話。」

「我知道林啟禎很討厭三菱和日本巡查，你不要受他影響。當然，頂林的巡查很過分。我是想事情已經過了，不必特別再拿出來講。」

「我有自己的判斷，跟林啟禎沒關係。對我來講，這件事也還沒結束。」

「你真的不要再這樣，一時對我好，一時又對我不好。」

「我沒有……好，我不會再這樣。」劉乾不明白劉賜為何突然說這個，跟剛剛他們講的話一點關係也沒有，他也不覺得自己對劉賜如此。然而劉賜的樣子很奇怪，目光迴避著他，表情僵硬，像是受到很大的壓迫。他們之間竟顯得疏遠。

天氣轉為涼冷，山裡逐漸有些凋枯的顏色。有一天林啟禎過來找他聊天，說這次換我們庄的林玉朋，和桶頭的廖振發一起當代表，跑去南投廳提出竹林問題的歎願書。結果給人扣禁一天警告，又是無功而返。

「這件事我雖然起先有些懷疑，請日本人律師到底有效沒有？但有人願意去做，我當然也很希望他們能夠成功。沒想到連續兩次提出歎願書都失敗。就是先前和三菱那邊在談的協議，也跟原來講的不同，變成都在講怎樣補償。林玉朋那群還沒死心，說要再找找看可有其他法律上的方法，或者歎願書多提幾遍，但我看無望。法律總督府訂的，一定對總督府有利，拜神還比較實在。」林啟禎話鋒一轉，「我跟你說，因為你沒向日本巡查屈服，不少來這裡的人相信你有法力。」

「我當然有。」

「當然、當然。」林啟禎笑著附和，看起來有點敷衍。

劉乾想到腦寮那些在日本巡查面前沉默的人，在路上將頭轉過去的人，想到人性的軟弱。

「林大哥，你說不相信法律，寧願拜神明，但我感覺，你其實兩方都相信一些，也都無法完全相信。若我說得不對，還請不要見怪。」

林啟禎收住輕佻的笑容，「受教。但大家不是都這樣？」

「這也是我最近在想的。我幫人解決疑難，能帶給人的改變有限。人來來去去，也無法學到什麼道理。我想要講道，貢獻所知，讓眾人沒事也能來聽。」

「這很好啊，我贊成。不過你要講什麼道？」

「三教。」

這是他想了很久，覺得自己能說的。將人生際遇中所曾學習、聽聞的道理，以親眼目睹的人事為例，重新用自己的理解去傳述。他知道自己既無法說有什麼真正的師承，也無人可以驗證他傳布的對錯。他不是想占這樣的便宜，相反的，他有些惶恐，怕誤人、怕自己懂得不夠多，因此考慮了好一陣子。現在他覺得真的可以去做。

在林啟禎的幫忙下，這裡也有了來聽道的人。劉賜、楊振添，在隔壁紙寮工作的張掇、劉順，中心崙的林助、林木兄弟，有空也會過來聽，並相添一些吃食，在講道後請大家一起享用。眾人吃東西時會擠在一起，講本地近庄最近發生的事，哪家分了家產、哪家與哪家要結親、誰與誰結了冤仇、誰被人騙錢、被巡查找麻煩、誰家裡不合、在街上有相好……那時劉乾就不太說話了，他喜歡聽，看氣氛變得熱鬧，看每個人的反應。這樣的形式，人少的時候五、六人，多的時候十幾人，漸漸形成固定的聚會。

劉賜因為住得遠，是較少來的，但總會帶最多吃的，同時替他添點香燭、金紙、火柴，如同他還受劉賜收留時那樣。

聚會裡，林啟禎有時會抱怨竹林監視員和日本巡查，起先只說幾句，見沒有人反對，後來便越說越多。平日裡別人未必敢理他，但在這隱密的地方，不少人也會跟著訴說自己的不平。眾人問劉乾的意見，他向來說的那些道理是要化解大家的氣憤、煩惱，但在這件事上，他告訴大家：「那些人確實非常可恨，他們是一股侵襲的惡氣，擾亂這山裡本來的平靜。若能消失，是最好的。」

劉賜在的時候，很明顯除了林啟禎，以及本來就不太講日本人如何的張掇，其他人都會迴避跟日本人有關的話題。那是有一次林啟禎提到劉賜是隔壁庄保正的兒子所造成的影響。

那樣的隔閡、拘束，明顯到會使人感到刺痛。

劉乾對大家解釋：「阿賜並沒有跟他阿爸住在一起，我之前落難也是他收留的，大家不必顧忌而不敢說什麼話。」

林啟禎也說：「是啊，我在阿賜面前不知說過多少回三菱的壞話，他也不曾在外面透漏什麼風聲。我們自己人不要這樣互相猜疑。」

雖然這麼說，一時也很難改變大家的習慣。

劉乾私底下對劉賜說：「等你跟大家都熟，就會好些。」

劉賜回說：「我不要緊啦，我也不喜歡聽那些。」

「為什麼不愛聽？」

「我若聽那些委屈，會替他們難過，可是也很難跟他們同樣氣憤。我可能會說不是所有日本人都如此。但這樣更讓人討厭吧？」

「連我都會生氣。」

「是啊，我們之前就是這樣吵架的。」

「那一次我沒有生氣，不算吵架。我的事也就算了，你應該多關心別人受過的苦。」

「在你心中，我是這麼自私的人？」

「你不是，只是有時講出口的話，聽起來很冷漠。」

「其實你的事，我想過很多遍。如果我前前後後遇到這麼多事，不能按照自己的心意過活。隨便別人一個感覺、一句話，就可以讓你不能做什麼，不能出現。我也不會覺得好過的。」

「既然明白，下次在眾人面前也說點這樣的話，他們就知道你明白他們的痛苦，也會把你當自己人。」

「我為什麼需要當誰的自己人？心裡想什麼難道就一定要講出來？沒講就不算？」

「這不是問題所在。」

「對我來講是啊。」

「你明明就愛對人好，為什麼總要逃避跟別人更加親近？」他終於說出長久以來埋藏在心底，跟卜術無關，單純是自己對劉賜的看法。

「我不知道，我就是沒辦法。」

「你不會受到傷害。」

「就算你是卜師，也無法保證這種事吧。況且也可能是我傷害別人。」

劉賜苦笑，對他揮了揮手，沒事一般地走開。

劉賜說得沒錯，這確實不是他可以保證的事。他一時口快，輕率說了出來。他看著劉賜漸遠的身影，後悔自己的輕率。

夜裡，他卜了一卦，問劉賜。

外地人

明治四十四年冬末，即將迎來新年的前夕，清野很高興頂林派出所來了新的巡查補。

原來的巡查補前一陣子離職。這個職缺空了一陣子，造成與市的工作特別繁重，除了白日的例行巡邏，夜裡時常繼續整理、核對各個保正交上來的紀錄資料。與市忙不過來的時候，清野還得幫忙看守犯人，弄得她精神十分緊張。最近上面新派一個叫陳霖仔的年輕本島人巡查補到派出所來。她和陳霖仔說話，陳霖仔會努力回話，笑起來給人樸拙可愛的印象。她總算也能跟本島人問一點關於本島人的事。陳霖仔跟她說的多是風俗，然而對於頂林，陳霖仔因不是這邊的人，亦沒有知道得太多。

跟前一個離開的巡查補一樣，陳霖仔非常懼怕與市。有幾次，清野感覺到陳霖仔也不贊同與市對某些本島人的處置，可是陳霖仔只是低著頭，咬住唇不說話，那時的陳霖仔不像巡查補，較像深怕受牽連的一般住民。

沒隔多久，又來了一個叫飯田佐一的巡查，帶著妻子靜一起搬進派出所的宿舍。飯田是熊本縣人，以前待過南投廳，精通蕃語，後轉調林圮埔支廳，從林圮埔支廳出差到這裡專責樟腦事務。問年紀，說是差兩個月就要滿二十六歲。飯田雖至少會待上幾個月的時間，因屬於出差性質，平日並不管派出所的一般事務。與市在所內教訓本島人的時候，陳霖仔不敢說的，飯田有時會委婉勸說一下。不過似乎顧慮這畢竟不是他的工作，也可能考慮與市是前輩，說幾次沒有達到效果，就很少再聽到他說什麼。

飯田的妻子靜身材高而豐滿，體力充沛，看起來總是精神很好，常找她聊天，兩人一起做家務。同為巡查的妻子，她有些話過去說了只會跟與市吵架的，就有了能訴說的對象。

靜問她：「這裡的山區平靜嗎？」

清野想起在溪邊遇見過的那個本島人，不必透過語言交流的和睦相處，就說：「應該算平靜吧。」

「那真是太好了。最近聽說要推進蕃地的緣故，衝突也跟著變多。第一線巡查的處境變得很危險。」

靜的話勾起清野長久埋藏心中的危機意識，猶如日常生活中反覆確認是否真將廚房的餘火滅去，微小卻不敢說絕不會出錯，無自信的緊張感。

清野對靜吐露心聲：「與市彷彿舊時代的上級武士，只要不對他表示尊敬就會受到責難，但明明我們都不是擁有那樣出身的人。來到這裡，似乎使他回到消逝的時代，將自己當成無論過去或現在都不可能成為的人。可是我覺得這樣不對，因為時代變了。正因為時代變了，像與市那樣平民出身的人，一樣有機會當警員。不過這裡實在不太一樣，警員的權力很大。我非常擔心與市會迷失在主宰一個地方的狂熱裡。」

靜仔細聽著，像是有把她的話放在心中思考。那思索的表情令她內心感到安慰，希望靜能長久待在這裡。

靜問她有沒有跟與市說過這些話？

她說有的，說過，還差點被揍。把與市當時批評她的話轉述給靜聽。

「與市說我是理想主義者，沒見過真正的壞人，才會說出這麼天真的話。他說自己才不是抱持什麼當領主的心態，事情多得做不完，還得找時間下山跟支廳的長官、同僚喝酒，討好他們，免得一不小心就被排擠在圈子外。」

「雖然川島巡查講的情況存在，但我也不覺得清野天真，這是兩件不同的事吧？坦白說，看到川島巡查打本島人的樣子，我也感到相當害怕。我能理解妳為什麼這麼想。」

「我想他是希望自己有一點特別，對這個地方來說，至少重要的什麼……對不起，我這樣好像在替他辯解。」

作為夫妻，與市的某部分缺點，清野會看得非常清楚，卻也無法否認有完全不理解與市的一面。與市在外面時發生過什麼，她是看不見的。遇見靜，因為覺得能互相理解，她偶爾會把那應該不能說的，不小心說出來。說了又會想幫丈夫找理由，像掩藏不小心戳破的門紙。一想到飯田巡查將來還是會回到丈夫口中抱怨的支廳，她忍不住拜託靜，千萬別把她說的話告訴飯田巡查。同時對靜深感抱歉。

靜沒表現出介意的樣子，只說不要擔心，都是作為下屬的心情。

某日與市從口中抱怨的街上聚會醉醺醺地回來，說那樣的聚會偶爾也會有好事。一個本島人大仕紳請支廳的警員吃宴席，他剛好去辦事被叫上，吃到許多高級料理。

與市問她：「有沒有聽過半天筍燉雞湯？」

「半天筍？沒聽過。」

「半天筍就是長在檳榔樹頂端的檳榔心。取了檳榔心，整棵檳榔樹就活不下去，所以用檳榔心燉湯，可是相當奢華。」

她見與市高興，趁勢問：「你也可以跟本島人和平共處嘛？」

與市說：「這不是本島人跟內地人的問題，而是有錢人跟沒錢人的差別。有錢人過的是另一種世界。」

「你想進入那個世界嗎？」

與市沒有回答，又興奮地說了許多宴席上的事。

浴室最近增添了火爐、煙道，這番改造是飯田巡查利用空餘時間慢慢完成的。泡澡變得比過去方便，直接就能在浴室將水加熱，不用另外在廚房燒好再提過去倒進浴桶，水溫比較好控制維持。她為此感到很幸福。

夜裡，與市和飯田泡過後，輪到她和靜。靜總讓她先，在她泡進去的時候，幫忙看顧柴火；輪到靜泡時，她也留下來控制柴火。那時她們不太說話，只詢問對方水的熱度，卻覺得有比平常還深的親近感。

滿月前後幾日，浴室的高窗外剛好能看見月亮，與潤著月色的樹冠，是她很喜歡的景色，像每個月裡小小的幸運。她呼喊靜進來一起泡，兩人擠在狹小的浴桶裡看那景色。水溢出來一些，靜笑說幸好擠得下，看著窗外也說喜歡。

她和靜一起鼓勵陳霖仔也來浴室泡澡。陳霖仔起初不敢，說天這麼冷，怕著涼。她覺得奇怪，水明明很熱啊，屋外倒真的冷，但泡過身體應該會熱才對。後來陳霖仔似乎想通，到浴室這邊來，說他最後一個泡就好。她沒反對，也覺得這樣比較好，怕哪裡習慣不一樣，又不好直說。

陳霖仔漸漸喜歡上泡澡，有準備泡澡水的日子，會到浴室這邊來。清野今天走過浴室，聽見陳霖仔哼著她沒聽過的本島歌謠，有一種陌生的異地情調。陳霖仔近來和她較熟，曾私下抱怨為什麼要把廁所蓋得和屋舍相連？他的宿舍就在廁所邊。清野不太明白陳霖仔在意的問題，那間另建的廁所時常請人來清運，清運的人也不會進來屋裡，而是從廁所朝外的後門將穢物運出去。陳霖仔自己不是也說本島人夜裡會在房內放尿桶嗎？

再細問，陳霖仔卻說不知道怎麼講，請當他沒說。

後山的竹林在黑暗中，被寒冷的夜風擺盪出細微的、拉長的，像是有誰在求救的聲音。她雖聽習慣了，還是突然有些心驚。

劉賜今年冬筍季請了一個外地人傭工。傭工的名字叫蕭知，長得兇猛不好惹的樣子，說起話來倒溫和。蕭知來自臺中廳武西堡鎮平庄，是替林啟禎做工那個叫劉順的人的親弟。兄弟倆因家裡一些緣故，既姓劉也姓蕭。

劉賜先是在劉乾的講道會上認識劉順。劉順為了替弟弟找工，問到他這裡來，他心想請個工也好，就答應。反正林助為了追隨劉乾，已在大鞍附近找了其他工來做。

蕭知來了，一問也屬雞，跟張掇、林助同年，令他感覺自己跟屬雞的特別有緣。

「我以前常去北斗街找工……」蕭知會主動找話跟他講，因內容新鮮，並不令人厭煩。「出庄往南走就到了。那裡可以做的工比較多，附近庄頭若缺工也會到北斗街上招人。街南邊的張厝[1]，很多濁水溪的排夫在那裡停靠，也可以去幫忙搬貨。」

1 張厝位於今彰化縣溪州鄉境內。

「聽起來不錯，離你家又近，怎麼沒繼續在那裡做？」

「來幫日本頭家開闢農場的日本工，還有北部過來找工的人越來越多。他們很多人一起，有組織的，我時常搶不到工作。」

他有時會在劉乾的講道會上看見蕭知，蕭知說是跟著哥哥劉順來聽。他看見蕭知熱情地和周圍的人搭話，沒有剛認識人的生澀。即使部分信徒對外地人有明顯的排斥，蕭知對別人的冷臉也沒怎麼退縮，甚至向劉乾學起六十甲子，並且很快就能背誦。等結束在他那邊的工作，蕭知已經開始學習咒術，也和聽道的同伴都非常熟識，以致時常他轉頭就看到蕭知正在和某個人講話。

「阿知第一次背給我聽，就順著背、倒著背都沒問題。過了幾天，我再考他，他也一樣記得。你們啊，總是背了又忘，那是不夠熟練。」

劉乾幾次當著眾人的面稱讚蕭知聰明，這些話他聽起來像在暗指自己的愚笨。畢竟蕭知只花了不到一個月的時間，就做到他許久都沒能達成的事。

他曾問蕭知是否識字？想用這點來安慰彼此之間的差距。蕭知卻和他一樣都不識字，更加證明他的無心或者愚蠢。

他唯一贏蕭知的只有帶東西這件事。他知道金紙、線香劉乾常用到，他會去看還剩下多少，拿捏著下次來時要補的數。劉乾若說某日要請客，他會記得在那一天準備酒菜，讓劉乾請得豐盛。劉乾自己不喝酒、不吃肉，但對其他人，除了跟他學習的徒弟，並不做同樣的要求。眾人吃得開心，感情就好。林助也會送米、鹽和吃的過來，但他知道那是阿蕊姊準備的，和他不同。信徒也會輪流送吃的，就是各幾次的程度。楊振添印象中只見他送過一次樟木片作香品獻神。讓東西不欠缺這點，他自認是做得最好。他沒見過蕭知帶東西，蕭知很自在地吃別人準備的食物，大聲地說好吃。

他問蕭知為什麼想跟劉乾學那些？

「我命不好，想知道如果跟劉先生學，可不可以改變命數？」蕭知如此回答。

「你有跟他說這個想法嗎？」

「有啊。結果劉先生跟我說，人的運勢就像水流，勢若已經成，流向就決定。算命不是要改變水流方向，算命是察覺那個勢，找到對自己比較適合，對人對事的方法，說起來還是順著命走，並不逆命。」

「知道不能改，你還是繼續學？」

「其實劉先生的話裡有玄機，命數不能改但是可以逆啊。我故意說，如果沒辦法改，違逆天命還比較有意思。劉先生就勸，那樣不好，要付出代價，最怕只是走得較曲折，卻未改變任何事。雖然劉先生這麼說，但我聽得出來，他一定有逆命的方法，甚至也試過了。」

「你想得很多。」

「這世道不能不多想啊。劉先生跟我說，頭家你也有在學。你又是為什麼學呢？」

「是乾仔要我學。」

「只因為這樣？聽起來很奇怪。」

「這沒什麼。他要我學，我也覺得可以罷了。」

他們關於學習的談話是這樣結束。

有一次聽道會上，劉乾說起身邊的卜書原來是師父所傳，後來被日本巡查弄丟了，只好靠記憶重寫。

「那你都不會記錯嗎？」蕭知問了這麼一個像是會觸怒人的問題。

劉乾說：「我記得很熟，當然不會記錯，至少大部分是不會錯的……」又拿出另一本《百年經》說：「這就是重買的了，不會錯。」

他能感覺到劉乾不得不誠實說明細節來證明自己。

像這樣，蕭知既是快速得到劉乾的信任寵愛，又同時是少數敢當著眾人的面質疑劉乾的。

他看不出蕭知的言行有任何目的，蕭知似乎只是有話直說。

某日下著小雨，來聽道的人很少。只有林啟禎、林助、蕭知和他，四個人圍在劉乾身邊煮水泡茶，如常說些近來山裡的事。不知是誰先開始的，可能是劉乾或林啟禎，談話內容漸漸從日本巡查本身的惡行到如何趕走日本人，最後結論竟是除了殺掉日本巡查，沒有別的辦法。

他先是事不關己地聽著，相似的話題他聽過好幾次。等到他們具體討論怎麼實行這個計畫，他才發現這次的談話內容有些不尋常，比之前「恨不得殺了日本巡查」的言論，又往「怎麼殺除」更邁進一步。他想，也許是劉乾他們對之前說的已經膩了。

他最不理解的是蕭知。蕭知是外地人，對這裡的事情應該不清楚，卻能說得像自己的事。說他懂，他家鄉的巡查也很可惡，壞事都有巡查的分，巡查該殺。

「阿賜，你會支持我吧？」劉乾突然問他。

「會啊。」他不及細想，慌亂說會。

劉乾向著其他人說：「怎樣？我就說阿賜最支持我。」

這話在他聽來，彷彿曾有他不在的時候，他們討論過關於他的什麼。

蕭知笑：「我也很支持劉先生。」

那笑令他不太爽快，「你是外地人，隨時可以走。這些事跟你其實一點關係都沒有吧？」

蕭知說：「我知道啊，但我想幫大家解決困難。」

這話堵得他不好意思反駁。

林啟禎說：「若成功，可以建立一個朝廷。劉乾先生當臺灣皇帝，其他人當官。把竹林還給竹農，眾人結伴管理山區。」

林助附和說這樣不錯，蕭知也說好。劉乾沒說話，但點了點頭。

這讓他覺得他們可能真的會去做，不只是說說而已。

「動手的人可能會死，應該要謹慎。」他越想越覺得非說點什麼。

「動手的時機，我會卜杯請示神明。」劉乾說。

「如果神明不同意，你就不做嗎？」

「神明不會不同意的。我已有所覺悟，我所遇見的事一件一件把我帶到這裡，這就是我的天命。」

「我是說萬一神明不同意。」

「那我就不動手。」

必須經過神明同意這個結論，讓他自己和其他人退到稍微安全的位置。

可這真是他想要的嗎？安全？

回想起來，談話會走到這個地步早有跡象。

張掇還算常來聽道會的時候，某次結束，張掇跟著他走到樹林裡。

張掇說：「他們講的話讓我感到很不安，不過如果直接就不再去，他們可能會猜疑我想告密。但我真的不會去告密。我想我就是慢慢地，不要那麼常跟他們一起。你也不要聽這些才好。」

他告訴張掇：「但是我打算更常來聽他們說。」

「為什麼？你不用這樣啊。」

「我答應乾仔了。」

「劉先生不是壞人，但我總覺得他帶給你很大的痛苦。你不喜歡的話，可以不要理他。已經有很多人跟隨他，不差你一個。像我起初，也只是剛好在這邊的紙寮做工，每回頭家問我要不要一起過去聽劉先生講道？我想也就幾步路，劉先生還幫我治過病，不好意思不去。但是吃了幾回免錢飯菜，添了情面，更感覺不好意思。何況我知道劉先生希望多點人去。我就想，聽做人的道理也沒什麼不好，盡量還是去。來來回回，人情義理結果也是算不清。現在回想，臉皮厚一點也沒關係啊……」

「其實若真要算，乾仔虧欠我的還比較多。你可能會想那樣不是正好，不用顧慮，但我不是因為不好意思才來的。」

「你自己想來？」

「是啊。」

他想用真誠來回報張掇的好意，但更多的他也不知道要怎麼說。那是一種無法不在這裡的感覺，走遠了就覺得自己好像會失去什麼。

「抱歉，這樣是我誤會。我以為你和我相同。」

後來他還是常去，張掇因為越來越少去，漸漸被排除在那些人之外，連身為外地人的劉順、蕭知，都比張掇受到接納。那些人的關係越緊密，他就覺得張掇或者張掇所代表的想法離他越遠。

他究竟選擇了什麼？是否會因為這樣而捲入麻煩？這些問題不是沒想過，只是想了頭就痛……

有一次張掇來，沒有人說起日本人的事，像是故意不要讓張掇聽。劉乾主動提起，問大家：「有沒有想過，不要讓日本人管？」

張掇第一個回答：「如果能那樣是很好，不過我們又能怎樣？以前民軍手中有槍都輸那麼慘，何況現在？除非日本人自己離開。」

「其實有一段時間，民軍有打贏，是日本人的援軍又來，局面才改變。」

「所以人數也是很重要。」

「這裡沒幾個日本人，可是我們同樣很聽日本人的話。」

「因為若不聽話，外頭還有很多日本人會進來山裡面。」

劉乾說：「我可以召陰兵，我看見這山裡有許多孤魂，一樣能成千軍。」充滿自信的表情，讓人幾乎不能懷疑。

陰兵的說法吸引了劉賜。他嚮往地看著劉乾，發覺自己期盼這樣的事。腦海中就真的有許多陰兵從山林草木之間站起來，沒有表情，不知時代、男女、老少，純粹是靈，形態飄忽，意志卻是篤定的，紛紛往某個方向聚集。

他們走出來時，他已預料到張掇會拉他到沒有人的地方抱怨。張掇也確實這麼做。張掇很氣憤地對他說：「劉乾說的話，我完全不信。你想，劉乾若有這種本事，怎還會被日本巡查打？」

他默默聽著張掇批評劉乾。張掇說，劉乾帶給眾人的，連正道都稱不上，僅僅是迷信。

「那些人都像瘋了。阿賜兄，拜託，你不要跟他們一樣。」張掇面對他的沉默，從激烈的批評漸漸軟化下來，變成了哀求。

面著張掇幾乎要哭出來的表情，自己竟冷笑了一聲。其實是笑自己，但張掇怎麼可能知道。

張掇就不再說，只用那可憐著什麼的眼神看他。

這一年即將結束的時候，劉乾先是翻閱《百年經》，配合卜卦結果，訂出起事日期。相約起事的眾人一齊到國聖爺廟卜杯，劉乾沒有獲得神明的允許，只好作罷。那之後，眾人檢討，認為在國聖爺廟問這件事實在危險，恐怕走漏消息，改求了香火袋回來供，往後就直接在劉乾的草庵對著國聖爺賜的香火袋請示。適合起事的日子沒有想像中多，還要配合卜卦結果。過年前只再問了一次，國聖爺猶不允許。

蕭知說他很失望。其他人沒說什麼，彷彿這是一件小事，照常過日子，忙過年。

劉賜的內心分裂成兩個，一個想如往常一樣地活，感謝神明沒有允許劉乾起事，讓一切談論停留在幻想；一個想看看劉乾是不是真的可以對這個世界展現異能？光靠他自己無法做出決定，只能把決定都交給神明。正因為頭殼沒有真正壞去，明白利害得失，知道這世道是日本人的「術」占了贏面。那些過往他曾相信的術法咒語，在日本人帶來的技術面前，都已經變成相當陳舊、散發著腐敗氣味的幼稚東西。就像他阿爸雖然也還拜神明，但其實最信的就是日本人，有的人總是追逐著法力高強的東西。

好幾次，他夢見自己回到那棵樹下，將自己藏進樹洞裡。他知道等一下那個人就會來了，會餵他吃他不想吃的。儘管那可能是一種拯救，但他不要的。這麼說他應該走開，盡可能離那樹洞越遠越好？這樣一想，又爬了出來。然而在看不到盡頭的樹林裡，他走沒幾步，又因為更深的恐懼而回來。這棵樹是他在夢中唯一感到熟悉，能可辨認的，再走遠一點，他可能會連這個樹洞都失去。

他將自己又藏了回去。醒來時總不記得自己最後有沒有再遇見那個人，不記得的臉也仍是不記得。心只殘留著在樹林裡反覆離開、徘徊、躲藏的慌張。他害怕這個夢，又沉湎於這個夢。

舊曆正月過年時，劉順、蕭知兄弟倆都沒有回鎮平庄。蕭知結束在他這邊的工作後，就搬去和劉乾同住，幫劉乾打掃內外，聽差遣辦事。那是以前林助做過的，但林助只是經過時看一下，蕭知卻是整天待著，做得更多。蕭知告訴他，在找到下一個工之前，想整天跟在劉乾身邊，就能學得更快更多。

正月初六那天，林助來傳話，說劉乾找他。

劉賜過去劉乾的草庵。劉乾給了他一面三角形的黑旗，小小的，比他的手掌大一些而已。說是國聖爺賜的靈旗，能保護他，讓他帶回去枕在蓆下保管一段時間，保管至何時沒說。

「你是不是看到我有什麼危險？」

「還不一定，你保管一段時間再說。不要自己嚇自己。」劉乾說。

蕭知從外面回來，對劉乾點了個頭。兩人似乎發生過什麼事，彼此間沒說話。蕭知送他出門，劉乾就只站在門口。

蕭知陪他多走一段路，路上跟他說：「我跟劉先生吵架，劉先生氣得說要趕我出去。我也不是沒地方住，我阿兄那裡就可以啊。可是我怕無法繼續學算命、咒術，只好向劉先生乖乖認錯。雖然認錯了，我們還是有些沒話說。」

蕭知在說的像是他完全不認識的人。蕭知說若沒聽從劉乾指示，劉乾會突然變得非常兇惡，不只要趕他出去，甚至威脅要打死他、咒死他。他記憶中劉乾的「生氣」，遠不到會被形容為兇惡的地步，而是另一種心細的銳利。他懷疑蕭知誇大了部分事實。劉乾看起來不像打得贏蕭知，打死蕭知的威脅聽起來十分荒謬，但他也不覺得蕭知有意要說謊。

「奇怪。」他說。

「反正我過兩天就要回庄。出來太久，得跟我們那邊的保正報備一下。跟劉先生暫時分開一陣子也好。我元宵節前會回來，屆時可以去找你遊玩，借住一晚嗎？」

「可以啊。」

他以為自己跟蕭知沒有熟到蕭知會來找他玩的程度，他也不知道自己跟蕭知要做些什麼才算有玩到。蕭知依約來找他那天，他帶蕭知四處看看，其實這些地方蕭知做過工，也都熟悉了才對。

一處山崙有幾棵會開花的樹正盛開，粉紅色、白色花瓣的顏色在整山的墨綠之間顯露出來。蕭知指著那顏色，要他帶路。他們為此走了一段長路。當蕭知終於很近的，看到那幾棵盛開的樹，並不特別會認。他對蕭知介紹，說這是山櫻、這是梅、這是李，他想這大概就是玩。

蕭知聊起回庄路上的事。

「我去北斗街吃清冰。雖然天氣有點冷寒，幸好還是有人賣，算我運氣不錯。我以前在那裡做工時就愛吃，還被我阿兄念說可惜，貴又吃不飽，不如去吃素麵還是肉圓。我跟我阿兄說，沒賺錢的時候還能去挖番薯，我就是要吃這個，才有賺到錢的感覺。」

「因為不是為了餓去吃？」

「是啊，頭家你很瞭解嘛。而且真的好吃。冰角咬起來刺激，糖水又甜香。」

「我沒吃過。」

「另日你來我們庄玩，我帶你去吃。」

「你都是怎麼來我們這裡的？」他問了這樣的問題，不是問怎麼去。

蕭知說從他們庄往東走，也就是向著八卦山脈的方向，可以到田中央驛[2]。從田中央驛沿著鐵路往南走，到了二八水驛[3]，再找一個叫做香櫞腳的渡口過濁水溪[4]。那附近水勢較緩，有兩塊沉積而成的沙洲將溪水分隔開來。現在水少，可以拿竹篙插溪底，涉水走過去。水多時，就要搭渡船或是坐木桶讓人拉到南岸。

「從林圮埔出發的話，就是反過來走而已。」

劉賜一邊聽著一邊想，自己是不會去的。可是蕭知所說的內容依然吸引他，勾起他種種的想像。

「沿著鐵路走的時候要小心。鐵路是有火車在走的，不要被撞到了。」蕭知提醒。

他意識到蕭知講的不是臺車在走的輕便鐵路，而是縱貫線。好奇問：「你看過火車嗎？」

「看過。」

「坐過嗎？」

「沒坐過。」

「中間有一段路是沿著鐵路走吧，為什麼不坐火車？」

「走一下就到了，浪費錢。」

「可是吃冰的時候，你不覺得浪費？」

「那不一樣啊。火車雖然也有設三等車廂，稍微存一點錢，不是出不起，但是花錢去證明自己不是頭等人做什麼？不如沿著鐵路走，火車經過時，不論哪一等車廂都有機會看到。你知道嗎？有的頭家會用火車載苦力去做工，我看過這樣的火車，前面車廂只坐了幾個穿著體面的人，座椅看起來又大又舒適，後面車廂卻擠滿一大群苦力……鐵路應該能替某些人賺很多錢吧？可是蓋的時候也是徵調保甲役去做，並沒有給工錢。這生意會不會太好做？」

蕭知說著說著，不只是在說不坐火車的理由，而是討厭火車的原因了。蕭知的結論是，人如果清楚感受到身分地位的差別，知道自己被欺負，就很難快樂。不知道自己活著是為什麼？所以他懂劉乾、林啟禎對巡查的不滿。

「我並沒有不懂。」他說。

「那你為什麼時常要阻擋呢？」蕭知問。

「我有嗎？」

「有啊，很明顯。」

---

2 田中央驛為今彰化縣田中車站前身。

3 二八水驛為今彰化縣二水車站前身。

4 香櫞腳又稱香員腳，約今南投縣竹山鎮西北部濁水溪流域一帶。

「我不覺得。」

「你看起來像是怕被劉先生討厭才勉強配合，你怕輸給我們其他人。」

「我現在有點明白你為什麼會惹乾仔生氣。」他感覺自己也要生氣起來。

「別這麼說，我可是很盡力要跟大家親近。」

「何必這樣？」

「我討厭不會改變的東西。」

「這又是在說什麼？」

「人如果一直裝傻，就什麼也不會改變。」蕭知說。

這話觸動了他內心一下。

「你替我做工的時候，講話好像沒這麼直接。」

「當然啊，那時你算是頭家，我也還不太認識你。」

回到工屋，劉賜從床蓆底下拿出當初劉乾交代的靈旗給蕭知看。

「有一陣子我常做眠夢，都是很相似的夢。放了這面旗之後就沒有了。」

「聽起來這面旗有靈力。」

「給你帶回去，換你保管好嗎？」

「不行，這是劉先生給你的，我怎可以拿。劉先生若知道，又要生氣了。」

晚上他讓蕭知跟自己一起睡，要蕭知也感覺一下那靈旗是否有什麼作用？

「說不定等你醒過來，就想跟我討這面旗。」他假裝開玩笑，其實真想把靈旗送出去。對他來講，沒有夢比有夢還可怕，因為無法分辨是煩惱真的被驅除了，還是雙眼被遮蔽起來所以看不見？

蕭知睡在他旁邊。他想到自己當初怎麼跟劉乾說的，「習慣一個人睡」，這種話要怎麼讓人理解。他總是也會感到寂寞，想與人親近，但也無法讓別人靠自己太近，不管是身體或內心。他只能設法抓著看不見的線，盡量讓緣分不要消失，卻又明白自己無法與任何人長久在一起。他想像過跟阿蕊姊在一起，也想像過跟劉乾在一起，若他們之中的誰願意。那樣的想像並沒有讓他特別想要實現，也沒有絕對不行。他想著，心裡會痛。明明沒有開始過，卻像早已經歷好幾回，知道再靠近一點，失去平衡，就必然有什麼要破滅。他想他如果只活在自己的世界裡，應該可以不傷害誰，也盡可能不被傷害地活下去。

他聽著蕭知睡去的鼻息，有一種衝動，想告訴蕭知，親近人沒那麼容易。

這一天晚上，他夢見了他從沒去過的北斗街，那顯然是受到白日裡蕭知說的話影響。在夢中，明明是從未去過的陌生地方，卻知道這就是北斗街。他在一間廟邊的攤車旁，在冷天裡，吃著未曾吃過，混著糖水、細碎的冰。廟的後方有一墳塚，他吃完去看。墳塚前，一個不認識的人對他說：「這裡收容無主屍骨，埋了許多戴萬生起事時死去的人。」

他說：「真可憐。」

那個人嘆了一口氣說：「你也是可憐人。」聲音聽起來熟悉。

他仔細看了看那張臉，不知何時換成了劉乾的臉，是劉乾站在那墳塚前。

早上起來，他跟蕭知說，他又做了夢。

「可能因為你在的關係。」

蕭知說：「是嗎？我什麼也沒夢見。」

蕭知要離開的時候，他問蕭知是不是回去劉乾那邊？蕭知說接下來會輪流借住中心崙或大鞍他所認識的本地人家裡。

「這也不是長久的辦法啊。」

「你誤會了，我沒有在閃避劉先生。只是剛好最近比較有閒，想四處拜訪朋友而已。」

二月初四夜

舊曆二月初四日，劉乾新買的《百年經》上另寫著新曆對應的日期，明治四十五年三月二十二日，金曜日[1]。劉乾盯著那上面的字想，這似乎不能說是有什麼特別的，尋常的時日，土地公生、文昌帝君誕辰才剛過。然而一早醒來，他卻覺得今日有些不一樣。他走出草厝，讓身體埋進晨霧裡。他已經歷過許多個相似的清晨，山峰、水堀、群樹、草厝被水霧籠罩而不再有完整的邊界，亦彼此互不關聯。在霧裡，他時常覺得他的身體有某種改變，不只是表面的濕潤，好像他自己也變得非常模糊。因為這樣，而覺得什麼事都是有可能做到的。

現在這裡只有他一個人，跟活著有關的事，都還沒進來。他盤腿交疊端坐在熟悉的那棵臨崖老樹下，雙手合十，默念了一回經文。以往這種時候，他的心是空的，以為自己還可以活下去。可是，這一天，實在有點不同。誦經時他流下淚來，好像這也拯救不了他，拯救不了誰。

他回到草庵，對著神桌上從國聖爺廟求來的香火袋，燃香祝禱，卜問能不能對日本人動手？

他連得了三個允杯。這是從去年末開始決定要問這件事以來，得到最果斷回答的一次。那是毫無疑問的應允，如此神妙的時刻，旁邊卻一個人都沒有。

他想找個人說，遂往林啟禎的紙寮走去，以為可能遇到劉順，因為劉順時常很早就來。

但這一天站在石槽前的卻是張掇。

他知道張掇是信眾之中那個比較不信的，一瞬間他想不應該浪費這個見證，不應該第一個跟張掇說。張掇開口向他打招呼的時候，他很快轉變了念頭，思想自己先遇見張掇莫不也是天意？於是鄭重告訴張掇方才卜問的結果，邀張掇一同對日本人起事。

「你會出現在這裡，必然有屬於你的天命。」

張掇一點也不躊躇地拒絕了他，「我會出現在這裡，是因為我本來就要來這做事，只是今日剛好來得較早。」

「這個『早』就是天意。這麼清楚的安排，你再詳細想，就會明白。你在日本人那裡看到的妨礙了你，致使很多事你感受不到。」

「劉先生，你平常在講的道理都很好，就是遇到日本人的事就變得很奇怪。你可知道自己在說什麼？你說的事會害死很多人，你怎能那樣說出來？如果有天意，一定是要我在這裡阻止你。今日站在這裡的若是其他人，恐怕就聽你的話去對抗日本人了。」

「你不曾想過，若成功可以解救多少人？以後大家都可以過好日子。」

1 明治四十五年：一九一二年。金曜日：星期五。

「想了又怎樣，根本就不可能成功。你別再鼓動別人，這件事我不會說出去。你可以相信我，我無論如何不會害自己的朋友。」

「我相信你，你卻不曾真正相信我。」

「你說的若有道理，我還是會聽啊。」

「聽起來比較像是我說的都沒道理。」

「不是這樣。」張掇顯出苦惱的樣子。

劉乾仔細端詳張掇的臉，細微但逐漸清晰的靈感從他意識中冒出來。那是尚未發生的命途裡，不知始末的一小截線索，另一種方向，足可並行，亦不妨害他計畫的辦法。

「這樣吧，有一件簡單的事我想要你去做。只要你有做，就算是信了我一回。」

「原來你說的那件事呢？你不會去做吧？」

「我也聽你的，不會。」

「我要先聽聽看，你要我做什麼事？」

「你明日天亮前離開中心崙，午時之前回來。你去的地方一定要讓人看到，回到中心崙後，也要讓人知道。我講的每一件事都不可以遺漏。」

「後日中心崙有戲班要來，我明日本來就要去猪頭棕接親戚過來看戲。但是你為什麼要我做這些？」

「之後你就會明白。」

「可是不知道原因，我感覺怪怪的。」

「講破就不靈驗，總之是好事。」

「我如果沒照你說的做，又會怎樣？」

「問這麼多。你這個人沒辦法把自己交給別人安排呢。」

「大部分的人都是這樣啊。」

「但你連一個早上的事都能問東問西。」

不多久，劉順來紙寮上工，說自己今天睡晚了。他們止住原先話題，三人聊了些閒話。

林助從中心崙送吃的過來時，劉乾叫林助去通知劉賜，攜帶先前交代的靈旗到林助家等他；也要林助去通知其他幾個常來聚會的信徒，說他得到靈感，半夜要開壇講道。

林助應承的時候看起來不甚用心，劉乾又提醒一次：「這次開壇很重要，盡量把大家都叫來。」

「半夜的話，有的人可能會先睡過再來。」

「這樣要是屆時沒人來，也不方便再去叫。還是請他們盡量天黑前就來，可以借你家的房間讓大家歇睏嗎？」

「可以啊，之前不是也這樣過？擠一下應該可以。」

林助出發後，劉乾久違的在白日下到中心崙，走進林助家，回到那間他曾想著可以改變往後人生的租房。阿蕊姊一個人坐在神明廳，看見他嚇了一跳。

「怎會這個時候回來？」

「思念妳啊。」

「哪有可能。你甘願不曾認識我吧？」

「怎會呢？」

「你叫我搬來這，將你阿母也接過來。這裡像一個家的時候，你就逃走。」

「那是因為日本巡查。」

「我一開始也這麼想。後來我察覺，不是這樣，是那個日本巡查終於讓你無掛慮地逃走。」

劉乾怕他們講的話被阿母聽到，便問阿蕊姊：「阿母呢？」

「回新寮街處理一些事情，明日才會回來。」

他一聽，想這也是天意，就不用跟阿母解釋他將要做的事。他抱住阿蕊姊。阿蕊姊提醒他，阿若應該在家。

他們還是進到房間裡，關起門窗，爬上床。

陽光穿過窗隙，落在阿蕊姊蒼白圓潤的右乳上，他看著那一方明亮，將阿蕊姊的身體再扳過來一些，讓左乳也能照到陽光。

「讓我更加歡喜一些。」阿蕊姊像是下命令一樣，釋放了他內心所積壓，無法釐清的善念、惡念。

完事後，他告訴阿蕊姊半夜要開壇的事。

阿蕊姊說：「開壇前不應該做這種事吧？」

他答：「這次例外。」接續說了得到國聖爺允杯的事。

「殺日本人的事你若不問，神明也不會指示。你們就不必去。」

「我有感應才問的。」

「你怎不問問菩薩的意思？」

「殺生的事，怎好問菩薩。」

「聽起來根本是你自己的意思。」

「我是照天意。」

「你自己的想法呢？」

「我要做的事可能會被稱讚，也可能不會被原諒。但只要有人不能原諒，應該就沒辦法說是好事吧。我明知如此，還是沒辦法不做。我感覺得到時機，也許只有我感覺得到，那是絕對不能閃避的。」

「你說的時機是一定會成功的意思嗎？」

「不是，只是必須發生。發生了也不一定比較好。」

「我若阻止你，也是有可能會被稱讚，也可能不會被原諒吧？」

「嗯，所以妳可以什麼都不做。」

「你有聽過林阿生這個人嗎？」

「沒聽過。」

「他出賣民軍，投靠日本人。結拜兄弟都死了，他卻活著過好日子。」

「為何提起這個人？」

「這是我無法原諒的人。如果你一定要做，我想要他去死。」

劉乾看著阿蕊姊說想要某個人去死的臉，忽然覺得自己並不了解她。他以為阿蕊姊會苦勸自己，因此也準備了許多說辭，此刻卻用不到。阿蕊姊聽起來像跟他站到同一邊，然而實際的感覺卻反而遙遠。說要一個人死，彷彿只是見他今天欲到街上買東西，又順便叫他帶回一樣她原本就想要的。

「你是怎樣？看我的表情好像在說殺人不對。你自己不也是要做同樣的事？若沒有這樣的覺悟，那還是不要做。」

那言語令他又找回一點他認識的阿蕊姊。

他穿好衣服，梳整頭髮，恭敬對阿蕊姊一揖，說了聲：「抱歉。」像兩人關係的總結。

「你抱歉什麼？」

「是啊，我在抱歉什麼？」他笑，「這件事會順利的，妳說的那個人我也會想辦法解決。」

走出房門後，他準備開壇要用的供品，布置神桌。阿蕊姊去通知阿若晚上的事，兩人一起準備晚飯。

天黑前，林助尚未回到家，劉賜先到來。

劉乾將劉賜帶來的靈旗穿過竹竿，豎立在神桌前。

劉乾見劉賜盯著那掛起的靈旗有些失神，問他：「最近好嗎？」

劉賜愣了一下說：「很少眠夢。」

「那樣你覺得是好還是不好？」

「我不知道……」

劉賜似乎還有話欲講。此時劉順在門外喊，說帶了剛到此地的堂弟蕭溪一起。

蕭溪站在門外，跟著劉順向劉乾打招呼，神情裡還有些許少年樣的稚氣。出現意料之外的人，劉乾雖感詫異，又想未必是壞事。

他問劉順：「你堂弟怎會來？」

劉順說：「大坑的紙寮缺工，我就介紹他來，前兩日到的。我叫他以後跟我們一起聽您講道。」

劉乾邀劉順、蕭溪趕緊進來坐，請他們吃桌案上的點心。問起蕭溪一些幫人做工的經歷，也說自己的。

劉賜在旁邊站了一時，而後默默往外走。劉乾一邊和蕭溪說話，一邊從開啟的門和窗望見劉賜仍在埕內，遂安心。

他跟蕭溪講得正熱。劉賜帶蕭知進來，說是剛好看到他經過，就叫他。

蕭知看見阿兄劉順、堂弟蕭溪都在這裡，顯得很高興。拉了一把圓凳靠過來坐，與他們一同閒聊。

劉乾問蕭知：「你幾時要回來住？」要讓蕭知明白他仍將他視為弟子，如家人。

蕭知說：「再過幾日吧。這一陣子我借住不同朋友的家，也很有趣味。」似是玩得開心，同他說話的神態不像仍有什麼芥蒂。

林助帶著林啟禎一起回家時，看見蕭知，大嘆：「原來你已經在這，害我找好久。」

「辛苦啦。我最近沒幫人做工，整日亂走，比較難找。」蕭知說。

不將蕭溪算在內，人來的比劉乾預期中少。有幾人說要來沒來，有幾人請林助轉告說會比較晚到，林助的後爸林逢和弟弟林木也待在朋友的紙寮幫忙趕工，不能確定半夜是否會回來。然而，若只是要對付頂林派出所的巡查和巡查補，這樣的人數已經足夠。

眾人一起吃過飯，天色也完全黑了。

劉乾對在場的人說：「今天半夜會比較忙，累了的人可以先去睡。我等一下叫你們起來拜拜。」

林助領著眾人到不同房間休息。劉順、蕭溪睡劉乾母親的房間，蕭知睡林助的房間，林啟禎睡林逢家那邊的空房，劉賜則到劉乾過去單獨睡的房間休息。

劉乾走進林啟禎休息的房間，兩人單獨說話。

「我今天早上卜到三個允杯，國聖爺已經指示可以動手了。不過，這事要大家出力。等一下半夜開壇時，我會在大家面前說這件事。」

林啟禎露出受驚嚇的表情，很快又鎮定下來。

「我年紀大了，如果真的要動手，我去可能會拖累大家。」

「動手當然是年輕的去。只是平常時大家雖然都罵日本人，真正說要起義卻不一定會贊成，屆時需要你幫我講話。」

「這沒問題。我聽說等三菱的紙廠正式開幕，日本人就不會再允許我們做紙，是應該趕緊動手。可是真拚得過嗎？」

「你放心。這是天時，不可錯過，要翻身趁這次。」

劉乾走出林啟禎休息的房間，又分別找了蕭知和劉賜，講了同樣的事。對他來說，這是這件事要成，絕對不能欠缺的三個人，也是必須先知道計畫的三個人。他找蕭知的時候，避開了林助。在他的觀察裡，有的人適合先知道，有的人只要當場決定就可以。蕭知雖顧慮蕭溪在這，也很快就同意今晚開壇起義。但在劉賜那邊，他遭遇到困難。

劉賜說：「乾仔我……其實不想殺那個巡查。」

「你現在才說已經來不及了。」

「我說過，說了很多次，說我跟日本人沒有什麼過節。我以為你了解。」

「我頭一回跟你說我的想法時，你沒反對，後來幾次大家共同討論，你也沒反對。」

「我有說應該要謹慎吧？你也知道，我不想在大家都很憤慨的時候說太過不同的意見。

我以為你們不一定會真的去做，就算要做，我也會有更多的時間可以考慮。我不能做這件事，這樣會連累我家裡的人。」

「我們若成功，你家人不但不會有事，還會過好日子。」

「你不知道，日本人很厲害。」

「我怎麼會不知道，我以前當過憲兵隊的苦力。就是因為大家都這麼想，才讓一個日本巡查管我們這麼多人。山裡跟平地是不一樣的，我們很有機會。我們成功之後，其他地方的人也會響應。只要三天，就可以改變臺灣。」劉乾雙手扳住劉賜肩頭，想將這份信心傳遞給劉賜。

「已經很多人能替你去了，為什麼非要我也去？」

「這是你的天命，我不能說得太明。」

「天命太過虛幻，你騙別人也就算了，何必騙我。我只知道這是殺生的事，不是誰都有辦法。你真要這麼做？」

「對，我要做，你也要做。你不去做，我就對你下咒，你會死，下輩子也不能當人。」

「那你直接對那個巡查下咒不就好了？」

「下咒殺人沒人看得見，這樣眾人不會覺醒。日本巡查若是被臺灣人拿刀殺死，其他人看到才會跟著反抗日本人的統治。」

劉乾發現自己終於變成徹頭徹尾的騙子，但他又覺得自己說的是實話。他不能承認自己對咒殺人這件事的無把握。即使能成，一個日本巡查病死，不會撼動什麼，因為誰都可能病死。他認為用眼睛看得見的反抗，才能達到改變世界的目的，才會有更多人加入。這也是他說服自己的理由。只是他分不清，是先有了這個理由所以去做，還是因為想做，所以在令人疑慮的地方想好了理由？

「殺人是會下地獄的吧？不會下輩子不能當人嗎？」

「為了建立自己的國家，殺人是可以的。沒有時間了，你需要休息，現在去睡就是。」

他推著劉賜上床，拉過被子一角蓋住劉賜身軀。

劉賜似乎受到巨大打擊，以脆弱的表情問他：「會成功吧？」

「會啦。」劉乾說，他想他的臉上應該有笑容，因為他是想對劉賜好的。

劉賜聽了，閉上眼睛。

劉乾離開劉賜床邊的時候，感覺自己雙腳都踩進了地獄裡。

他去阿蕊姊的房間躺。阿蕊姊沒進來睡，說是要幫忙等人和避免他們全都睡過頭。他聽見阿蕊姊、阿若姊在神明廳聊天，偶爾傳來壓低的笑聲。不禁動念，若我真的只開壇講道，一切都還會延續下去，這就只是個平靜的夜晚，接續平靜的早晨。我不用逼迫阿賜，明天阿母也就回來了。

然而他很快就意識到，自己不可能放棄這個神明指示的機會。他太渴望改變，如果不在此時岔出一條新的道路，他必定會重複被困在原先的命途循環裡。不只他，其他人也是，儘管在那個循環裡面，也有他想要珍惜的人和關係。

等到深夜裡的第一次雞鳴，劉乾從床上起身。阿蕊姊剛好打開他的門，說林木回來了。因紙寮仍有事，林逢沒跟林木一起回來，其他原本說要晚點來的人也還沒出現。

日子已算是二月初五。神明廳燃著油燈，瀰漫焚香味。

眾人聚在壇前，有幾個人臉上仍有睡意。

劉乾告訴大家連得國聖爺三個允杯的事。

「如今神意相當明確。因此今天開壇並不是要講道，而是要執行先前在國聖爺面前約束好的事。若不能執行國聖爺的旨意，接下來此地必定會發生瘟疫，眾人皆難以存活。」

這麼一說，還想睡的人也清醒許多，出現一些議論的雜音。

劉順說：「但是溪仔原先什麼都不知道。」

「他可以不參加，但是要在這裡等事情結束，避免消息走漏。」

林啟禎依約替劉乾說話：「劉先生是有神通的人，能預知未來，大家應該聽他的。先前不知有多少次，大家都說恨不得要殺頂林派出所的日本巡查，怎能事到臨頭，又在那邊三心兩意？」

劉乾說出他曾在夢中獲得印字的事。他訴說那個夢境的細節、神妙之處，知道眾人需要神蹟，需要一個好兆頭。

「天意早有安排，才賜予我印字，大家將來會有好日子過的。」

眾人聽了，已有些要贊成的神色。

劉賜卻提議：「但我們都沒有看見你說的三個允杯。不如在這裡再卜問一次如何？我們平常都拜觀世音菩薩，也應該聽聽菩薩的意思。」

阿蕊姊附和：「阿賜講的有道理。我們既然在觀世音菩薩面前開壇，不該沒有問過菩薩就行動。」

劉乾不甘示弱：「也可以，那我們就請示菩薩。」

林啟禎連忙勸阻，認為不該過度卜問。萬一神明的旨意不同，將不知該聽誰的？

劉乾要林啟禎放心，說不同有不同的處理方式，但他相信天意一定相同。

劉乾點香，對觀世音菩薩說明原委。筊杯落地的聲響，在夜裡聽得特別清晰。一次又一次的肯定，他連得三個允杯，加上早上三個，就是六個了。

蕭溪大喊：「是真的。」

林助說：「連菩薩都贊成，那真是天注定，怪不得誰了。」

再沒有人出聲反對。

劉乾說明他的計畫：天亮前襲擊頂林派出所，殺日本巡查。天亮後襲擊林圯埔支廳，接下來破壞通往林內的鐵路，斷絕對外的聯繫。

劉氏若問：「劉先生，這會不會太危險？」擔憂她兒子林助、林木。

「我們是聽從神明的指示。這也是在場眾人的天命，不可違背。成功了，有能力的人可以做官，想耕作的就取回自己的土地繼續耕作，大家都能安居樂業。」劉乾無法對劉氏若保證不會有事。他看了看阿蕊姊，阿蕊姊沒有要說話的意思，只拉住劉氏若的手安撫著。

「對啦，不要違背神明的意思。瘟疫比日本人可怕。」林啟禎說。

「我不是要違背神明的意思……」篤信菩薩的劉氏若喃喃自語，像是接受，又像仍猶豫。

「我想跟你們一起去。」蕭溪忽然開口說。

「不行，你對這裡不熟。」蕭知說。

「我跟著阿兄你們就好，而且你們需要人吧？我不想錯過這麼好的機會。」

蕭溪自願參加對劉乾來講是再好不過，他勸蕭知：「不要緊，讓他跟著。人越多越好。要做就盡全力去做。」

「我們就一起去，互相照應。」劉順出聲同意。

蕭知未再反對，又問：「派出所裡除了巡查，通常也有巡查補吧？巡查補要殺嗎？」

「看情況，抵抗就殺。」

因著山裡行走的習慣，大部分的人都隨身帶著自己慣用的鐮刀或劈柴刀。劉乾要林助、林木把家裡的刀具也都拿出來，讓眾人揀選，看要使用自己的還是林助家的？選好用磨刀石再磨一下。他自己換了一套青色衫褲，戴上青色祖師公冠，並拿出兩個紅色道冠、兩條青褲、一件白衫、一件青衫，分別讓劉賜和蕭知換上。這些頭冠、衫褲都是去年底確認眾人有意起事後，為了今天而準備的。

「一定要穿這個？我還是比較習慣穿自己的。」蕭知問。

「一定要。這是靈衣，青色代表太陽，白色代表太陰。我已施過咒術，能可隱身、避彈。」

劉賜換好問他：「你現在還看得到我嗎？」

「還看得到，其他人也看得到。那是遇到危險時才會幫助你的。」

劉乾領著眾人一起拜神。將劉賜、蕭知叫到壇前，任命劉賜為主先鋒，也就是眾人的領頭，蕭知為副先鋒。

劉乾在他們胸前繫上可以護身的青黑二色布條，發與印有夢中印字的兩把白色摺扇，並取下原本插在竹竿上的靈旗，繫在蕭知的衣紐上。因他心中另一項考量，這面靈旗不能繼續留在劉賜身上。劉賜看著他動作，也沒問。

劉乾說明：「搧動摺扇也可以避彈。靈旗是國聖爺賜的，同樣能夠護佑，都一定要帶好。」

林助問：「我們其他人沒有靈衣，也沒有摺扇，該怎麼辦？」

「先鋒衝在前面，就能保護後面的人。記得要趁天亮前完成，事成趕緊離開。」

此時楊振添也來了，聽了他們的計畫決定加入，說這是他一直在等待的機會。

劉乾算了一下，說：「剛好七個人。」

「劉先生不跟我們去嗎？」林助問。

「我在這裡作法，對付林圯埔支廳。我們分頭進行。」

天色還是黑的，蛾眉一般的新月在他們睡覺時也早已沒入了西方。林啟禎點起燈籠，說他家後面的竹林斜坡可直通派出所。劉賜帶領準備襲擊頂林派出所的同伴，跟著林啟禎回家，又從他家後門出去。林啟禎指出路頭，帶他們走一小段路就離開，說剩下的路程很簡單，他們可以自己走。

劉賜沒有反對，他已經知道該怎麼走。他拿著火把走在最前面，成為唯一的光源，剩餘六人一個接一個跟在後頭。眾人都很沉默，只不停走著。每一雙腳踩在地面堆積的竹葉上，發出細微的沙沙聲。

劉賜的頭還有些痛。他因為事先知道劉乾的計畫，根本睡不著。劉乾來叫他時，他感到絕望，竄出趕緊殺了那巡查就沒事的念頭。看見觀世音菩薩的神像時又生出希望，暗自祈求菩薩替他阻止劉乾，結果卻是相反。他不明白為什麼自己想的，會偏離神明要的、劉乾要的、其他人要的。

竹林裡起了茫霧，劉賜感覺有人走到他身邊。他想看清楚，那人又後退了一些。他想他後面應該是蕭知，便問蕭知：「怎麼了？」

蕭知說：「沒事啊。」

「你方才跑到前面來。」

「你在眠夢嗎？我一直跟在你後面。」

劉賜想或許是火光造成的影子讓他誤會了。但過不久，他又再次感覺到有人走在他旁邊，這次感覺更強烈。他一轉頭，竟看見張掇的臉。

「你竟然也有參加？」

張掇不說話，也不看他，只是在他旁邊，跟他用同樣的速度行走。張掇的行動很輕巧，腳步沒有聲音，劉賜跟他一起走著也不覺得擠。

張掇不願說話，他也不再問。他還以為張掇不可能會參與這件事，現在連張掇也來了，他覺得事情不會出錯。他們殺了巡查，三菱沒有靠山，竹林會回到竹農手上，這片山區的人都能恢復原來的生活。

劉賜想像著之後可能的美好，不情願的感受減少許多，決心逐漸變得強烈。

他們抵達頂林派出所的時候，天只些微亮，昏暗中帶一點淺青色。霧也變薄，漸要散去。劉賜提早在竹林中滅了火，深深吸了一口氣，跟後頭的人揮手示意，表示準備動手。

他們翻過竹圍籬，進入派出所的前院。

派出所是橫展開來的日式木造平房，庭院裡種了幾棵樹。一小段接續外面石階上來的石板路通過庭院，與派出所的外推柱廊相接。廊下有門，看起來像是正門。長屋兩邊不知是窗還是門的地方，被某種鬧板封閉住，不能窺見裡面的樣子，看不出人可能睡在哪個角落。

劉賜想問張掇意見。回頭其他人都在，唯獨不見張掇，不知張掇何時脫離了隊伍？但他已經沒有時間思考，深怕巡查先醒來看見他們就糟了。

劉賜將鐮刀伸入門縫，和蕭知合力把正門弄開。他們留下蕭溪在外頭把風，其餘人踩上有些高度的木頭地板，進入屋內。屋裡有一條通往後頭的狹窄走廊，左手邊的房間看起來像辦公室。蕭知進入辦公室查看。劉賜和剩下的人繼續往前走。他們走到底打開門，看見後院，走廊在這裡轉了彎，往右邊走還有一條長廊。長廊邊有兩間房間，盡頭則通往另一間小屋。小屋的門微開，查看之後發現是廁所。

蕭知從辦公室出來和他會合，擺了擺手表示沒有發現。

劉賜想，巡查很可能就睡在這長廊邊的某間房裡。

他們從靠近廁所的第一間房間開始找。這間房間的門沒上鎖，一打開，蚊帳裡有人正要起身，伸出一隻手。劉賜連看清他臉的時間都沒有，立刻衝向前揮刀砍下。砍了發現那個人沒死，還在動。劉賜動作一緩，蕭知補上他的位置繼續砍。劉賜看見蚊帳裡的人快掙扎出來，連忙壓住那個人，其他人也圍上來，都做了點什麼，不只一次有東西噴濺到劉賜臉上。蚊帳垮了半邊，蓋在那個人身上。那個人終於不再動，伸出的手指著牆壁上懸掛佩劍的方向。

劉賜的雙手、衣衫都沾有血跡。掀開蚊帳，發現這張臉並不是他所知道的那個日本巡查，這個人究竟是誰？他剛剛在揮下第一刀的同時，似乎有聽到那個人說臺灣話，「看到鬼」什麼的，他還以為聽錯。難道這個人是臺灣人？這裡如果有臺灣人，很可能是巡查補。

「我們好像殺錯人了。」他說。

此時，隔壁傳出有人活動的聲響。他們跑過去，撞開門的瞬間，一個穿淡色睡衣的男人正挪開對著前院的閘板，穿上木屐。那男人瞥見他們，往前院跳出去。蕭知奔過去從他身後揮刀，沒能砍中。

守在正門的蕭溪，沒注意到有人會從側邊跑出來，也錯過攔截的時機。

他們一群人，有先有後地跑下石階，追到山路上去。在橋邊快要追上的時候，那人甩掉木屐，跳下溪谷邊的樹叢，藏匿進去。林木站在橋上查看溪底的動靜。林助、楊振添、蕭溪走下溪邊土坡，翻找搜索，很快將那人從一處荊棘林間逼出至溪流邊圍住，卻一時沒有動手。劉賜和劉順、蕭知站在土坡上方，聽見被圍住的人以日本話、臺灣話交錯著喊，似是要勸他們想清楚後果。

蕭知直接跳下土坡，揮刀往那個男人的後頭頸砍去。那人的身體往前倒。林助、楊振添、蕭溪靠過去，跟著揮刀亂砍。血漸漸沿著土砂，從包圍的人腳邊流出來。劉賜目睹這一切，感受到他未曾感受過的可怕，儘管剛剛他才做過相似的事。

溪流邊的四人完畢事情，很快爬上土坡，回到山路上。

楊振添說：「這個人也不是先前欺負劉先生的那個日本巡查。」

「頂林派出所的巡查不是只有一個嗎？」蕭知問。

沒有人能回答這個問題。

比起再度殺錯人，意識到他們真正計畫要殺的人可能還在派出所裡，也可能已經發現有人被殺而去求援了，這樣的警覺讓他們趕緊跑回派出所。

一個男人握著佩劍從正門走出來。

劉賜、蕭知離那個男人最近。

「你們幾個有什麼事？」那男人以臺灣話質問他們，帶有明顯的日本口音。

「就是他。」

劉賜認出這個人才是他們原本要殺的日本巡查，他在林子下家見過的。

蕭知假裝無事般地回答：「大人，我們只是打架而已。」向那巡查靠近。

他和蕭知都揮出了刀，其他人也圍上來，一陣亂鬥，共同殺死了那巡查。劉賜瞥見門內好像有一個女人的身影，那女人掉頭跑進去，劉賜單獨追進屋裡。

劉賜站在走廊，看向女人逃走的方向。

他雙腳僵硬，無法再向前走。他實在是不想再殺人了。

「對不住。」他在心裡說，對那可能藏躲在某處，不知是誰的家人感到抱歉。他想放過這個女人應該對起義沒有影響。

蕭知追進來，問他：「怎麼了？快走吧！天越來越亮了。」

「沒事。我看錯，裡邊沒人。」

蕭知聽他這麼一說，跑進後院，繞過辦公室後方的浴室、廚房，確認了長屋另一邊的情況。

「另一邊還有一間房間，不過沒看到人。」蕭知說。

劉賜領著眾人匆匆走原來的竹林間徑回去。隨著天亮，感到精神上的虛脫。他不明白，張掇到哪去了？他問其他人都說沒看見過張掇，反問他是否在竹林裡撞見什麼不乾淨的東西了？

劉賜回到林助家的神壇，除了劉乾、阿蕊姊、劉氏若在那，還有三個劉乾的信徒，黃邱、張祿、張桂，說願意加入這次起義。劉賜同蕭知，跟劉乾報告任務已成，但是不小心誤殺巡查補和另一個不認識的日本人，應該也是巡查。劉乾說本來就是要襲擊派出所，並非為了他個人私怨。這樣做很好，留活口才是麻煩。又說他已派了一隊陰兵前往襲擊林圮埔支廳，讓他們趕快過去支援。

劉乾交代：「攻打林圮埔支廳的時候，除了日本警員，有個叫林阿生的臺灣人，當年曾經出賣民軍，因為替日本人做事而發達，這個人也要殺掉。」

劉賜聽著劉乾的吩咐，對計畫能否成功半信半疑，然而其他人因為成功襲擊頂林派出所，都顯得充滿信心。林助甚至說：「若知這麼簡單，早就應該對巡查動手。」

劉乾說：「不能這麼說，這是神明保佑。」

林助聽了很惶恐地，對神壇拜了拜，說了道歉及感謝的話。

劉賜問劉乾：「張掇到底有沒有參加？我看見他，他卻又突然不見了。」

劉乾只說：「等事情結束再說。」像是很清楚他在問什麼。

他們準備再次出發。

蕭知問劉乾：「劉先生這次也不跟我們一起去嗎？」

劉乾說：「我在這裡作法，召更多陰兵，等一下就去找你們。」

確認外面已沒有聲響，清野等了一陣子才敢從廁所走出來。她原是因為聽見與市的叫喊，要她拿佩劍給他。她找到佩劍才交給與市一會兒，就看見與市在門外跟一群拿臺灣刀，兇神惡煞般的男人們打鬥起來。與市倒下時，一個戴冠的白衣男人似乎有看見她。她拔足狂奔，想著不能被發現還有女兒，不能跑回自己宿舍，便往跟自己宿舍反方向的廁所去，躲在廁所朝外的後門壁邊。

她走出來後，想找陳霖仔幫忙。進到陳霖仔的宿舍，發現陳霖仔躺在血泊之中，僅餘一絲氣息，勉強回應她幾聲就斷氣了。在飯田的宿舍，也沒有看到飯田巡查和靜。她跑回宿舍找女兒，女兒也不見蹤影。

清野崩潰地哭出來，又怕那些人還在附近，可能會聽見。她忍著啜泣，輕聲呼喊女兒的名字：「鈴……」

這時壁櫥邊有些動靜。靜抱著鈴從壁櫥邊的衣櫃後方走出來。那裡有一點空隙，剛好可以藏住她們兩人。

「媽媽！」鈴奔進她懷裡。

靜說她和飯田聽見怪聲。飯田讓她先躲起來，說要出去查看一下，若情況不對，會直接去支廳通報。要她等外面沒有動靜時，去通知川島巡查。她等了一陣子，從躲藏的地方出來，來到川島巡查的宿舍，卻只看到鈴，就帶著鈴一起躲。

「阿姨叫我要安靜，不能發出聲音。」鈴說。

清野抱緊鈴，不停鞠躬，對靜說謝謝。鈴還不知道發生什麼事，伸手摸她臉上的淚水說：

「媽媽，不要傷心。」

清野讓靜和鈴待在辦公室，自己先到門口查看與市的情況。與市趴著不動，露出的半張側臉，已經不能說是臉了。眼球被刺，眼窩和鼻梁之間血肉模糊，頭好像破裂，流了東西出來，脖子、肩膀也都是血。清野蹲下身抱著一絲希望，查看與市的氣息，確認與市已經死去。她無法不想像，陳霖仔和與市死前可能承受過的疼痛與驚駭。她跪在與市的遺體旁，雙手顫抖合掌，誦念佛號。

如果與市拿的是槍就好了，她心痛地想。但與市即使那時叫她拿槍，她也不知道槍彈放在哪裡。與市將槍彈藏在只有他自己知道的地方，避免槍彈被竊取。與市一直提防著各種危險的可能性。

清野怕那些人再回來，這時天色也足夠明亮。她回頭進辦公室抱起鈴，遮住鈴的眼睛，經過與市的遺體，和靜一起前往不遠處的三菱竹林事務所求救。

走在山路上，她聽見三菱紙廠遠遠傳來上工的汽笛聲，知道時間是五點半。因為距離遠，以往還不一定會聽見，今天聽得特別清楚。

事務所無人應門。住附近同為日本人的鄰居告訴她們：「前天不是春分嗎？河野夫婦前天就去林圮埔街參加春季皇靈祭，還沒回來。」

那鄰居聽見派出所發生慘案，趕緊找人幫她們到林圮埔支廳通報消息，讓她們先待在這裡躲藏，並連絡附近的日本居民要小心。

接獲通報後，林圮埔支廳的渡邊和小坂警部補，很快就率領十幾名警員、巡查補，過來現場搜查。

警員們在溪邊發現飯田的遺體。清野陪靜去認屍，飯田的腦漿流出來，耳朵、雙手指掌都斷裂，全身有許多傷處。遺體附近有雜亂的血跡。

靜受到很大的打擊，跪坐在飯田的遺體旁痛哭。

渡邊警部補想瞭解派出所有沒有失竊東西，清野跟著渡邊警部補回去檢查。與市的遺體已被安置好，蓋著白布。清野注視那白布一段時間，期盼與市其實仍在呼吸的希望再次落空。她一一確認放錢與貴重物品的地方，找出與市藏得相當隱密的槍彈，告訴渡邊警部補，並沒有東西遺失。

渡邊和小坂警部補討論之後對她說：「從現場的跡象來看，我們推測兇手不是強盜，很可能是武裝反抗政府的集團。事態相當嚴重，我們要立刻針對派出所周圍展開調查。請問您是否有目擊到犯人？」

她回想過程，想到與市、飯田、陳霖仔的淒慘死狀，傷心、憤怒、恐懼的情緒都非常強烈地糾纏在一起，一時說不出話來。

渡邊警部補問：「要不要休息一下？我們等一下再繼續問話。」

「不用，我不用休息。我有看見兇手。他們大概有六、七個人，其中有一個穿著白衣戴著頭冠的男人……」

清野努力說出所知的線索。

此時有警員回報，發現有腳印和沾血的草葉，推測犯人逃往派出所後面的竹林。當地人說那山坡上方有一個聚落，叫中心崙。

劉賜一行人走山路下坡經過仕紳林玉朋家門口。林玉朋剛好人在院埕，見劉賜、蕭知都戴頭冠，問他們要去哪裡？為何這樣裝扮？蕭知曾在林玉朋的紙廠工作過，跟他相熟，就告訴林玉朋他們的計畫，邀他加入。

林玉朋因為替本地竹農爭取竹林權益，曾吃過日本人的虧。劉賜想林玉朋應當可以理解他們的行動。況且林玉朋認識的人多，在地方上頗有聲望，若他願加入，幫助一定很大，便讓蕭知去勸說他。

林玉朋聽了之後說：「你們真是不知死活！林圮埔的警員遠比頂林派出所多，你們若真的去，恐怕沒一個能活著回來。而且我今早就坐在門外，沒看見什麼像是要攻打支廳的隊伍經過。陰兵那是迷信，你們都被劉乾騙了。聽我勸告，現在回頭，可能還有救。」

劉賜忍不住替劉乾辯解：「陰兵很可能是看不見的。術法本來就不是我們一般人可以理解。」

楊振添問：「劉先生不是說會來找我們會合，怎麼還沒看到人？」

蕭知說：「我們家三兄弟都在這裡拚命，卻沒看見劉先生來，他該不會只想出一張嘴就當皇帝。」

劉順斥責蕭知：「怎麼這樣說劉先生！你認識他不夠久，可能不了解。劉先生是真的有神通。」

林木膽怯地說：「我們會不會真的被騙了？」

林助說：「可是劉先生騙我們有什麼好處？都說好要起義，可能就差我們幾個人。再耽擱下去，恐怕會誤了大事。」

林玉朋再次勸告：「相信我，這絕對不是幾個人就能辦到的事。」

不久前還鬥志高昂的同伴，一下子陷入是否該相信劉乾的爭論。新加入的黃邱、張祿、張桂三人因為還未真正做出什麼事來，仍是清白的，更偏向直接放棄這次行動。

劉賜聽了眾人意見，內心再度動搖。現在是他帶領大家，如果真的有去無回，他不想帶大家去送死。

「不如我們回頭看看乾仔有沒有跟過來，再做決定如何？」劉賜說。

在場多數人同意。於是決定先回頭看看劉乾有沒有跟來，確定真假再說。劉賜帶領大家一路往回走，路上什麼人都沒有，更讓他們相信林玉朋的說法。

楊振添沮喪地說：「我不知道是不是被下咒？才會相信光靠我們幾個人就可以推翻日本人的統治。現在想起來，昨晚的我很不像我。」

蕭知說：「是啊，說不定我們都中了迷魂術。」

劉賜聽不出來蕭知是附和還是反諷。

林助說：「我還是覺得很奇怪，劉先生沒有必要騙我們啊。」

楊振添說：「那很難說，你和阿賜應該都花了不少錢在劉先生身上吧？你還有跟劉先生收租金，阿賜完全沒回收，賠本生意……」

「好了，別說了。」劉賜在兩旁都是竹林的小徑上停下腳步，「我們分頭躲幾天，就當作今天的事沒發生。」

眾人很快就分成幾路，各自離開小徑，穿越竹林散去。林助說要回家確認劉先生的行蹤，林木說要直接去紙寮通知後爸這件事。劉賜想他也必須跟劉乾說明原委，就跟林助一起回家。路上，劉賜脫下頭冠、沾血的上衫，丟棄在竹叢裡。脫下衣服的時候，他想到劉乾說這件衣服遇到危險時可以保護他，但是沾了血的衣服怎麼想都太醒目了，猶豫了一下還是往竹叢裡再塞得更深一點。摺扇則仍留在身邊。

當他們回到神壇，劉乾已不在那裡了。

阿蕊姊告訴他：「乾仔作法到一半，忽然說不好。人衝出去，爬到前面的崁頂上，不知看見了什麼又回來，說計畫失敗。之後就匆忙離開。你也趕緊去深山避一下吧。」

「那妳呢？」

「我不會有事的。」

「乾仔太過分，竟然沒帶妳一起走。」

「我綁小腳，跟他走，只會拖累他。我這輩子遇見的男人都這樣。」

「我留在這裡陪妳。」

「不行，沒必要。」

「又不一定會有事，沒有人看見我們動手……」說到這，劉賜遲疑了一下，想起派出所裡那個女人，以及後來路上遇見的林玉朋，「而且若有事，至少日本人在這裡抓得到人，就不會為難妳。」

劉賜走到水缸邊，脫下草鞋，拿著布巾，舀出一些水擦洗身體。阿蕊姊走過來說你頭髮有沾到血跡，於是他也搓洗了一下頭髮。他洗得這樣潔淨，想起一件往事。問阿蕊姊：「妳可以幫我看看背後的痣嗎？大概在心窩後方，看起來有沒有什麼奇怪的地方呢？」

阿蕊姊看了看說：「沒有啊，你說心窩後方，這附近並沒有痣。」

劉賜聽了很驚訝，感覺失去了什麼，或是他一直都弄錯什麼？

他換回自己原本的衣衫。要穿草鞋的時候，發現草鞋沾到一點血跡。跟林助再要了一雙新草鞋，將舊的拿到附近的草叢裡丟棄。

林助拿草鞋給他時說：「頭家您太小心了。草鞋上有一點血沒關係啦，被山蛭咬傷也會這樣，其實不用浪費一雙草鞋。」

他問林助：「刀子都有藏好吧？」

「有擦過，還磨一下，放回去了。特地藏反而奇怪。」

他跟著林助去看放刀子的地方，就在兩棟房屋之間。其中的一面牆，釘著長刀架，插著各式各樣的刀具。近乎相接的屋簷下，陰影處，他看見自己做給劉乾的竹椅放在牆邊。他去坐著，等頭髮乾。

阿蕊姊再拿了一條布巾來，幫他多拭去一些頭髮上殘留的水滴。

「我自己來就好。」劉賜不好意思地說。

「讓我幫你做一點事，這樣我會比較好過。」

「妳又沒虧欠我什麼。」

「也許我本來可以阻止乾仔。」

「妳有啊，妳不是也贊成再請示神明一次。最後聽他的話，也是我自己的決定。」

「你為什麼要聽他的話？」

「老實說，我自己也沒辦法說清楚。我心裡不想聽他話的理由還更多，但就是會聽。可能我還是想相信他……我所認識的人，能辦到這件事的，也只有他了啊。」劉賜試著說出理由，竟有種交代遺言的感受，「阿蕊姊，妳要好好照顧自己。」

「當然，你也是啊。」

他們安靜了好一陣子。他的頭髮比較乾了，阿蕊姊幫他梳髮、編髮辮。

阿蕊姊梳髮的手很溫柔。

什麼事都還沒發生，劉賜想或許所有的一切都是夢。

蕭溪出現在門口叫，說他跟兄長們走散了。他不熟這裡的路，只好又走回中心崙。

他們趕緊讓蕭溪進來，一起藏在房間裡。

劉氏若煮了些東西給他們吃。

蕭溪說：「怎麼辦，我今天應該要去上工的。」

劉賜不知怎麼答他，不明白蕭溪怎麼會認為自己殺了巡查，還可以去上工。林助也不說話。

正午左右，劉乾的母親從新寮回來。他們尚想著要怎麼跟劉乾的母親說，十幾個警員出現在房屋周圍，將這一帶包圍起來。劉賜和蕭溪先是躲在屋裡，由林助出去讓警員問話。不久，林助帶著警員到他和蕭溪藏躲的房間，將他們供出來。

警員在林助家的屋裡找到三把沾黏頭髮、血跡、脂肪的刀，以及一雙沾有血跡的草鞋。

蕭溪的草鞋還穿在腳上。劉賜想那雙草鞋應該是林助的，沒料到他竟還沒將草鞋丟棄。

通譯翻譯警員的話說：「找到這些物證，現在要將你們逮捕。」

劉賜、林助、蕭溪被警員帶來的長麻繩捆綁住雙手和腰，頭被套上竹簍，排成一行帶走。

審判與抗爭

舊曆二月初五那一天，劉乾先是回到水堀旁的草庵待著。林啟禎來找他，說警察和壯丁團的人正在搜查中心崙一帶，恐怕下午就會搜到大鞍來。兩人遂一起往更深山藏躲。

山徑上有一些男人帶著包袱三兩成群，跟他們往同個方向走。林啟禎認出其中幾個是中心崙的人，問他們這麼多人都要去哪裡？其中一個人說：「聽說有土匪作亂。庄裡的男人怕被當成土匪抓走，最近白天都要到深山裡去避一避。」

他們再走了一段路。某個無人處，劉順、蕭知從樹林間走出來，叫住他們。

「我們跟溪仔走散了，正回頭找。看有人一直進山裡面，情勢不太對，不敢再往山下去，就在路邊等等看。」劉順說，並說起去攻打林圯埔支廳路上發生的事。

蕭知問劉乾：「你是不是欺騙了大家？」

「我何必騙你們？我難道不希望事情成功？我從山坡上看見你們往回走，知道事情失敗才先離開。」

蕭知拾起地上一顆小石頭，奮力丟向林子深處。小石頭撞著枝葉，發出一點雜聲，很快又沒了動靜。

「算了，現在講這些也沒什麼意義。」蕭知說。

他們一同待在那裡一會兒，沒等到蕭溪。林啟禎熟知哪些地方可以躲人，劉乾、劉順、蕭知就先跟著林啟禎去尋找躲藏處。幾處山洞、筍寮都有人占去，好不容易才找到可以窩身的地方。

夜裡眾人睡去，劉乾想起當初躲巡查補的日子。彼時他是自己一個人躲著另一個人，此刻山裡面躲了許多人，也有壯丁團的人在搜山。他知道那些避難的人晚上仍會回家，遲早會得到更詳細的消息，難保不會透露他們的行蹤。甚至有些人今天躲著，明天也許就去加入壯丁團。他看見一件事如何引發另一件事。襲擊頂林派出所的影響，像漣漪一般擴散，牽涉進來的人也越來越多。所有的變動在一層又一層的傳遞中將會變成什麼？他仍看不出來。他想著是否要卜卦，雖然匆忙中沒有攜帶卜具，還是有些替代方法的。他來回撫摸著自己的雙手，心裡有種抗拒，發現自己並不想知道。最終沒有卜。

幾日下來，隨著搜山人數的增加，情勢越來越危險。

第五天，劉乾決定離開這一帶，到鹿仔坑找劉賜。他想劉賜應該會回那裡去，即使沒有，他也知道鹿仔坑有哪些地方可以躲藏。劉順、蕭知也想離開，就跟他一起走。只有林啟禎因對這片山區比較熟悉，仍留在此躲藏，與他們分開來。

他們到了劉賜的土角工屋，沒找到劉賜，反而被搜山的人看見，追了過來。幸好對方也只有幾個人，並且沒有槍。劉順、蕭知身上有刀，抵擋了一下，甩開了那些人。

第六天，蕭知在離劉乾十幾步遠的地方被抓。那時蕭知和劉順正在挖野生的番薯，劉乾站在比較高的地方。劉順叫他先走，拿刀和抓蕭知的人打起來。劉乾跑的時候聽見槍聲。劉順沒有再來找他，他又變回自己一個人。

第七天，他下到溪床，躲在東埔蚋溪附近的岩窟中，是當初躲避劉萬寶追緝時也躲過的地方。

第八天，他聽見不同方向都有人聲，有近有遠地喊著他名字，說已將他母親抓起來，勸他出來投案。他是這樣走出來，接受壯丁團的人捆縛。

他被押送到林圮埔支廳。同一天，林啟禎和張掇也被抓到這裡來。

他曾看見的那一小截線索，關於張掇的命運，再度顯現在他面前。劉賜帶人去襲擊頂林派出所的時候，他將他長久以來於山林間暗自招魂修煉的陰兵，其中一個賦予了「張掇」的形象，讓他跟著劉賜去，盡可能地保護大家。若過程沒出差錯，同一個時間，兩個張掇將分別出現在相隔遙遠的兩個地方。他想知道真正的那一個將會怎麼樣？

他不知道以張掇為形象的陰兵是否善盡了職責？劉賜等人回來時，那名陰兵並沒有跟著回來，重新召喚也毫無感應；脫離他的咒術控制，不知到何處去了。

當日本人審訊他，他坦言：「我就是首謀。」

被問及張掇是否有參加時，說了：「他沒有參加。」

劉賜在林圮埔支廳的拘留室被關押了許多天。他身上的摺扇被警員收走。拘留室之間有牆板相隔，無法看見隔壁的情形，僅能從設有出入小門的木柵欄看出去，也不允許任意交談。他從等待到開始看見同伴或不相關的人陸續被抓進來，直至看見劉乾、林啟禎、張掇，有了事情即將結束的預感。儘管他仍困惑於張掇和這件事的關係，也猜想著劉順是否還在逃，所以沒有看見？

在這裡，他聽得見警員說話、走路的聲音、早市做生意的叫賣，外面的世界好像沒有什麼改變。待在自己本來要攻打的地方，他也看不出這裡是否有陰兵來過的痕跡。那些依然維持的秩序，令他感到自己的渺小與失敗，也感到劉乾的渺小與失敗。其中一天夜裡，他聽見細微的哭聲，不知道是來自同伴，還是其他被關押的人？他想起自己殺害的人，想起那確實的破壞、粗殘，體認到這裡關押著外面世界所不要的。他已無事可做，雙手時常不自覺做出合十的動作，在心裡反覆誦念南無觀世音菩薩。

調查訊問在另一頭的小房間進行。一個警官問他話，擔任通譯的是日本人，告訴他：「我們現在要進行犯罪搜查。」

起初警官問他姓名、年紀、居地、職業，他怕連累家人，不肯說。警官接著說出他的姓名，說是林助、蕭溪供出來的。提醒他在這裡不說實話影響司法調查，會遭受處罰。又說：「你若亂講，我們也有辦法核對。」

通譯勸他：「不要討皮痛。」

警官重問一次他同樣的問題。

他不懂，如果他們已經知道了，為什麼還要問他？他又想，可能是除了姓名，其餘的都還不知道。

他沒有回答。

警官拿短鞭使勁抽他，也不再問話。他感覺到那個警官對他的厭惡，彷彿寧願他不配合，好讓他有理由罰他。那是不讓他死，也不讓他好過的打法。

隔天他想通，求饒，說他沒有不要講。

於是他在說謊、受罰、誠實之間擺盪，有時是誠實、受罰、說謊。

再隔兩天，換成一個從臺中地方法院來的檢察官來問話。檢察官帶了一個書記，通譯同樣還是日本人。警官問過的類似的問題，他又再被問了一遍。若說的跟上次不同，會被問為什麼說法變了？問題時常再生出新的問題。他是先開了巡查補的門才叫蕭知，還是先叫蕭知再開了門？哪幾個人下到溪岸？他先對站在派出所門口的巡查揮刀，還是蕭知先揮刀？

檢察官的提問像是要將事實從各個方面弄得更清楚，清楚到幾乎就站在旁邊看他怎麼襲擊頂林派出所一樣。他卻越來越不確定，自己是否真的知道發生過什麼？他有回答，但不像在說自己的事。儘管他也有刻意要閃避的地方，並沒有全說實話。那些細瑣的問題令他懷疑自己的記憶，不能確定自己說的話裡面有多少真實，有多少連自己都沒有察覺的虛假？

他以為重要的，是在更早之前，初遇劉乾的時候，但問題大多在問事發的那一天跟前一天晚上的事。檢察官拿出警官找到的證物，針對別人回答的內容跟他不一樣的地方，一條一條問他。有些地方他說了謊的，被揭開來；有些地方他想應該是其他人記錯，試著辯駁，又擔心其實自己才是記錯的那一個，心裡還不時竄出「何必對日本人誠實」的念頭。

檢察官說：「你的回答反反覆覆，拿出一點證據你才願意承認一點，浪費了我們很多時間。」

那神色像是很不高興，說的話也不是一個要他回答的問題。

他懷疑日本人通譯對自己不利。雖然臺灣人通譯的惡評也不少，但如果翻譯一定會遺漏什麼，他不希望自己是被遺漏的這一邊。他也搞不懂書記寫紀錄的時機和長短。檢察官問他和劉乾是否有金錢上的往來？金額大概多少？他說他花費在劉乾身上的金錢大約四百圓，主要是用在請客跟祭祀用品的準備。書記在紙上寫了一些字。他說這一切都是他自願，通譯翻譯後，書記卻沒有寫字。

他說他過去跟劉乾曾經的要好，說了很多，書記只寫了幾個字。他說最近曾和劉乾有過爭吵，書記又像發現什麼似地趕快記下。他看那張紙上實際寫下來的字數，比他說的話要少很多。他不識字，不管是漢文還是日文，對他來說都是一樣的。他懷疑那麼少的字真的可以傳達那麼多的意思嗎？

有的問題很奇怪，檢察官問他：「劉乾夢見的究竟是日本天皇、清國皇帝還是明國皇帝呢？」

在劉賜的印象中，劉乾第一次向他提起獲得印字的夢境，跟起事前在眾人面前講的夢境，聽起來很像，卻又有些不同。劉乾在眾人面前說自己已獲准成為清國皇帝的義子，這是他先前沒聽說過的。他聽見時困惑了一下，想可能是劉乾第一次講的時候，他聽漏了或者聽錯。

從檢察官的問話聽起來，他跟其他人所供的，關於那天晚上聽到的內容，也不完全相同。

「清國皇帝吧？」

「你知道清國皇帝已經退位了嗎？」

「不知道。」

檢察官最後問他：「你有武裝反日的意識嗎？」

他說：「這個問題是什麼意思？我聽不懂。」

書記也沒有再多寫什麼。

後來又來了另一個檢察官，也問了差不多的問題。

有一天吃完早飯，他們全被帶出來，到一個大房間裡面站成一排。房間前方兩側坐著他曾見過的兩位檢察官和通譯、書記，正前方架高的木桌後面坐著三個穿黑袍、戴黑帽，看起來像是大官一樣的人。通譯告訴他們，這是開設在林圮埔支廳的臨時法院，坐在前方正中央的是裁判長和兩位陪席判官。

他們後方排了許多張長椅，有十幾個人旁聽。劉賜看見阿蕊姊、劉乾的母親，還有林子下，但沒看見自己的父母或兄長。

通譯跟著裁判長說的話，對他們宣布現在時間是明治四十五年四月十日上午八時，臨時法院開庭。

訊問依然是分開進行，檢察官再度向他們問話。

他那時才知道劉順死了。

他翻供，想活下去。說自己只是在割草的時候聽到土匪的消息，才暫時到林助家避一避。

檢察官說：「可是林玉朋有看過你。」

他辯白：「一定是認錯人了。」

一個身材瘦小、面色蒼白的日本女人站到證人席，很仔細地看了他的臉，指出他就是兇手。他意識到那個女人可能就是他那天看見的人。

開庭結束後，一個穿西裝的年輕男人自稱是記者，和法庭人員說了一些話，讓他們在被押回拘留室前，到庭院裡照相。庭院裡已經架好一臺照相機在三腳支架上，對著簷廊。簷廊上面站滿圍觀的人。簷廊下方排著一列長石條，記者指揮他們去坐石條。劉乾的母親和阿蕊姊等在旁邊，想跟他們說幾句話，也被記者拉進來，讓她們坐最右邊。十幾個人擠不下，幾個人往前坐地上，劉乾單獨去坐在左邊的一張竹椅上。劉賜在後排約中間的位置。

記者用手勢比著靠近，用臺灣話提醒他們：「後面的人不要被前面的人頭擋住。」那人將頭藏進照相機後方說：「看這邊，這會刊在報紙上哦。」

劉賜看見花架上有很漂亮的盆栽，伸出彎弧狀碧綠細長的葉。

開庭第二天，兩位檢察官依序提出他們的調查結果，以及他們看見的事件面貌與本質。

「劉乾是首謀，因私怨煽動叛亂……」

劉賜發現他們每一個人曾經在審訊時說過的話，都被用來反覆證明這件事。第一個檢察官說到迷信、居住在偏遠山區、沒有受教育、沒有享受到政府領臺帶來的物質文明、生存競爭失敗、危險思想……他聽著通譯的翻譯，雖然是臺灣話，有些地方依然深奧得像是陌生的異族語言。檢察官們以為的重點，卻是劉賜想得最少的地方。

第二個檢察官依據受害者身上刀傷的數量，不相信他們有些人說突襲頂林派出所的時候，只有把風或是在旁邊觀望的說法。認為即使沒有動手，在場的人也不應該因此減輕罪過。襲擊林圮埔支廳的計畫雖然半途折返，也應該視為已經動手殺害日本人。雖然有人幫張摋作證，說他當天確實有去接叔母，但張摋也可能襲擊完頂林派出所後，在準備襲擊林圮埔支廳的中途才逃走，假裝迎接叔母。

兩位檢察官分別說了幾個匪徒刑罰令法條的編號，意見都是將全部被告處以死刑。他以為檢察官問得這麼詳細，他們的罪會有輕重的差異，但是除了引用的法條編號不同，結論都是死刑。

開庭第三天，裁判長宣讀判決結果。林逢因提供房屋讓劉乾籌謀犯罪計畫，判無期徒刑。張祿、黃邱、張桂雖沒襲擊頂林派出所，但因企圖攻擊林圮埔支廳，判十五年徒刑。他和劉乾、林啟禎、蕭知、蕭溪、林助、林木、楊振添都是死刑。

他們之中只有張掇無罪，當場就被釋放。

裁判長的意見是，考慮到兩地間的地形和路程，以目擊證人的陳述和所需時間來推算，張掇不可能既去襲擊頂林派出所，又去猪頭棕接人，而且同行者還有一名小女孩。

劉賜替張掇感到高興。

劉乾曾供述張掇沒有參加，他想那就是沒有。那天在竹林裡他看見的該是山野間的幽魂，或許那時他自己就是個半死的人了。

刑場在旁邊的一間小屋。一開始不允許他們說話，直到酒菜端過來，才讓他們說幾句。

劉乾吃了幾口菜，但沒喝酒，要了茶，一如他過去的戒律。

劉乾對大家說：「到陰司地府時，跟緊我。」似乎非常確信他們只是即將失去這一世的身軀，又將到別的地方去。

劉賜問劉乾：「你記不記得我們曾約定，如果我有危險，你會提醒我？」

劉乾說：「記得。」

「那我為什麼會在這裡？」

「因為我吧。」劉乾直直看著他，一句話裡面好像藏著多種想法。

受關押的日子，被刑求折磨的時候，他怨恨過劉乾。如果不是劉乾，他不會走到這個地步。可是他也不是沒有自己的意志。他察覺到危險，以為自己和危險保持距離，然而所做的事回想起來，卻是自己一步步往危險靠近。在最後一步之前，他已經把自己推到危險的崖邊。

「不是，其實是我自己。你只是剛好來到這裡。」

劉乾聽了之後笑，少見地大笑。笑出眼淚，又不笑了，也不說話，表情看起來很悲傷。這是他從未見過的。

劉賜凝視劉乾，有了領會：「這一回，我們就不要去同一個地方了吧。」

「嗯，保重。」劉乾微微點頭，神情裡再沒有悲喜，開始誦起經咒。

他們被一個個套上繩索，掛在橫梁上。腳失去支撐的時候，劉賜痛苦地掙扎，心裡呼喊著：大慈大悲南無觀世音菩薩。

大正十四年六月一日上午[1]。

狹小的山徑上，人群三三兩兩往山下的方向走，那看似不連續，個別、分散的人，正慢慢匯聚成有著共同方向的隊伍。張掇往山上走的時候，感受到自己不斷逆著人潮，此時上山

1 大正十四年：一九二五年。

竟顯得十分怪異。

山勢比較陡的地方，張搬停下腳步讓到路邊，讓山上的人先下來，自己再上去。

張掇陸續遇見幾個熟識的朋友。其中一個朋友告訴他，昨日代表團成員到竹山郡役所說明這次欲向二皇子請願的計畫，原意是不要官廳的人誤會，不料代表們先被當作罪犯扣留。「理由竟然是想要攔下親王的座駕，就是犯罪。」朋友氣憤地說：「代表用文明的方式跟他們說，卻被綁在郡役所外面示眾……」

劉賜等人被處刑之後，十幾年來，張掇一直注意著竹林問題的發展。有人號召連署歎願書，他去簽了名。有人說我們來試試看一人一封信，對高等林野調查委員會提出申訴，他也跟著其他竹農合資請律師代筆，一起學怎麼提申訴。申訴過程如他所預想的麻煩。花時間按規定備妥文件，等待許久，結果也只是被駁回，倒是因此認識了許多關心竹林問題的朋友。

在劉賜墳前，他會跟劉賜說最近又發生什麼事，但漸漸地他不確定劉賜是不是喜歡聽這些？也許這只是他自己不希望劉賜死得毫無價值。

劉賜襲擊頂林派出所的那一天，當巡查被殺的消息傳出來，他也跟其他庄民一樣，在家門口掛好太陽旗，白天躲到深山裡避禍，隔日原本要看的戲也沒看。他雖懷疑劉乾，但仍抱著巧合的希望。一天夜裡，林子下來拜託他，說案情有了眉目，跟一個叫劉乾的卜師有關，才知道劉乾終究欺騙了他。林子下說需要能認出劉乾，跟劉乾較熟悉的人進去深山裡面找他、勸說他。他不好意思拒絕林子下，就跟著壯丁團的人一起搜山，卻不知為何某日有警員來問：「誰是張掇？」他站出來說：「我是。」就這樣被警員帶走，自己也被當成嫌疑重大的共犯。

他至今想不透自己被懷疑的原因到底是什麼？是因為他跟劉順都替林啟禎做事，而林啟禎、劉順又都參與了劉乾的計畫嗎？

他起初相信自己很快就會被釋放，這只是個誤會，林子下會替他解釋清楚。然而訊問的過程拖了非常多天。他努力提出證明，說那天早上他去猪頭棕帶阿嬸和甘仔回中心崙過夜。接她們時，曾跟住阿嬸隔壁的人家打招呼，邀他們隔日到中心崙看戲。回中心崙後，也有到林保正那裡登記流動人口。當時保正家還有兩個客人，這些人都能替他作證。

檢察官說：「但你也可能襲擊完頂林派出所再去猪頭棕，藉此擺脫嫌疑。」

他解釋：「路程上來不及，況且我還帶著長輩跟小孩。大人可以實際走走看。」

檢察官說要對他求處死刑的那個晚上，他完全睡不著，想著自己就要死了，而且是這樣被冤枉而死。最後他活下來，被起訴的人之中唯一的無罪者，但再也無法置身事外。

他的無罪並不完全是因為他真的沒做，也仰賴了部分的好運。他當天若沒照劉乾指示，在抵達猪頭棕跟返回中心崙時讓人知道，按平常的習慣，根本舉不出這麼多能幫他作證的人。如果那些能作證的人不願出面幫他作證，如果那個日本女人也指證他，將溪邊偶遇跟殺害巡查兩件事聯想在一起，他的處境必然更加危險。如果裁判長和陪席判官接受檢察官的說法，那麼再多對他有利的證言也救不了他。

每一個問題，每一個回答，捲進這件事的人，只要稍有不同，最後拼湊出的他的面目就可能是個狡猾的兇手，其他人也是一樣的。必須加上運氣才能換取的性命和自由，令他無法不想到，壞運所可能伴隨的不幸。

三天的法庭公判，林子下都在。宣判那天，他重獲自由。林子下在門口等他，一臉凝重對他說抱歉。

「我有去作證，也找人幫你作證，又去找人說情，但都沒辦法得到一個確定你會沒事的保證。聽說這種案子法院不會幫忙安排辯護士，時間太緊急，我一時也找不到能幫你打官司的人。宣判的時候我心臟快跳出來……」

他沒見過林子下這個樣子，以前林子下連日本巡查都不真的放在心裡怕。他意識到不管他們再怎麼努力，追逐日本人的腳步，成為日本人的朋友，在統治勢力面前，他們都非常脆弱。

死刑在宣判當日下午執行。他逃走了，不敢留在那裡，離死亡那麼近的地方。走之前，他看見阿蕊姊一個人還留在那裡，站在牆外，神情恍惚，與其說是對他說話，更像是自言自語：「他們竟沒將我一起判刑，即使有幾個人都說開壇的時候我在。好像他們認為女人就是無法決定什麼事情的。我是因為真的無罪而活下來，還是因為是女人所以活下來？」

他無法回答那個問題。

他跑回家，確認著自己的活，以及自由，此後的日子仍時常反覆確認這兩件事。慶幸的時候，悲傷也會跟著來，彷彿肩上有別的靈魂的重量。

他曾涉及重大刑案，無法再到三菱的紙場工作。三菱紙場也因為虧損過高，沒幾年就結束營運。聽林子下說，連年風災致使三菱花了很多錢修復工場設備，加上製作竹紙漿的成本太高，紙的品質雖好，卻因為價格太貴，賣得並不好。

三菱紙場關門，他和許多竹農都認為這是一個竹林能重新還給竹農們利用的好機會。既然不做紙，應該就不需要這些竹林了吧？然而，總督府在紙場關門的前一年，就批准要把竹林地預約賣給三菱。履約時間是十年後，等到那時業主權就會正式轉移到三菱手上。竹農們再次提出歎願，控訴三菱是騙子，將土地騙到手就不打算製紙了。他們以為三菱的做法勢必會失去總督府的信任，這次歎願卻仍是失敗。

不管是文的請願，還是像劉乾、劉賜那樣的激烈行為，都沒有改變竹農們失去土地的事實。他懷疑官廳早就知道三菱要結束紙場的營運，才預先將土地批准給三菱。他可能根本沒搞清楚自己和其他竹農們面對的究竟是什麼？

那段時間，南部出了大事，世界上有些國家似乎也在戰爭。林子下家開始訂報紙。張掇要摸到報紙沒那麼困難了，但他更在意報紙上寫的東西，時常去林子下家看漢文的版面，關心南部反抗日本人的消息。儘管報紙是日本人的立場，記述的暴徒犯行他讀起來亦覺得太過殘忍，但那些起義的人讓他想起故去的朋友。他追著相關的消息，期待他們成功，最後那希望也落空了。林子下所關注更為遙遠的地方發生的戰爭，則持續好幾年，露西亞也發生了革命。

林子下說：「戰爭很可怕。近的戰爭看到死，遠的戰爭卻會看到機會，看到錢。」

他問：「那劉乾看到的究竟是什麼？」

「那件事不算戰爭吧，是殺人案件。」

「是沒錯，可是我覺得道理有些相通的地方。」

「你總是會想到他們的事，好像走不出來。」

林子下那麼說，他才發覺自己仍常常把劉乾、劉賜的事掛在嘴邊。

林子下提醒他：「再這樣，別人會以為你真的是同謀。」

那幾年聽說景氣好。張掇不太確定怎麼衡量景氣好壞，但做事是順的。人沒錢，需要求神拜佛；賺了錢，更想求神拜佛。張掇剪了辮子，留西洋髮型，衣服還是習慣穿長衫。他自己當頭家，做金銀紙銷量很好，手頭寬裕。照顧家人生活之外，尚能資助甘仔學費。過去對紙質的追求，雖沒有忘卻，但漸漸淡了，知道做金銀紙更實際。只偶爾回憶起往昔，會獨自留在紙寮，摸索著造紙方法上的變化。

前幾年地方改制，林圮埔改稱竹山。新的事物、名稱越來越多，他原是個好奇的人，適應上卻也不免感到吃力。文化協會也是新的，近年來很出名，許多人喊那些人是「文化仔」。他去聽文協的演講，希望能獲得知識，解決竹農們的問題，但除了更明白自己的權益遭受剝奪，仍看不出有什麼希望。與此同時，原來的好景氣似乎也不怎麼好了。市況變差，困難的故事聽到很多。

今年竹山郡役所不時宣揚著「始政三十年」，但是對張掇和其他竹農們來說，這一年代表的是竹林業主權將轉移給三菱的最後期限。期限前，雙方漫長的談判再度緊張起來。

去年夏天，竹農代表將條件退讓到在三菱取得業主權之後，至少繼續維持竹農們過去和三菱談妥的契約，將對竹農們的影響減到最低。三菱卻說無法承諾取得業主權之後的事。竹農們擔心將來三菱會改變規定，只好再次轉向官廳請願，提出讓本地竹農購買模範竹林的想法。歎願書呈給竹山郡守後，等了許久都沒有回音。有代表透過日本人記者幫忙，直接遞送歎願書給臺中州知事。臺中州知事派人將歎願書退還，提出的解決方案還是讓他們去跟三菱贌耕竹林地。

他們像在一條同樣的路上不斷前進又後退，再前進又後退。

張掇參與著這些事，但並不深入，像是站在外圍看。聽人說話的時候多，需要簽名的時候簽個名。他沒有什麼意見，總是有能提出更好意見的人。近來，不退讓的聲音越來越大。他想確實，以前退讓也沒什麼好處。代表們決定一邊繼續陳情，一邊將行動擴大。今年春天，他們發動了一連串抗繳賦稅、拒絕服保甲義務的抗議行動，還號召到四百人遊行，再次向竹山郡守陳情。張掇聽從指揮，漸漸感覺到這些行動不那麼「文」，很可能觸怒官廳，開始猶豫是否抽身？然而這些年來投入的關心，和其他竹農之間的情誼，一時卻也放不下。

後來有消息說，日本大正天皇的二皇子秩父宮親王要來拜訪臺灣，六月一日親王會下榻臺中，六月二日親王搭乘的火車將會經過林內驛。代表們想到可以藉此機會將歎願書呈給親王。而且現場一定會聚集不少人，記者可能也會來，若油印傳單到現場發，就能讓更多人知道竹林問題。為了避免錯過親王的專車，他們打算六月一日就在林內驛集合等待。他們為了這個計畫開始準備傳單、白布條，確認當天能去林內驛請願的人數。

隨著親王抵達日子的接近，張掇發現竹山郡內多了很多外地警員。他到林內驛辦事時，看見有軍隊在林內驛附近駐紮，鐵路沿線也有軍人部署警戒，跟平常的氣氛很不一樣。竹山和林內兩地彷彿即將爆發大事。代表問他六月一日那天能不能去林內驛時，他說他不能去。

今日他看到下山的人那麼多，原以為是要去林內驛的。朋友告訴他，官廳下令從昨天起到六月二日這三天內，要出竹山的人必須領有護照。各庄聯絡消息後，決定改成到竹山郡役所前面集合，聲援被扣留的代表。

朋友問他要不要去？他說我還有事，若辦完也許等一下會去。他這麼說的時候，還不很確定自己應該怎麼做才好。

他看到甘仔也跟著人群往山下走。

甘仔穿著鵝黃色圓領洋裝，燙捲的短髮非常美麗。

他叫住甘仔：「妳要去哪裡？」

甘仔說：「我要去聲援陳情代表。」

「不可以去，太危險了，不知道會發生什麼事。」

「就是要人多，他們才不敢怎麼樣。」

「妳想，對郡守來講，當地居民跑去親王面前請願，當然是極沒有面子的事。他扣留這些代表，讓竹農無人指揮，更能解決問題。時間一過，自然就會把人放了。現在這麼多人聚集，要是被郡守當作叛亂就糟了。」

「我知道啊，所以才不能讓郡守那麼好過嘛。既然不讓我們去跟親王殿下陳情，就在郡役所前面講我們的訴求給他聽。讓他知道，這是財閥和政府勾結，搶奪人民土地。」

「說到底，這件事跟我還比較有關係。不是妳需要擔心的事啊。」

「可是我覺得所有人都是有關連的。竹林問題也不只是竹山的人有，嘉義那邊也有人提出歎願，農民之間已經形成抗爭戰線。我想，這也是一種人類愛的表現吧。」

甘仔長大了，二十歲，正是美好青春，讀的書也遠比他多。張掇知道甘仔最近很沉迷於稻垣藤兵衛提倡的「人類的同胞愛」，那是她從報紙上讀到，還做了剪報貼在筆記本裡。張掇也在報紙上看過稻垣藤兵衛的名字，因部分是日文內容，讀不太懂。聽林子下說，那個人倡導娼妓自由廢業，在大稻埕創辦「人類之家」、「稻江義塾」扶助貧弱。

前一陣子，甘仔很高興地跟他說：「這次代表們委託稻垣藤兵衛寫歎願書。竹山、斗六清水溪一帶的竹農、做紙的，加起來有一千多人簽名呢。這份歎願書代表們打算呈給臺灣總督、日本中央的農林大臣，還有三菱的岩崎男爵，讓問題上升到日本中央政界。」

「這個辦法去年就有人提，去拜託一個來臺灣考察的日本眾議院議員幫忙陳情，最後猶是沒結果。說起來，日本的議員何必為了臺灣的問題去得罪大財閥？」

「所以也要爭取臺灣議會設置啊。只要我們各方面都努力，一定可以讓受苦的人問題得到改善。」

張掇注意到甘仔最近說話，時常會說「我們」。當甘仔說著充滿希望的話，他有時會忍不住用自己經歷過的失敗來回應，怕她期待過高而失望，怕她衝撞太過再也回不來，說了又感到羞慚。

「總之，不要去，一不小心會被抓走。」

「我知道阿叔你差一點被人冤枉的事，不過參加這個不會啦。我們沒拿武器，只是表達意見而已。阿叔也一起來就知道了。」

他看著甘仔清澈的眼神想到劉賜，突然一陣惆悵，想自己畢竟錯過了什麼。

如果那時候……他參與了？

不，他還是不想殺人。他厭惡把人推向互相殺害的一切。

如果那時候，他把劉賜勸說出來，至少他能救劉賜。這樣的念頭他想過好多次。是從什麼時候開始，他失去把劉賜帶離受劉乾影響的機會？還是他一開始就沒有那樣的機會？劉乾和劉賜有他們之間更長久的友誼，他真的有辦法改變什麼嗎？

他曾做過一個奇怪的夢，夢裡他站在劉乾的桌邊，看他畫符。

劉乾說：「幫我保護阿賜吧，雖然他的命數已經走到底了。」

他點頭，不明白自己為何那麼聽劉乾的話，雖然他當然願意保護劉賜。

他和劉賜一起穿過竹林，來到頂林派出所。他忽然覺得這不對，他不是要幫劉賜殺巡查，而是應該勸劉賜不要進去。他發不出聲音，只好做出阻擋的動作。劉賜彷彿看不見他，只跟蕭知忙著破壞派出所的門。木廊上，他指著廊道盡頭的小屋，想告訴劉賜：那間小屋後面躲著一個女人，那個女人看見你了。但劉賜不理他，轉頭跟蕭知走了。他又覺得不對，那個躲起來的女人應該就是自己溪邊遇見過的人，他怎會指出她躲的地方？

在那個夢裡，他好像可以是任何人，任何人也都可以是他。他能感受到眼前人的內心，卻不能阻止他不想看見的事發生，連自己所做的事都是不可解的。

是誰將劉賜推向這條路？是劉乾、三菱、日本巡查，還是宿命？

他想找出事情的源頭。想得越深，事情就變得越複雜難解，甚至毫無道理可言。如果那是某個人的錯，又是誰把錯的人放在這裡？

那件事之後，他偶爾會去找阿蕊姊、阿若姊。

阿蕊姊仍住阿若姊家，依然供奉著那尊觀世音菩薩，還有劉乾等人的牌位。劉乾的母親本來打算搬回新寮街，阿若姊勸著留下來，三人一同生活，互相照應。劉乾的母親幾年前過世了，阿蕊姊和阿若姊越發像親姊妹一樣相處。

姊的稱呼，他當初是跟著劉賜叫。阿若姊因是林助的母親，原先他叫姨，後來才改了口，叫久了也覺得自己真的多了兩個姊姊。因為共同經歷過那件事，有些事在別人面前不好說的，反而能說。

阿若姊說她一開始對阿蕊姊有怨，認為阿蕊姊幫著劉乾，拐騙她兩個兒子送死，害她丈夫被判無期徒刑。某日林助、林木託夢，說跟著劉乾在仙界修行，要她不要掛懷，方漸放下這心結。

阿蕊姊則說自己從未夢見過劉乾，無從印證阿若姊的夢。

「這恐怕是妳阿若姊講來讓我放心的。她沒罵過我，總是怪自己的多。我本來想離開這裡，後來發現捨不得。看著這個地方有回憶很好，跟你阿若姊能講講乾仔、阿賜他們也很好。坦白說，我的積蓄幾乎用完，也沒別的去處了。」

庄裡很多人尊敬劉乾他們反抗日本人，偷偷祭拜著他們。然而這件事害死太多張掇認識的人，張掇不能分辨這究竟是好事還是壞事？他和阿蕊姊聊這樣的心情時，阿蕊姊說她有她的私心，一開始就知道自己是不可能公正去看這件事的。

「但我想，你很難知道一件事到哪裡算結束。若再發生多一點事，或是自己改變了，對這件事的感覺也可能跟著改變。」阿蕊姊說。

現在甘仔想努力的，也是沒辦法知道到哪裡算結束的事，是關於未來的事。

他想相信甘仔。可是如果甘仔發生什麼危險，他會不會後悔此刻沒有將她留住？

他告訴甘仔：「妳走得慢些，如果先到了，不要站得太近，有危險就要跑。我很快就過去，我想帶朋友一起去。」

甘仔用信任的眼神看他，點點頭離開。

他加快腳步，走到阿蕊姊住的地方。阿蕊姊正坐在門口的竹椅上發呆。阿蕊姊告訴過他：「這竹椅阿賜做的，很好的手藝啊。」

他問阿蕊姊知不知道大家去抗議的事？

阿蕊姊說從早上就看到人走來走去，似在聯絡什麼事，但她並不知道是為了去抗議。張掇告訴她竹林問題的代表被扣留的事，這是大家要去抗議的原因。

「妳想去嗎？」張掇問。

阿蕊姊思索了一下，「想啊，但我走不到山下，需要雇一頂椅轎。」

「我揹妳。」

「你揹得動？」

「試試看。」

張掇蹲下身揹起阿蕊姊，如他所想，阿蕊姊身量瘦，揹起來還可以。

阿蕊姊進屋問阿若姊要不要一起去？阿若姊聽了也說好。阿若姊沒有綁腳，走路沒有問題。

出發前，阿蕊姊對著觀世音菩薩，與她丈夫、劉乾、劉賜等人的牌位不知說了什麼。

出門的時候很歡喜，好像終於可以出去遊玩似的。

他們三人先走了一段路，阿蕊姊等到腳力無法負荷，才讓張掇揹。張掇有一種感覺，阿蕊姊和自己都是在赴十三年前未能參與的約。並不是重回那個時刻，他就願意去。那時候他並沒有找到解決問題的辦法，現在他也不知道這樣能否解決問題。

劉乾曾問他：「你是善良還是軟弱？」

他答不出來。那是他們尚未說好要做，只討論是否想過團結起來殺掉欺壓民眾的人。

「我不想殺人。」那時只有那樣的心聲是明確的。他並非不知道日本巡查對這裡人的欺壓。

「在這個世間，誰不殺人？」劉乾講了非常奇怪的話，「只是你從沒察覺到自己的作為慢慢會變成什麼。你當然沒有奪走別人的性命，可是看到了惡卻不去幫忙斬除，不也是在縱容別人殺人嗎？」

「慫恿別人做這件事，不也是把人推上絕路？善惡又是你說了算嗎？」

他當時如此反駁。如今只有增加更多的混沌難解，也沒有比較明白其中的是非對錯。

他們抵達郡役所的時候，郡役所前滿滿都是人。有個指揮民眾的年輕人告訴他們，這裡已經有五百多人了。

郡役所外面的警察都有武裝，一時間大家也不敢直接搶人，兩方人只能互相對峙。民眾們在指揮的帶領下，一次又一次齊聲呼喊：「還我代表！」

張掇探看周圍，聚集的人群老老少少都有，還有揹著小孩來的。眾人頭上大多戴著斗笠，未見有誰拿著像武器的東西，頂多就是拿雨傘的，看起來稍微能夠打人。他好不容易找到甘仔，一轉眼看見阿蕊姊牽著阿若姊的手擠向前去，跟著大家一起舉起手喊：「還我代表！」

幾個替日本人做事的臺灣人跑來調停，向日本警員解釋，這些民眾並沒有想要違法，只是希望能釋放代表。

雙方僵持許久，帶隊的警員最後承諾明天下午六時就會釋放代表團，民眾這才各自散去。

甘仔說：「剛剛好幾個人在商量，說接下來要發動公學校聯合罷課。」

「這樣真的有用嗎？像今天，雖然答應會釋放代表，但竹林問題也沒有解決。」張掇說。

「阿叔為什麼時常說這些沒信心的話？」

「我當然也想成功，但是實在失望太多次了。」

阿若姊忽然說：「可是我覺得這麼多人聚在一起討回代表，很不簡單。以前這種場面就是要造反了啊。」

「你們聽過萬生反嗎？」

阿蕊姊附和阿若姊，說起清朝那時的事。甘仔聽了很新奇，直說沒聽過，不知道有這樣一段歷史。

阿蕊姊、阿若姊難得到街上，他們四人一起逛了街。回程時，張掇雇了椅轎給阿蕊姊坐。這幾年供人雇轎的少了，人力車夫較多，但不跑那樣陡的山路。給阿蕊姊坐的椅轎，花了一段時間才找到。

後記

一九三〇年，李山火等臺灣人在中國福建漳州舉行的遊藝大會，其中一個演出節目四幕劇〈血濺竹林〉[1]；在上海的朝鮮劇作家牛步（筆名）發表的劇本〈臺灣〉[2]；日本作家伊藤永之介發表的小說〈總督府模範竹林〉[3]，皆是以竹林問題與頂林事件（又稱林圮埔事件）為題材之創作。

此外，日治時期臺灣作家留存下來的手稿，蘇德興的小說〈與其自殺，不如殺敵〉，主角家人因竹林問題搬遷至南部謀生[4]；賴和的小說〈阿四〉則提及了因竹林問題引發的農民運動「竹林事件」[5]。

我在竹山長大，家後方就是通往頂林的頂林路，但很長一段時間並不知道頂林事件的存在。

小時候曾聽聞祖母說起她因在竹林裡偷種番薯，被日本巡查處罰的事。祖母說巡查讓她跪夾棍子，大約是膝蓋後方的位置，用棍子「輾」(liàn）她，她痛得直喊「大人，我不敢了。我以後不敢了」求大人原諒。祖母訴說時的語調、手勢、表情，彷彿真有一個巡查在她面前。我能感覺到那是對祖母來講，相當令她驚嚇的回憶，卻無法理解她所說的部分細節。為何在竹林裡種番薯會被處罰？棍子怎麼「輾」人？可惜那時我不懂得要問，只傻傻聽著。祖母說她白天要做農事，是在晚上的學校學日本話。她晚年常反覆跟我們提起學過的幾個日本語詞，數字、動物名稱、顏色等。祖母沒有真的學會日本話，這似乎是她僅記得的。她講述時快樂的神情，也像這是她此生珍惜的回憶。

祖母是一九一五年生，鹿谷小半天人。祖母過世多年後，我才在《南投縣革命志稿》裡讀到或許是她曾經歷過的「時代背景」，有了寫作相關題材的念頭。一九二五年竹山郡役所前的農民抗爭，不知祖母是否知道。

蒐集寫作資料的過程，我也意外在《鹿谷鄉志》讀到未曾見過的曾祖父的名字，方得知鹿谷石城祖厝三合院公廳奉祀的慚愧祖師爺神尊，是當年庄眾推舉由「法力高深」的曾祖父主持雕塑事宜。我只記得小時候祖厝院埕會有戲班演出或有乩童出現。我喜歡看戲，怕看到

1 劉枝萬，《南投文獻叢輯（七）南投縣革命志稿》，南投縣文獻委員會，一九五九年；臺灣總督府警務局編，《臺灣總督府警察沿革誌第二編 領臺以後の治安狀況（中卷）——臺灣社會運動史》，一九三九年。

2 Han, Inhye（韓仁慧，二〇一四）. Exploiting the Old Empire: Korean and Taiwanese Literature and Film in Semicolonial China, 1923—1943. UC San Diego.

3 林蔚儒（二〇〇九），〈帝國左翼與臺灣書寫——伊藤永之介臺灣作品研究〉，國立政治大學臺灣文學研究所碩士論文。

4 郭頂順等著，呂美親編，《臺語現代小說選》，前衛，二〇二二年。

5 賴和著，林瑞明編，《賴和全集 小說卷》，前衛，二〇〇〇年。

乩童自殘，都是如歷其境的感情震動。一個乩童拿長針貫穿兩側臉頰的畫面，我至今印象深刻。我沒想過公廳奉祀的神尊和家族之間的關聯，父母帶給我的影響更偏向科學。

依據族譜，曾祖父是一八七六年生，跟頂林事件的領導者劉乾（一八七九年生）可以說是同一個世代的人。他是否曾在某條山徑上和劉乾擦身而過？而劉乾和西來庵事件（又稱噍吧哖事件）的領導者余清芳、刺殺伊藤博文的安重根出生在同一年，還有愛因斯坦、陳獨秀、托洛斯基，這個世代的人又有著怎樣的共時性？

《緣故地》和我的前一個作品《羅漢門》一樣，皆有參考事件參與者的供詞來取材構思[6]。頂林事件背景所涉及的竹林問題，後續引發農民運動，致使兩個事件常被放在一起討論、理解。然而若從頂林事件的調查、審判紀錄來看，頂林事件尚存在著竹林問題以外，不那麼明晰、不易受理解的部分，牽涉到宗教信仰、神秘經驗、人際關係、行為動機，以及審判紀錄和事件面貌可能存在的距離。這些是我希望能透過小說創作，重新去想像、探討、追尋的。

因為資料的性質，比較能清楚知道的訊息多在頂林事件的過程與涉及動機、籌畫的陳述。事件參與者的個別資訊，除了年齡、居地、職業類別、彼此的關係簡述，依然有許多空白或未能說明清楚的。不同來源的資料也有些許內容差異的情況。空白與模糊，固然有時令人遺憾，但往往也是虛構得以生長的空間，可以提問：會不會也發生過這樣的事？這個人是不是這樣想？

寫作期間，某些「事證」的出現會修正我對歷史畫面的想像，儘管多半是「微調」，也足以讓我膽戰心驚。越埋首史料，越對所謂的「事實」感到敬畏；深感觸及面向的多寡，影響我的視野範圍。另一方面，小說中的人們也有不盡相同的視野，主、客觀條件下，各自的「看見」與「看不見」。

倘若一件事可以往好的方面想，也可以往壞的方面想，那我要怎麼想，我該相信誰？

小說的世界，其實也是當代的我，和過去進行的「對話」。

竹山和鹿谷往返的公路是我成長記憶中非常熟悉的一條路。若遇風災路斷，則會改走其他山間小路。當我寫劉乾、劉賜平常在走的路，我想起這些小路。我也想起跟著祖父母在竹林裡找竹筍的景象。片段的記憶常與歷史資料、小說寫作相呼應。總覺得曾經存在的，仍以某種形式延續下來，時而閃現。

6《南投縣革命志稿》、《臺灣前期武裝抗日運動有關檔案》所錄內容，部分漢文用字另對照《臺灣總督府公文類纂》相關檔案及《臺灣日日新報》之相關報導。

感謝我的母親、居住石城的堂伯父、竹山的鄰居黃女士，提供過去生活與農事經驗的分享。感謝家人師長朋友給予我在寫作上的鼓勵。感謝國藝會長篇小說創作發表專案的補助。感謝衛城出版促成本書面世。感謝本書的讀者。

參考資料

史料

伊能嘉矩著，楊南郡譯註，《臺灣踏查日記》，遠流，二〇一二年。

何培夫主編，《臺灣地區現存碑碣圖誌：雲林縣、南投縣篇》，國立中央圖書館臺灣分館，一九九六年。

吳德功，《戴案紀略、施案紀略、讓臺記、觀光日記、彰化節孝冊》，臺灣省文獻委員會，一九九二年。

林漢梁編著，《竹山林業史誌》，頂林林業生產合作社，二〇〇〇年，國家圖書館臺灣記憶系統。

林豪著，顧敏耀注釋，《東瀛紀事校注》，臺灣書房，二〇一一年。

倪贊元纂輯，張光前點校，臺灣史料集成編輯委員會編，《雲林縣采訪冊》，國立臺灣歷史博物館，二〇一一年。
程大學編譯，《臺灣前期武裝抗日運動有關檔案》，臺灣省文獻委員會，一九七七年。
黑田菊之助編，《南部臺灣寫真帖》，臺灣繪葉書會，一九一四年（訂正第七版），國立臺灣圖書館臺灣學數位電子書資料庫。
臺灣日日新報社編纂，《新舊對照管轄便覽》，臺灣日日新報社，一九二一年，國立臺灣大學圖書館數位化館藏。
臺灣總督府警務局編，蔡伯壎譯註，《臺灣總督府警察沿革誌第二編：領臺以後的治安狀況（上卷）》，國立臺灣歷史博物館，二〇〇八年。
劉枝萬，《南投文獻叢輯（七）南投縣革命志稿》，南投縣文獻委員會，一九五九年。
劉枝萬，《南投文獻叢輯（九）南投縣風俗志宗教篇稿》，南投縣文獻委員會，一九六一年。

資料庫

中央研究院人文社會科學研究中心地理資訊科學研究專題中心，臺灣百年歷史地圖。

中央研究院臺灣史研究所，臺灣文獻叢刊資料庫。
中央研究院臺灣史研究所，臺灣日記知識庫。
中央研究院臺灣史研究所，臺灣史檔案資源系統。
中央研究院數位文化中心，開放博物館。
國史館臺灣文獻館，文獻檔案查詢系統。
國立臺灣歷史博物館，典藏網。
國立臺灣歷史博物館，近代臺灣報刊資料庫。
漢珍數位圖書股份有限公司，漢珍知識網報紙篇（《臺灣日日新報》暨《漢文臺灣日日新報》）。

專書

王泰升，《臺灣日治時期的法律改革（修訂二版）》，聯經，二〇一四年。
竹中信子著，曾淑卿譯，《日治臺灣生活史：日本女人在臺灣——大正篇（一九一二—一九二五）》，時報文化，二〇〇七年。

竹中信子著，蔡龍保譯，《日治臺灣生活史：日本女人在臺灣——明治篇（一八九五—一九一一）》，時報文化，二〇〇七年。
吳昱瑩，《圖解臺灣日式住宅建築》，晨星，二〇一八年。
呂紹理，《水螺響起：日治時期臺灣社會的生活作息》，遠流，一九九八年。
林文燦總編纂，《鹿谷鄉志》，南投縣鹿谷鄉公所，二〇〇九年。
林美容，《臺灣的齋堂與巖仔：民間佛教的視角》，五南圖書，二〇一七年。
林美容、李家愷，《魔神仔的人類學想像》，五南圖書，二〇一四年。
柳宗悅著，侯詠馨譯，《和紙之美：柳宗悅給惜物者、匠人的生活美學態度》，行人文化實驗室，二〇一七年。
高淑媛，《臺灣化工史第一篇：臺灣近代化學工業史（一八六〇—一九五〇）——技術與經驗的社會累積》，臺灣化學工程學會，二〇一二年。
張素玢，《歷史視野中的地方發展與變遷：濁水溪畔的二水、北斗、二林》，臺灣學生書局，二〇〇四年。
郭建勳注譯，黃俊郎校閱，《新譯易經讀本》，三民，一九九六年。
陳大川，《臺灣紙業發展史》，臺灣造紙工業同業公會，二〇〇四年。

陳哲三總編纂，《竹山鎮志》，南投縣竹山鎮公所，二〇〇一年。
陳益源主編，《府城大觀音亭與觀音信仰研究》，里仁，二〇一五年。
陳慈玉主編，《地方菁英與臺灣農民運動》，中央研究院臺灣史研究所，二〇〇八年。
渡邊義孝著，高彩雯譯，《臺灣日式建築紀行》，時報文化，二〇一八年。
戴寶村，《世界第一 臺灣樟腦》，國立臺灣博物館，二〇〇九年。
戴寶村、李進億、沈佳姍、陳慧先、游智勝、蔡昇璋、蔡蕙頻，《「小的」與大人》，玉山社，二〇二〇年。

專文

王志宇，〈臺灣的無祀孤魂信仰新論──以竹山地區祠廟為中心的探討〉，《逢甲人文社會學報》第六期（二〇〇三年五月），頁一八三─二一〇。
何鳳嬌，〈竹林事件的餘續──戰後竹林地的接收與處理〉，《國史館學術集刊》第三期（二〇〇三年九月），頁一五七─二〇〇。

何鳳嬌，〈赤司初太郎在臺灣的樟腦經營〉，《臺灣學研究》第十六期（二〇一三年十二月），頁一—四〇。
李文良，〈日治時期臺灣總督府的林野支配與所有權——以「緣故關係」為中心〉，《臺灣史研究》第五卷第二期（一九九八年十二月；二〇〇〇年四月出版），頁三五—五四。
林文龍，〈香櫞渡與茄苳王〉，《國史館臺灣文獻館電子報》第六十四期（二〇一〇年十月十五日）。
洪秋芬，〈日治初期葫蘆墩區保甲實施的情形及保正角色的探討（一八九五—一九〇九）〉，《中央研究院近代史研究所集刊》第三十四期（二〇〇〇年十二月），頁二一一—二六八。
張素玢，〈從治水到治山——以濁水溪流域為例〉，《臺灣文獻季刊》第六十卷第四期（二〇〇九年十二月），頁八一—一三〇。
張毓哲（二〇一八），〈日治時期古坑沿山地區的竹紙產業變遷〉，國立臺灣師範大學臺灣史研究所碩士論文。
梁華璜，〈竹林事件探討——日本帝國掠奪臺灣林地之一例〉，《成大歷史學報》第五號（一九七八年七月），頁二四五—二八五。

郭婷玉，〈日常與監控：一九一〇年代前期日籍警察與臺灣地方社會〉，《國史館館刊》第六十八期（二〇二一年六月），頁四三—九四。
陳彥傑、陳秀琍、王子碩（二〇一九），〈歷史極端氣象事件之文史資料跨域研究（1／2）〉，交通部中央氣象局委託研究計畫成果報告。
陳哲三，〈竹山古名「林圮埔」考辨——以史志、古文書為中心〉，《逢甲人文社會學報》第二十六期（二〇一三年六月），頁七一—九三。
韓正誼（二〇一九），〈南投地區輕便鐵道之發展與地方產業（一九〇三—一九三六）〉，國立清華大學歷史研究所碩士論文。

Belong 14

緣故地

作者——錢真
執行長——陳蕙慧
總編輯——張惠菁
責任編輯——宋繼昕
行銷總監——陳雅雯
行銷——趙鴻祐、張偉豪
封面設計——廖韡設計工作室
排版——宸遠彩藝

出版——衛城出版／左岸文化事業有限公司
發行——遠足文化事業股份有限公司（讀書共和國出版集團）
地址——二三一四一 新北市新店區民權路一〇八–三號八樓
電話——〇二–二二一八一四一七
傳真——〇二–二二一八〇七二七
客服專線——〇八〇〇–二二一〇二九
法律顧問——華洋法律事務所 蘇文生律師
印刷——呈靖彩藝有限公司
初版——二〇二三年七月
定價——三八〇元

國家圖書館出版品預行編目資料

緣故地／錢真著.
－初版.－新北市：衛城出版：左岸文化事業有限公司, 2023.07
面； 公分.--(Belong; 14)
ISBN 978-626-7052-79-2（平裝）

863.57 112003730

長篇小說 創作發表專案
國藝會 NCAF PEGATRON 和碩聯合科技股份有限公司

長篇小說專題資料庫

ACRO POLIS 衛城
EMAIL acropolismde@gmail.com
FACEBOOK www.facebook.com/acrolispublish